U0529354

中国海洋大学教材建设基金资助

王蒙十五讲

温奉桥 著

中国社会科学出版社

图书在版编目（CIP）数据

王蒙十五讲／温奉桥著．—北京：中国社会科学出版社，2019.7（2019.12 重印）
ISBN 978-7-5203-4790-7

Ⅰ.①王… Ⅱ.①温… Ⅲ.①王蒙—文学研究 Ⅳ.①I206.7

中国版本图书馆 CIP 数据核字（2019）第 165956 号

出 版 人	赵剑英
责任编辑	安　芳
责任校对	张爱华
责任印制	李寡寡

出　　版	中国社会科学出版社
社　　址	北京鼓楼西大街甲 158 号
邮　　编	100720
网　　址	http://www.csspw.cn
发 行 部	010-84083685
门 市 部	010-84029450
经　　销	新华书店及其他书店
印刷装订	北京君升印刷有限公司
版　　次	2019 年 7 月第 1 版
印　　次	2019 年 12 月第 2 次印刷
开　　本	710×1000　1/16
印　　张	13
插　　页	2
字　　数	208 千字
定　　价	70.00 元

凡购买中国社会科学出版社图书，如有质量问题请与本社营销中心联系调换
电话：010-84083683
版权所有　侵权必究

目　　录

第一讲　王蒙:20世纪中国文学的一个"拐点" ……………………（1）
　　一　鲁迅:20世纪中国文学的最初选择 …………………………（1）
　　二　赵树理:"本土化"与20世纪中国文学的新欲求 ……………（4）
　　三　王蒙:"拐点"抑或一个新的文学时代 ………………………（7）

第二讲　"后革命诗学":王蒙文艺思想"关键词" ………………（13）
　　一　"创作是一种燃烧" ……………………………………………（13）
　　二　文学的悖论 ……………………………………………………（16）
　　三　为"玩文学"一辩 ………………………………………………（19）

第三讲　蝴蝶·桥梁·界碑:1980年代的王蒙 …………………（22）
　　一　"蝴蝶"的快乐 …………………………………………………（22）
　　二　"桥梁"的意义 …………………………………………………（28）
　　三　"界碑"的尴尬 …………………………………………………（32）

第四讲　童年与精神自我:"自传"视野中的王蒙 ………………（37）
　　一　"自我"的形成 …………………………………………………（38）
　　二　"相信的一代" …………………………………………………（43）
　　三　"经验塑造着不同的人" ………………………………………（48）

第五讲　多元与共生:王蒙文化思想散论 ………………………（54）
　　一　"不平衡"理论与"文化大国"战略的提出 ……………………（54）

二　多元、和谐的文化生态观 ……………………………………（58）
　　三　世俗、民间的文化价值观 ……………………………………（61）

第六讲　王蒙与道家文化 ……………………………………………（65）
　　一　无为之为:道家文化与王蒙的人生态度 …………………（66）
　　二　无用之用:道家文化与王蒙的文艺思想 …………………（70）
　　三　无法之法:道家文化与王蒙的文学创作 …………………（76）

第七讲　王蒙与苏俄文学 ……………………………………………（82）
　　一　"永存的桃源" …………………………………………………（82）
　　二　"明朗高亮":苏俄文学与王蒙文学精神的塑就 …………（87）
　　三　"写出丰富性":苏俄文学与王蒙的文学创作 ……………（91）

第八讲　"王氏红学":王蒙与《红楼梦》 …………………………（96）
　　一　王蒙"活说"《红楼梦》 ………………………………………（96）
　　二　"伟大的混沌"与"贯通先生" ……………………………（100）
　　三　"经验的交流":王蒙对话曹雪芹 …………………………（105）

第九讲　王蒙与《人民文学》 ………………………………………（109）
　　一　一个颇具象征意义的"事件" ……………………………（109）
　　二　1985年:王蒙与《人民文学》 ……………………………（113）
　　三　"未竟的事业":王蒙对《人民文学》的"改造" …………（118）

第十讲　王蒙与新疆 ………………………………………………（121）
　　一　"换心的手术" ………………………………………………（121）
　　二　"塔玛霞尔":新疆对王蒙思想的影响 …………………（125）
　　三　王蒙小说的"新疆美学" …………………………………（129）

第十一讲　王蒙与当代旧体诗 ……………………………………（134）
　　一　旧体诗:异类的文体? ……………………………………（134）

二　气、情、趣:王蒙旧体诗三维 …………………………………（137）
　三　不拘一格与以"我"为主 ……………………………………（141）

第十二讲　王蒙的精神个性与小说创作之关系 …………………（146）
　一　童年记忆与精神个性的形成 ………………………………（146）
　二　一个人的"舞蹈":王蒙精神自我与文本呈现方式 ………（150）
　三　分裂的"自我":王蒙小说创作的另一视角 ………………（154）

第十三讲　《蝴蝶》三读 ……………………………………………（159）
　一　一个多重的文本 ……………………………………………（159）
　二　何为"蝴蝶"? ………………………………………………（163）
　三　"光明的尾巴"与"寻找的悲歌" ……………………………（166）

第十四讲　《闷与狂》与"狂欢美学" ………………………………（172）
　一　一次生命的"乱码" …………………………………………（172）
　二　一代知识分子的"受想行识" ………………………………（176）
　三　癫狂与隐晦的"双拼图" ……………………………………（179）

第十五讲　《这边风景》:时代的文学记忆 ………………………（183）
　一　《这边风景》的"身世" ………………………………………（183）
　二　伊犁的"清明上河图" ………………………………………（187）
　三　"戴着镣铐跳舞" ……………………………………………（192）
　四　《这边风景》与跨文化写作 …………………………………（195）

参考文献 ……………………………………………………………（200）

后　记 ………………………………………………………………（202）

第 一 讲

王蒙:20世纪中国文学的一个"拐点"

20世纪中国文学在其发展过程中,主要表现为三种现代性规范,并集中体现为三种现代性选择。第一种是以鲁迅为代表的"五四"文学现代性规范;第二种是以瞿秋白、毛泽东等共产党人为代表的"本土性"现代性规范;第三种是以王蒙为"急先锋"所开启的"新时期文学"现代性规范。事实上,每一种现代性规范的选择和调整,从大的方面讲,都可以认为是建立民族国家、实现传统中国走向现代中国的某种"现代性冲动";从文学自身的发展而言,这三种现代性规范的选择,体现了20世纪中国文学发展流变过程中不断自我质疑、自我调整的过程,体现了对中国文学发展的不同的现代性价值诉求和现代性理路,可以说,都是20世纪中国文学的现代性"方案"。

一 鲁迅:20世纪中国文学的最初选择

新文化运动是中国社会、文化的第一次集中的规模的整体性"现代性冲动"。"新文化运动是在世界形势和西方文化的影响下,中国人民对现代化的历史要求的一种自觉的反映。"① 所谓"自觉的反映",即表明是一种具有明确价值目标的现代性诉求。但由于当时"五四"知识分子

---

① 王瑶:《"五四"时期对中国传统文学的价值重估》,《中国现代文学史论集》,北京大学出版社1998年版,第340页。

所置身的特殊的历史文化语境，对现代性的激进姿态几乎成了当时主流知识分子的主导性价值趋向和文化选择，"反传统"因此也就成了新文化运动的最本质性的现代性特征。

新文化运动开创了中国社会现代性之旅。但是，由于中国社会现代性明显的"后发性"特点，五四一代学者无可避免地陷入了巨大的现代性焦虑之中，在诸多的复杂性问题上都做了过于简单化的价值判断，简单地在"新""旧"、"中""西"之间画等号，他们直言不讳而又理直气壮地宣称"所谓新者就是外来之西洋文化，所谓旧者，就是中国固有之文化"，并认为，"新旧之不能相容，更甚于水火冰炭之不能相入也"①，中国社会要进步，就"非走西方文明的路不可"，这是当时知识界的"共识"。从这种思维逻辑和价值判断出发，他们认定中国的现代性追求，就意味着在本质上对传统的反抗和叛逆，意味着文化形态的根本转型，意味着对中国文化整体设计的转变，同时也意味着对中国传统文化的彻底摈弃。"五四"知识分子面对中国传统文化，基本上普遍性地采取了"弃如土苴"的决绝态度。"五四"文化先驱们，虽以进化论为思想武器，但在很大程度上他们都背离了进化论的历史发展有其"故事主线"（story line）的观念，从而，否定了中国传统文化对现代化的积极意义和建构作用。

五四文学革命既然是新文化运动的一个组成部分，那么，也就不可避免地带有这种简单性、单值性、偏激性。在五四"文学革命"中，文学先驱们的态度与对传统文化相比并没有什么区别，胡适不但提出了"充分世界化""一心一意的现代化"的口号，而且明确主张"全盘西化"，坚持"新"优于"旧"，扬"新"废"旧"的单一直线型现代性理路；陈独秀在著名的《文学革命论》中，对中国传统文学有着明晰的价值定位："雕琢的阿谀的贵族文学""陈腐的铺张的古典文学""迂回的艰涩的山林文学"，并主张，"际此文学革新之时代，凡属贵族文学，古典文学，山林文学，均在排斥之列"②；钱玄同在《尝试集序》中更是

---

① 汪淑潜：《新旧问题》，《青年杂志》1915年9月第1卷第1期。
② 陈独秀：《文学革命论》，《中国新文学大系·建设理论集》，上海文艺出版社1980年版，第44、46页。

"号召","对于那陈腐的旧文学,应该极端驱除,淘汰净尽"[1],最后发展到废除汉字;周作人更是几乎把中国所有的文学形式都列为"非人的文学";鲁迅则极为严肃地告诫青年人,尽量少读或者不读中国书。由此可见,五四文学家们是怀着同样激烈的态度投身于"文学革命"的。陈独秀在他的《文学革命论》中,劈头就说,"今日庄严灿烂之欧洲,何自而来乎?曰,革命之赐也",又说,"自文艺复兴以来,政治界有革命,宗教界亦有革命,伦理道德亦有革命,文学艺术,亦莫不有革命,莫不因革命而新兴与进化"[2];胡适更是一再强调"历史进化的文学观念",他甚至不无得意地称"历史进化的文学观念"是文学观念变革历程中的"哥白尼式革命"[3]。

五四文学革命的实绩,及其所追求的现代性规范,在鲁迅的小说创作中得到了最充分的体现。当鲁迅创作出《狂人日记》《药》等小说时,已经相当明显地体现了五四一代作家对未来文学现代性明晰的价值诉求和规范要求。鲁迅曾说,"新文学是在外国文学潮流的推动下发生的"[4],在谈到他自己的小说创作时又说,"大约所仰仗的全在先前看过的百来篇外国作品和一点医学上的知识"[5],"所取法的,大抵是外国的作家"[6]。鲁迅自己曾认为,他的创作之所以在当时"颇激动了一部分青年读者的心",其原因在于"表现的深切和格式的特别"。[7] 应该说,鲁迅的小说真正做到了"内外两面,都和世界的时代思潮合流"[8]。鲁迅的

---

[1] 钱玄同:《尝试集序》,《中国新文学大系·建设理论集》,上海文艺出版社1980年版,第109页。
[2] 陈独秀:《文学革命论》,《中国新文学大系·建设理论集》,上海文艺出版社1980年版,第44页。
[3] 胡适:《中国新文学大系·建设理论集》,上海文艺出版社1980年版,导言。
[4] 鲁迅:《"中国杰作小说"小引》,《鲁迅全集·集外集拾遗补编》,人民文学出版社1981年版,第399页。
[5] 鲁迅:《我怎么做起小说来》,《鲁迅全集·南腔北调集》,人民文学出版社1981年版,第512页。
[6] 鲁迅:《致董永舒》,《鲁迅全集·书信》,人民文学出版社1981年版,第212页。
[7] 鲁迅:《〈中国新文学大系·小说二集〉序》,《鲁迅全集·且介亭杂文二集》,人民文学出版社1981年版,第238页。
[8] 鲁迅:《当陶元庆君的绘画展览时》,《鲁迅全集·而已集》,人民文学出版社1981年版,第550页。

创作,最充分地体现了五四文学的"创新"现代性价值诉求和规范要求。

然而,五四一代学者由于陷入了巨大的现代性"新""旧","中""西","传统""现代"的直线型两极对峙的误区之中,把文学现代性选择基本上等同于社会变迁的线性方案,带有明显的"西方中心主义色彩"。所以,五四现代性"方案"自身存在某种先天的单值性"反传统"缺陷。因而,反映在文学上,就是普遍的"欧化"倾向。应该说五四作家都有意无意地把西方文学作为中国文学的榜样,在文体格式、语言风格上都带有明显的"欧化"色彩。不仅如此,五四现代性的弊端更表现在,五四文学的反传统主义,"使中国作家不但与被抛弃的古典传统割断了联系,而且更重要的是,与中国大众和民间传统也割断了联系——失去了后者就不可能和群众产生有意义的联系"[1]。

二 赵树理:"本土化"与20世纪 中国文学的新欲求

鲁迅在谈到文学发展的基本途径时曾指出,"采用外国的良规,加以发挥,使我们的作品更加丰富是一条路;采取中国的遗产,融合新机,使将来的作品别开生面也是一条路"[2]。如果说以鲁迅为代表的五四作家主要走的是第一条路,那么,以瞿秋白、毛泽东为代表的共产党人则更侧重于后者。瞿秋白比较早地意识到五四文学现代性弊端,并激烈地表达了不满的声音。瞿秋白对"五四式的'白话文'"进行了猛烈的批判和指责。他认为五四白话已经被外国词汇、欧化句式、日本词汇和文言残余所占领,必须进行一场新的"文学革命"来反对"五四白话"。他不无尖刻地指出:"五四式的所谓白话文,其实是一种新文言,读出来并不像活人嘴里说的话,而是一种死的言语。所以问题还不仅在

---

[1] [美]P. G. 匹柯维茨:《瞿秋白对五四一代的批评——中国早期的马克思主义文学批评》,贾植芳主编:《中国现代文学的主潮》,复旦大学出版社1990年版。

[2] 《鲁迅全集》第6卷,人民文学出版社1981年版,第19页。

于难不难，而且还在于所用的文字是不是中国话——中国活人的话，中国大众的话？"① 瞿秋白对五四文学的质疑和批评，表明"人们回顾'五四'充分扩大的借鉴外国的岁月，不满足于泛泛的'欧化'，而要求规范的吸收和归位"②。这种对五四文学"欧化"的不满，"要求规范的吸收和归位"，预示着中国文学最初的现代性选择的调整，以及对新的现代性文学规范的期待。中国文学面临着某种具有重要意义的现代性转折。

20世纪中国文学现代性规范的转移，即从五四时期过于"欧化"的文学现代性思路到对"本土化"现代性思路的调整，是通过一系列文艺论争来完成的。五四现代性自身的缺陷到了30年代已经生长为某种反对性力量和"纠正"的欲望，集中表现在30年代以后持续展开的文艺"大众化""民族化"问题的讨论，这种讨论前后共进行了四次，持续十年之久。"大众化""民族化"问题的论争从表面看仿佛是个纯粹的语言问题，而实际上在其根本却是个多重现代性价值视野下的20世纪中国文学的价值趋向选择的问题，其核心是两种文学现代性理路的冲突、纠缠、较量，和中国文学现代性思路的重新调整，其深层含义是对五四确立的现代性追求的历史合理性的质疑。从"文学革命"到革命文学，再到左翼文学、无产阶级大众文学、工农兵文学，可以说，五四确立的以"欧化"为主的新文学的现代性在一点点流失，而以"民族性""本土化"为主要价值诉求的现代性一步步得到承认、接纳。这两种现代性思路的论争为毛泽东的文艺政策的出台和对未来中国文学现代性发展之路的勾画作了思想上的准备。

毛泽东文学现代性理论的核心内容是"民族性""本土化"，其表现形式就是对"民族风格"的特别重视和强调。1938年10月，毛泽东在中共中央六中全会上所作的《中国共产党在民族战争中的地位》报告中提出，"洋八股必须废除，空洞抽象的调头必须少唱，教条主义必须休息，

---

① 瞿秋白：《"我们"是谁？》，文振庭编：《文艺大众化问题讨论资料》，上海文艺出版社1987年版，第101页。

② 吴福辉：《二十世纪中国小说理论资料（第三卷）·前言》，北京大学出版社1997年版。

而代之以新鲜活泼的、为中国老百姓所喜闻乐见的中国作风和中国气派"①,虽然在这次报告中,毛泽东并没有专门论及文学问题,但"为中国老百姓所喜闻乐见的中国作风和中国气派",对他的文学现代性预想作了初步的框架勾画,体现了共产党人对文学现代性的一种新的构想和欲求。在后来的《在延安文艺座谈会上的讲话》(后文简称《讲话》)中,毛泽东的"民族性""本土化"文学现代性构想进一步得以完善和凸显。《讲话》实际上是以毛泽东为代表的共产党人对五四以来中国文学发展情况所作的一个基本价值判断,和对未来文学发展的基本构想。在《讲话》中毛泽东紧紧抓住文艺"一个为群众的问题和一个如何为群众的问题"这两个最根本性问题展开论述,相当全面地、明确地、本质地对未来文学发展的基本走向和基本风貌作了勾画,这两个问题体现了毛泽东对五四文学现代性的某种疑虑和实际上的不满:"有些天天喊大众化的人,连三句老百姓的话都讲不来……实在他的意思仍是小众化"②,毛泽东指责许多作品不但"语言无味","而且常常夹着一些生造出来的和人民的语言相对立的不三不四的词句"③。在这一点上,毛泽东与瞿秋白在对五四文学的判断上基本一致,这种疑虑和不满,在毛泽东的现代性框架中最中心的一点便是对"中国作风、中国气派"的强调,他以不容置疑的口气在实际意义上否定并扭转了过于"洋化"的中国文学的现代性发展理路和走向。毛泽东的《在延安文艺座谈会上的讲话》的论述,看似仅是文学的语言、形式问题,"实际上隐含和'深层暴露'出来的,是……更为丰富的有关传统/现代、欧化/民族化、本土性(地方性)/全国性、民族性(中国性)/世界性等现代性问题"④。由此,毛泽东彻底扭转了中国文学的最初的现代性选择,并以一种主要体现民族特色的文学现代性目标代替了过于"欧化"的五四现代性价值,从而在根本上扭转了现代

---

① 毛泽东:《中国共产党在民族战争中的地位》,《毛泽东论文艺》,人民文学出版社1983年版,第5页。

② 毛泽东:《在延安文艺座谈会上的讲话》,《毛泽东选集》第3卷,人民出版社1991年版,第841页。

③ 毛泽东:《在延安文艺座谈会上的讲话》,陆贵山、周忠厚编著:《马克思主义文艺论著选讲》,中国人民大学出版社1999年版,第581页。

④ 逄增玉:《中国现代文艺思潮中的现代性问题》,《作家》1999年第3期。

文学的发展方向。一时间，与"五四文学"迥异的文学形式，如赵树理的《小二黑结婚》《李有才板话》，李季的《王贵与李香香》等作品，成了当时解放区的主流文学形式，"地摊文学家"赵树理成为中国文学的未来发展方向。

中华人民共和国成立后，毛泽东"本土性"文学发展的现代性理路，更是通过体制性保障整控了当代文学发展的基本走向和形态风貌。虽然，在纯粹理性层面上，毛泽东承认"像西太后反对'洋鬼子'是错误的"，他甚至主张，中国的传统，外国的东西，"应该交配起来，有机地结合"，"应该学习外国的长处，来整理中国的，创造出中国自己的、有独特民族风格的东西"。[①] 但是，在实践层面上，毛泽东更重视的却是"民族风格"，并没有真正做到"非驴非马也可以"。应该说，中国当代文学发展史特别是"样板戏"极端化的文学形态表明，毛泽东的"本土性"现代性思路，在一味强调"民族性"的同时，并没有充分警惕这种现代性自身的局限和不足，事实上，在这种"本土化"的现代性理路的框拘、导引下，中国当代文学一步步走向封闭的"死胡同"。

三 王蒙："拐点"抑或一个新的文学时代

实际上，无论是五四文学现代性思路还是毛泽东的"中国作风、中国气派"的"本土化"现代性思路，都有自身所无法克服的片面性、单一性，都有其内在缺陷，前者过于"欧化"，脱离民众；后者又过于封闭，以至于一步步发展成为后来的"样板戏"文学。他们的共同的缺陷，在于这两种现代性思路都过于狭窄。历史提供了另一种中国文学发展的现代性途径，那就是改革开放之后 80 年代兴起的"新时期文学"，这是一种在更高层次上的多元的现代性思路，既立足本土又放眼世界，既具有现代性又具有民族性。历史选择了王蒙，对这两种都有某种内在缺陷

[①] 毛泽东：《同音乐工作者的谈话》，陆贵山、周忠厚编著：《马克思主义文艺论著选讲》，中国人民大学出版社 1999 年版，第 639、640 页。

的中国文学现代性理路进行新的"整合"。王蒙在进行新一轮的文学现代性选择的时候，20世纪中国文学的发展历史已经提供了丰富的借鉴，王蒙所直接面对的"历史资源"和所处的文化语境，已经与鲁迅、毛泽东等人有了根本的不同。应该说，王蒙已经站在了一个变化了的新的历史起点上。他已经摆脱了"五四""毛泽东时代"文学现代性与社会现代性的"捆绑式"思路和焦虑心态，基本上走出了对文学的"工具性之思"，能够对文学进行"独立"的本体性现代性思考。王蒙力图在新的文化语境和时代契机中，"重塑"中国文学现代性新景观，探索"新时期"中国文学发展的新思路。

王蒙深刻地洞察了"五四"文学和"毛泽东时代"文学的内在缺陷，特别是后者的封闭性、狭隘性，严重地桎梏了作家的创造力、想象力，并且导致了中国文学审美口味、文学形态越来越"窄化"的倾向。因而，王蒙力求在一种更加多元、宽容，因而也更加"文学"的意义上，探索一种新的文学现代性理路。虽然，毛泽东在"毛泽东时代"文学发展过程中，已经察觉了"中国作风、中国气派"的文学现代性理路的某种弊端，并提出了"古为今用、洋为中用"的较为合理的现代性思路的调整，但当时的时代氛围决定了这一调整的文学现代性思路只能是昙花一现，并没有产生持久的历史影响力。应该说，只有到了"新时期"，文学的发展才真正体现了毛泽东提出但没有来得及展开的"古为今用、洋为中用"的现代性理路。

王蒙的文学现代性思路，之所以是多元整合型在于，王蒙在洞察了"五四"现代性和毛泽东"本土化"现代性的各自优势和缺陷的基础上，力求在一种更加宏阔的背景上，规避其缺陷，整合其优势。王蒙的多元整合型文学现代性选择和价值欲求，集中体现在他的"小说学"中。在文学价值论，与鲁迅的"揭出病苦，引起疗救的注意"的文学功用观不同，也与毛泽东的文学是革命机器上的"齿轮和螺丝钉"理论不同，王蒙强调了文学价值的独立性、多元性、多层面性，王蒙走出了"五四"现代性和"本土性"现代性的"新""旧"，"现代""传统"，"先进""落后"，"文学""非文学"，"革命""反革命"等二元对立的文学价值思维模式的拘框，从一种更为宽广的视角，以一种更为宽容的态度，对

"文学"进行一种多元的包容性的价值体认,其中蕴含着王蒙对文学发展的一种新的现代性眼光和新的现代性价值欲求,他力求在一种摆脱了"工具之思"的文学现代性视野中,来确立新时期文学发展的新构想。我们知道,"五四"作家曾一反传统小说的"谈狐说鬼""言情道俗"的"休闲""娱悦""游戏"品性,宣称"文学是一种工作,而且是对人生很切要的一种工作",这种对文学本质的否定和背离,在当时被视为文学"现代性"的重要表征。在这种文学现代性理论的导引下,形成了对包括清末民初"鸳鸯蝴蝶派"在内的各类"非主流"文学形态的打压、围剿,使现代中国文学在文类形态和审美口味上严重"狭仄化"、意识形态化,这种现代性弊端,到了"毛泽东时代"的"本土性"现代性理论结构中则越来越凸显,文学越来越紧紧地捆绑在社会的战车上,越来越"单调"和"专势",一个重要的原因,在于它们都把自己的文学现代性构想想象成是唯一"合法"的,并使之"主流化""霸权化",致使中国文学现代性之路越走越封闭,越走越狭窄,最后走进死胡同。王蒙实际上对这种具有本质性内在缺陷的文学现代性诉求的合理性早有质疑,并且深受其害。20世纪50年代,他的《组织部来了个年轻人》之所以受到批判,就是因为这部小说自身的丰富性无法见容于当时狭隘的、单值性的文学现代性规范之中。王蒙摆脱了这种文学现代性上的"专势"和"霸权化"思想,承认"文学的路数很多","各路有时会像网络般交叉纠结","各路文学都可竞争、竞赛或不争不赛地自得其乐或各发其痴"[1],王蒙在文学风格上倡导"杂色",在文学流派甚至学派上,坚决反对"王麻子剪刀,别无分号"的想法和做法,努力倡导多元共存、借鉴互补的文学的多元价值形式,"承认价值标准的多元性选择取向的多样性。人各有志,人各有境,应该允许百花齐放与多元互补"[2]。在这种文学价值多元性、文学形态多样性的理论视野中,蕴含了王蒙"重塑"文学现代性丰富性的诉求和愿望。

---

[1] 王蒙:《王朔的挑战》,《王蒙文存》第21卷,人民文学出版社2003年版,第408—409页。

[2] 王蒙:《名士风流以后》,《王蒙文存》第17卷,人民文学出版社2003年版,第218页。

王蒙多元整合型现代性的另一重要表现,集中体现在他于70年代末80年代初开创的"东方意识流"小说。"意识流"小说在中国作为一种文学潮流,可以说早已"过时",但是,它却最早地透出了中国文学新的现代性追求的讯息,表明了一种新的文学现代性价值观念的萌发、生成,预示了即将展开的一种新的文学现代性规范。从这一点而言,其"象征"意义远大于它作为一个小说"流派"的实际意义。王蒙的"意识流"小说试验,预言了一个新的文学时代的到来。王蒙对当时许多人的"搞形式主义"等的指责,曾公开表明,"我们搞一点'意识流',不是为了发神经,不是为了发泄世纪末的悲哀,而是为了塑造一种更深沉、更美丽、更丰实也更文明的灵魂",是为了"写得'独具慧眼',更有深度,更有特色,更有'味儿'","吸收和借鉴必须消化,必须为我所用,必须有所改革、发展、创造"[①],王蒙既批判了"把洋人的裹脚布当领带"的一味崇洋、媚洋的做法,同时又以一种开放的胸襟,发扬真正的"拿来主义","洋为中用",他说,"探索也好,形式也好,技法也好,这一切必须深深的扎根于本民族的生活之中"[②],"外来的东西一定要和中国的东西相结合,否则就站不住",在创新和继承、借鉴的关系上,王蒙既反对"自我作古,搞'新纪元'",同时也反对"画地为牢"。[③] 事实上,就王蒙的"意识流"小说而言,无论是早期的《春之声》《海的梦》《夜的眼》,还是稍后的《蝴蝶》《布礼》《杂色》,它们的根本意义并不在于这类小说自身具有多么高的艺术性,关键在于它们的"标新立异"向人们展示了小说的另一种写法、另一种形态和新时期中国文学的新的现代性选择。王蒙的"意识流"小说,即使那些表面上不以为然甚至反对的人,也无不为这种新的小说形态所吸引、所惊异。王蒙开创的"意识流"小说,单纯作为新时期文学的一个"流派",其意义有限,但是它对之后文学发展的流向具有某种强烈的暗示、导引作用,它对中国文学发展的潜

---

① 王蒙:《关于"意识流"的通信》,《王蒙文存》第21卷,人民文学出版社2003年版,第186页。

② 王蒙:《生活呼唤着文学》,《王蒙文存》第23卷,人民文学出版社2003年版,第273页。

③ 王蒙:《致高行健》,《王蒙文存》第23卷,人民文学出版社2003年版,第32页。

在的影响力，超越了在当时引发的冲击力、震撼力。王蒙开启了迥异于"毛泽东时代"文学的一种新的文学现代性规范。

王蒙"小说学"现代性的另一重要维面，还在于它的主体性内涵。五四现代性具有主体性的一面，但"毛泽东时代"文学基本上忽视、漠视文学的主体性，这也是"毛泽东时代"文学高度类型化、模式化的根本原因。实际上，文学现代性的一个重要的表现，即对创作主体性的尊重。在新时期作家中，还没有人像王蒙这样早、这样急切地呼唤文学创作主体性，作家的主体创造性只有在一种开放的、丰富的现代性框架中才能真正体现。中华人民共和国成立后对作家的诸多的条条框框，实际上是对作家创造力、主体性的漠视、限制和扼杀。王蒙意识到这一点，并率先对许多错误的、教条的、似是而非实际上严重束缚了作家创造力的重大问题如现实主义、真实性、典型、形象思维等进行"拨乱反正"和理论廓清，力求将文学从单一的封闭的狭窄的"单行道"中解放出来，使之成为真正意义上的"人学"。王蒙"小说学"现代性的一个最根本所在，就是对创作主体性的重视。王蒙多次强调，"文学是对生活的一种发现"，"文学是生活的发展"，"创作是一种燃烧"，一切文学艺术形式都是创作主体的"心智的伟大创造"，王蒙所说的"发现""发展""燃烧"等，无不突出了创作主体的重要性。与之前的"教科书"式的"文学理论"不同，王蒙更加突出地强调了创作中作家"自己的内在根据"。王蒙说，"忽视创作主体的作用，就是忽视创作规律"，"没有创作主体的作用，就没有创作灵魂"。王蒙特别强调了激情、想象、直觉在整个创作中的作用，王蒙认为："缺乏敏锐的感受性，缺乏想象、激情和创造力即缺乏创作主体的活跃性与能动性的文学工作者……与真正的文学艺术之间，还存在着难以逾越的隔膜。"

王蒙是20世纪中国文学发展中的具有转折意义的代表性作家。他的创作"是对中国文学整个形式和内容的改造"[①]。所谓"改造"，主要表现为王蒙以一种更富有时代感和现代性的文学规范，取代了原有的文学

---

① ［俄］谢尔盖·托罗普采夫：《王蒙创作探索和收获》，《当代文艺思潮》1985年第1期。

规范，开创了新时期文学的多元整合的文学规范的新时代。因而，王蒙的文学史意义只有置于20世纪中国文学的发展流变这一大的背景上才能被更清晰的认识，王蒙既是某中心的文学规范的代表，同时也是某个文学时代的代表。所谓"新时期"文学，主要的不是一种历史表述，而是一种性质判断、价值期待。王蒙所开创的这种"新时期"文学的现代性规范，也许仅仅是中国文学发展过程中的一种现代性"方案"，也许这种文学规范同样具有某种无法克服的历史局限性，但是，面对21世纪中国文学特别是即将展开的"全球化"战略，如何既保持中国文学的"个性"，又具有"现代性"，王蒙为我们提供了某种富有历史远见的有益启示。

成了王蒙文艺思想的鲜明特色。鉴于80年代初脆弱敏感阴晴不定的文学语境，王蒙很少使用"主体性"这一概念，但这并不妨碍王蒙从主体性这一启蒙主义视域思考文学理论问题。从文艺思想史的角度来看，王蒙文艺思想是发轫于20世纪20年代中国左翼文学思潮在新的历史语境下的新收获，是对近百年左翼文艺学潮的丰富、发展和深化。而就当代文艺思潮而言，王蒙的文艺思想体现了50年代"文学是人学"的基本价值理念。

长期以来，"左"倾文艺思潮特别是极"左"文艺思潮严重桎梏了中国作家的创新意识和创造精神，其表现就是作家主体意识的普遍淡薄和缺失，80年代以降，伴随着改革开放和思想解放的时代洪流，重建作家的主体性就成为中国文学面临的首要任务，没有作家的主体性，就不可能有真正意义上的文学创新，因此，重建文学的主体性已成为一个时代性命题，可以说，新时期文学是从恢复和重建文学的主体性开始的，没有文学主体性理论的探讨就不可能有真正意义上的新时期文学，在这一过程中，有两个人发挥了独特作用：一个是王蒙，再一个是刘再复。刘再复完成了对文学主体性问题的理论思考，王蒙则从创作实践出发，完成了对文学主体性富有时代感的阐释，并提出了一系列理论主张，从而开启了王蒙文艺思想的滥觞。

每一个时代的文学都有自己的特定代言人，王蒙充满主体感的文艺思想在一定程度上代表了当时中国文艺思想的精神走向。王蒙在坚持"物质决定意识"这一马克思主义理论基本前提的基础上，从中国当代文学的具体实践出发，有针对性地强调了文学的另一维度——主体性。王蒙在《理论、生活、学科研究问题札记》中提出，不能用马克思主义关于社会的一般规律代替文学艺术的特殊规律，王蒙没有满足于"文学是生活的反映"的层面，而是从主体性的视角，从心灵—精神的层面展开了对文学特性的重新认知和阐释，提出了一系列富有闪耀着思想解放光芒的时新论断："创作是一种燃烧""创作是心灵的搏动与倾吐""文学是生活的发展""文学艺术既是对现实的一种反映，也是对现实的一种突破""没有精神上的自由就没有文学""艺术的品格在于心灵的自由"，这对当时文学与生活关系上流行的简单化、机械论具有重要的拨乱反正意义。特别是结合具体创作实践的规律，王蒙指出，生活并不等于艺术，生活需要作家的感受、思考、消化、反刍、遐想，需要作家的人格、风格、激情、审美心理与审美趣味合拍，需要化为作家的神经与血肉。无疑，与以往文学理论中泛泛地单向度地强调"文学是生活的反映"不同，王蒙更重视和强调的则是创作过程中作家的"内在依据"即主体性，王蒙认为，作家的"火热的、敏感的、深沉的心"[①]是构成作家的"品格"的首要内涵，王蒙曾呼吁："掏出你的心，敞开你的灵魂，发出你的呼号，才有真的人生，真的爱情，真的文学。"[②] 王蒙的这些文学主张，对于重构新时期具有中国特色的文学理论，构建中国当代文学的新秩序，起到了先导性的破冰作用。

与文学主体性相联系，王蒙高度重视作家的主体创造性，把作家的主体性置于文学主体性的核心位置。纵观王蒙80年代初的一系列关于文艺问题的讲话、文章，我们可以发现，恢复和弘扬作家的主体创造性是王蒙80年代初关注的中心问题，此时的王蒙，像一个充满理想主义的战士，以作家特有的激情语调提出了一系列振聋发聩的新见："作家即创造""作家的任务是创造""忽视创作主体的作用，就是忽视创作规律""没有创作主体的作用，就没有艺术的灵魂"。王蒙笔下出现最多的是这样一些字眼：思索、探求、发现、发展、试验、创造、想象、感觉、虚构、情绪、趣味、触觉、触发、直觉、激情、燃烧、灵魂、倾吐、搏动、升华、精神活动、内心体验、艺术个性等，这些带着鲜明主体感的概念构成了王蒙文艺思想的"关键词"，这是与既往文学理论完全不同的另一套语码，王蒙曾明确反对把文学作品比喻为"镜子"的说法，因为在王蒙看来，创作是一个"辩证的立体的过程"，需要作家"全部感官全部神经全部心灵"的参与，而不是一种"驾轻就熟的职业化"心态，更不是来自一种所谓的"小说的经验"，因为真正的创作激情"是来自灵魂的深处而不是来自作小说的习惯"，王蒙特别强调作家的"精神能力""穿透

[①] 王蒙：《当你拿起笔……》，《王蒙文存》第21卷，人民文学出版社2003年版，第161页。

[②] 王蒙：《风格散记》，《王蒙文存》第21卷，人民文学出版社2003年版，第266页。

生活的眼光"，在王蒙看来，这正是作家主体人格的表现，创作本质上是作家"精神能力"的外化。

众所周知，王蒙是一个深谙国情、世情的作家，王蒙在破除旧有文学观念建构其文艺思想的过程中，既表现出了一个理论家的胆识和勇气，也表现出了一种理性和务实态度，规避了"爆破式"引发的理论震荡，例如，王蒙始终坚持马克思主义文艺理论的基本前提，始终坚持"生活是文学的最大的参照系"的观点，坚持"生活是创作的谜底"的观点，这从根本上与形形色色的唯心论和非理性主义划清了界限，保证了其文艺思想的正确方向。

二 文学的悖论

"文学的悖论"构成了王蒙文艺思想又一项重要内容。王蒙曾感叹："谈文学是非常难的。你每句话都可能是错误的。"[①] 王蒙之谓"难"，所涉及的是对文学本质的认知。其实，早在《文学三元》中，王蒙就体悟到了文学的悖论性质，只是当时王蒙尚没有明确提出"文学的悖论"这一概念。在这篇文章中，王蒙指出，文学是一种社会现象，是一种文化现象，更是一种生命现象，这构成了文学的"三个棱面"。王蒙的文学"三元"理论，对文学的认知从"一"变成了"三"，后来，王蒙更是明确提出了文学的悖论性质："我始终觉得文学本身就是充满悖论的"，"文学本身有一些互相违背的命题"，在王蒙看来，"悖论"或"歧义"构成了文学的基本内涵，文学的悖论无处不在，而这种悖论恰恰反映了文学自身的丰富性、复杂性乃至矛盾性，也正是在这个意义上，王蒙强调文学是一个"魔方"："魔方由各种各样的色彩、色块组成，文学也是由各种各样的社会的非社会的、审美的非审美的多重因素构成。"[②] 王蒙给文学下了个独特的悖论式"定义"：

[①] 王蒙：《作为艺术的文学》，《王蒙讲稿》，上海文艺出版社2001年版，第160页。
[②] 《王蒙、王干对话录》，《王蒙文存》第20卷，人民文学出版社2003年版，第168页。

文学是仁人志士的战场、十字架至少是试验场，文学又是智者弱者无所作为者孤独者清谈者自大狂自恋狂胆小者规避与逃遁者的一个"自欺欺人"的游戏——避难所。

……

文学是一种快乐。文学是一种疾病。文学是一种手段。文学是一种交际。文学是一段浪漫。文学是一种冒险。文学是一种休息。文学是上帝。文学是奴婢。文学是天使。文学是娼妓。文学是鲜艳的花朵。文学是一剂不治病的药。文学是一锅稀粥。文学什么都是也什么都不是。①

王蒙"文学的悖论"的观点，极大地拓展了文学的思维和阐释空间，深化了对文学特性的认识，标志着王蒙对文学的理解达到了一个新的时代高度。王蒙的"文学的悖论"观，其根本原因在于王蒙把文学看作心灵的产物，是心灵自由和创造的产物，而不是简单的反映论。

王蒙认为文学的悖论性，也同样表现在具体文学创作过程中。与传统文学理论中过于重视和强调文学创作中目的性、规律性不同，王蒙坦承创作过程中存在着某种"神秘的魅力"，即某种偶然性、模糊性乃至自动性、不可控制性等特点，"不可能全部穷尽地觉悟和表述一个作品的准备过程和写作过程，不可能全部穷尽地掌握和表达文学创作作为一项社会劳动和一项特殊的、立体的心理过程所包含的认识的与审美的、理智的与感情的、实在的与虚幻的、大脑的与全部感官全部神经全部心灵的、来自外部客观世界与来自内部主观世界的多向多线多层次的诸种信息、诸种因素、诸种变化发展飞跃"②。王蒙的两个"不可能"既道出了文学创作过程的某种复杂性，更强调了文学自身的复杂性、悖论性。

王蒙的"文学的悖论"观，也表现在他对一些具体文学理论的理解和阐释。早在 20 世纪 70 年代末 80 年代初，王蒙就对文学的真实性问题

---

① 王蒙：《我的写作》，《王蒙文存》第 21 卷，人民文学出版社 2003 年版，第 105 页。
② 王蒙：《漫话文学创作特性探讨中的一些思想方法问题》，《王蒙文存》第 21 卷，人民文学出版社 2003 年版，第 246 页。

进行了深入探析,他认为文学的真实性,既包括对外部世界的反映,也包括对人们的内心世界的如实反映,与之相联系,王蒙将通常所说的"文学是生活的反映"中的"生活"在范围上做了扩大性理解,他将激情、愿望、倾向、梦幻、理想、想象等都归属于文学"生活"的范畴。在《开拓研究文艺心理学》一文中,王蒙批判了长期以来"只承认文艺的认识功能——反映功能,最多承认文艺是人类认识世界的一种特殊方式,即承认文艺是用想象思维反映世界的……即承认文艺活动中的理性活动、目的性活动,却不承认文艺活动中的更加丰富得多的内容,尤其是不承认那些不自觉的下意识的自发的随机的蓬蓬勃勃的内容"[1]的倾向。王蒙的这些提法,在很大程度上弥补了现实主义文学发展过程中只注重客观世界而忽视人的主观心灵世界的严重不足,极大地拓展了现实主义文学所反映"生活"的范畴,在很大程度上解除了"真实性"对作家的创造力的束缚。

同时,王蒙指出文学的悖论性首先源于生活自身的复杂性。生活中充满了矛盾和悖论,特别是文学表现的主体"人",更是充满了悖论,文学的悖论源于生活自身的悖论。其次,文学的悖论性是由文学的性质所决定的。王蒙认为,文学本质上是一个多维多级审美特质群聚的系统,功利与非功利、形式与内容、感情与理念、理性与非理性、直观与思辨、鲜明性与多义性,以及雅与俗等均构成了文学的悖论性审美特质,王蒙认为文学最大的悖论源于文学的本性,即真实与虚构的统一。王蒙曾说,"简明性"是人类认识论的一个"奇迹",也是一个"悲剧",而文学恰恰是一个含义最复杂、最模糊的概念,"文学正像世界一样,正像人类生活一样,具有非单独的、不只一种的特质"[2]。因而,王蒙在谈论文学时更喜欢"瞎子摸象""歧义""可能性""面面观"之类的概念。所谓"悖论",其实就是事物的多种可能性、多维品性,就是破除"定于一"。王蒙力求把文学从某种狭隘的简明性中解放出来,赋予其更开阔更丰富

---

[1] 王蒙:《开拓研究文艺心理学》,《王蒙文存》第22卷,人民文学出版社2003年版,第160页。

[2] 王蒙:《文学三元》,《王蒙文存》第23卷,人民文学出版社2003年版,第168页。

的内涵，这在一定程度上恢复了文学的本性或"自性"。最后，文学的悖论性是由文学反映、表现生活的方式所决定的。王蒙有一个说法："文学的方式。"所谓"文学的方式"，其实质是一种整体性、原生性即总体的方式，是一种主观的、情感的方式，同时还是一种语言的方式，文学的这种独特的思维、表达方式，也从根本上决定了文学的悖论性特征。

三 为"玩文学"一辩

王蒙的文学"心"论的观点，同样表现在对文学功能的认知上，全息性的文学功能观，构成了王蒙文艺思想的第三维度，而间接性和泛功利性则是王蒙文学功能观的核心内涵。很多时候我们在强调文学功能的同时往往忽视了文学功能实现的方式和特点，把文学的功能等同于一种直接的现实力量，这其实也是一种文学的"简明化"思维的表现。王蒙明确指出，"文学不具备正面的可操作的行动特质"，文学对生活的作用是"曲折的"，是通过读者的心灵来实现的。王蒙认为，文学功能的实现有它自己的方式，"非具体实用性"是文学的一个核心特征，因此，与以往"干预生活"的提法不同，王蒙提出了"干预灵魂"的概念。早在《漫谈文学的对象和功能》一文中，王蒙就指出："我们在继续强调面向生活的同时，我们要特别强调面向人，面向人的心灵。我们在继续大胆干预生活的同时，我们尤其要感染人的灵魂，做人类灵魂的工程师。"[1]他说："文学的力量，文学的功能，文学的特长是在于……打动着、潜移默化着千千万万读者的心，化为读者的内在的精神力量。"[2] 王蒙多次明确强调，文学"在于激动人心，打动人心，它的力量在人心里边"；"小说不是什么有力量的存在。……小说仅有的力量在于打动人心"；"文学艺术对社会的直接功效不能同一个交通法规相比，甚至不能同报纸上的一篇社论相比"，把文学功能的对象，从政治、社会、现实拉回到读者之

---

[1] 王蒙：《漫谈文学的对象和功能》，《王蒙文存》第23卷，人民文学出版社2003年版，第57页。

[2] 同上书，第54页。

"心",显示了王蒙对艺术规律的理解和尊重。

同时,王蒙提出了泛功利主义文学观的问题。从孔子的兴观群怨,到曹丕的"经国之大业,不朽之盛事",以至近代梁启超的《小说与群治之关系》,再到现代以来的"旗帜和炸弹""匕首和投枪",构成了中国文学主流功能观,其实这是一种偏颇的文学功能观,遮蔽了文学另一价值层面的功能如娱乐、消闲、游戏等。针对中国文学的这一弊端,王蒙提出了许多"离经叛道"的理论,他甚至公开为"玩文学"辩护:

> 我倒想为"玩文学"辩护一下。就是不能把文学里面"玩"的因素完全去掉。人们在郁闷的时候,通过一种形式甚至很讲究的形式,或者很精巧、很宏大、很自由的形式来表达自己的郁闷,是有一种自我安慰的作用,甚至是游戏的作用。过去很多中国人讲"聊以自娱"。写作的人有自娱的因素,有多大还可以再说,至于读文学的人有自娱的因素更加难以否认。也就是你我都有"玩文学"的因素,但是完全把文学看成"玩"会令许多人通不过的。①

王蒙之所以为"玩文学"辩护,在于王蒙看到了文学功能的另一面:"玩"也就是心灵娱乐的因素。美国作家艾萨克·辛格说:"娱乐是写作的最低目的和必须达到的目的",承认文学的娱乐性,拓展了其功利性的范畴,把一种直接的功利性,变成了一种潜移默化的更为持久也更符合文学规律和特性的泛功利性。王蒙在《你为什么写作》中,列举了世界上许多大作家关于"为什么写作"的回答,从这些回答中,王蒙对例如塞内加尔作家比拉戈·狄奥普的"主要还是为了个人消遣"、瑞士作家弗里施的"写作首先是为了游戏"的说法表示了某种认同甚至欣赏。文学的功能其实是个多层级、多维度的范畴。

王蒙从文学是"心"学的视角,还提出了"无害即是有益"的观点。在我们的文学传统中,对文学的"趣味"是深怀警惕的,特别是现代以来,文学的"趣味"更是屡遭批判和围剿。但是,并未因此而湮灭,因

---

① 《王蒙、王干对话录》,《王蒙文存》第20卷,人民文学出版社2003年版,第168页。

为"趣味"实在是文学的审美质素之一。王蒙极力为文学的"趣味"申辩:"趣味是小说的一个重要的因素。"①"趣味是一种对于人性的肯定与尊重,是对于此岸而不仅是终极的彼岸、对于人世间、对于生命的亲和与爱惜……是一种美丽的光泽,是一种正常的生活欲望,是一种健康的身心状态。"②王蒙反对将现实意义等作为衡量小说的唯一或首要"标尺",主张从"沉吟与遐想的角度,参考、自慰与益智、怡情的角度,从心灵的共鸣与安放的角度"③来看待文学作品。1993年,王蒙在台湾"中国文学四十年研讨会"上发表了《清风·净土·喜悦》的演讲,王蒙提出了"文学本来就是心灵的游戏"的命题,指出"文学承担了过重的使命感和任务感,反而使文学不能成为文学",并大声呼吁:"给我们一点游戏性吧,我们实在是够紧张了。……我希望我们和文学多一点游戏性,少一点情绪性或者表态性。"④与"心灵的游戏"相通,王蒙提出"文学在本质上是业余的"论断,王蒙认为文学的"业余"性主要表现在两个方面,即文学是人生的"副产品"以及文学的非急功近利性。王蒙的"文学业余"论,曾招致一些不满和批评,但由此也可窥见王蒙文学观之一斑。

列宁指出:"判断历史的功绩,不是根据历史活动家没有提供现代所要求的东西,而是根据他们比他们的前辈提供了新的东西。"⑤对于王蒙的文艺思想,我们应同样如此。王蒙的文艺思想生长于左翼文学这一大的生态系统中,有的评论家指出,王蒙是"一个跨过了延河的比较开放、善于变通的延安文学精神之子"⑥,王蒙文艺思想的价值也许恰在于"跨过了延河",王蒙出色地完成了历史赋予他的使命。

---

① 王蒙:《漫话小说》,《王蒙文存》第21卷,人民文学出版社2003年版,第208页。
② 王蒙:《难得明白》,《王蒙文存》第17卷,人民文学出版社2003年版,第332页。
③ 王蒙:《半生多事》,花城出版社2006年版,第143页。
④ 王蒙:《清风·净土·喜悦》,《王蒙文存》第19卷,人民文学出版社2003年版,第301—303页。
⑤ 列宁:《列宁全集》第2卷,人民出版社1959年版,第150页。
⑥ 张钟:《王蒙现象探讨》,《文学自由谈》1989年第4期。

第 三 讲

蝴蝶·桥梁·界碑：
1980 年代的王蒙

80 年代是一个属于王蒙的时代。王蒙已经成为中国当代文坛的一个"符号"，而其符号化的过程则主要是在 20 世纪 80 年代完成的，80 年代之于王蒙具有独特的意义。在这一时期，王蒙的创造性、自由性及其精神困境都达到了极致状态，无论是作为一个作家、官员还是文化学者，王蒙都完成了"自己"，唯其如此，王蒙在自传中充满自信地说："我的一九八〇年代！"

一 "蝴蝶"的快乐

"写小说最大的乐趣之一是，尽情书写，抢圆了写，立体地而不是平面地写。小说从东向西射击完了再从西向东扫射。丢完了原子弹再丢大刀片。大鲍翅与红烧肉与臊子面与老虎霉素全部上席。掰开了再粘起来。辗成片再揉成球涂上不干胶。横看成岭侧成峰。F 调 C 调降 D 大调与 G 小调，加上非调性，然后提琴与三弦，破锣与管风琴一起奏。预备，起！"[1] 这是王蒙在《大块文章》中的一段话，以此来形容 80 年代王蒙的创作是再合适不过了。20 世纪 80 年代对于中国作家而言，是一个"狂欢的季节"，对于王蒙，则尤其如此。王蒙这只当代文坛的"大蝴蝶"[2]，

---

[1] 王蒙：《大块文章》，花城出版社 2007 年版，第 332 页。
[2] 王蒙：《蝴蝶为什么得意》，《王蒙文存》第 21 卷，人民文学出版社 2003 年版，第 97 页。

在 80 年代终于"化蛹为蝶",振翅高飞,自由自在,一飞就是十年,王蒙这只蝴蝶"飞"过了整个 80 年代中国文学的天空。

80 年代是个思想解放的时代,也是一个知识和思想重构的年代,当然,更是文学重构的年代,而这种文学的"重构"在一定意义上是从王蒙开始的。王蒙扮演了一个文学"探险家"的角色,80 年代中国文学的发展和繁荣,王蒙做出了独特贡献,也在这一过程中,王蒙找到并最终完成了"自己"。

1979 年 10 月底召开的第四次文代会拉开了新时期文学的大幕。在这次会议上,"'文艺民主'的要求和想象,得到热烈的表达",邓小平代表中央郑重提出"文艺这种复杂的精神劳动,非常需要文艺家发挥个人的创造精神。写什么和怎样写,只能由文艺家在艺术实践中去探索和逐步求得解决。在这方面,不要横加干涉"[①]。随后,中国文联通过的《文艺工作者公约》更是明确提出:"解放思想,实事求是,勇于探索,勇于创新,精心地从事艺术创造。"[②] 作为一个"阅历很深、生活感受丰富、头脑十分勤快又机敏的人"[③],王蒙无疑更为敏感地感受到新的社会思潮、文学思潮的涌动。走过了"年轻人"时代,也结束了 20 年"另册"生活的王蒙,此时正站在一个新时代的门槛上。王蒙终于迎来了一个属于自己的文学时代。从 20 世纪 70 年代末到 80 年代末,即 1979—1989 年这 10 年是属于王蒙的,80 年代之于王蒙的创作具有独特的意义,那种锐气,那种酣畅淋漓,那种艺术感觉,都仅仅属于 80 年代,都是那个时代所赋予的。王蒙曾说文学是一种记忆和挽留,那么,王蒙的《夜的眼》《春之声》等小说无疑是对那个时代的最好的记忆和挽留。

王蒙既是个思想型作家,也是一个感觉型作家,特别是在生活感、语言感方面,王蒙极具天赋。冯骥才曾说王蒙是一个"能站在时代前面,抓住时代精神、时代感和时代的审美特征来写作的作家"[④]。王蒙与同时代作家相比,无疑对"生活的声息"更为敏感。王蒙在 80 年代的作品,

---

① 洪子诚:《中国当代文学史》,北京大学出版社 1999 年版,第 226 页。
② 《文艺工作者公约》,《文艺报》1982 年第 8 期。
③ 冯骥才:《王蒙找到了自己——记与英国人的一次对话》,《文学评论》1982 年第 3 期。
④ 同上。

或严肃或幽默或轻松或讽刺，实际上"总是有一条无形的脐带同时代的脉搏息息相通"①，这是王蒙80年代小说引起关注的最重要的原因。王蒙80年代的小说探索"推进了中国当代小说的现代性进程"②，探索和创新是王蒙80年代的代名词。王蒙80年代小说的一个重要意义就是使中国当代文学重新获得了文学感觉，重新获得了想象力和自由感。当诸如"接受着那各自彬彬有礼地俯身吻向她们的忠顺的灯光，露出了光泽的、物质的微笑"、"城市的上空是夜晚的太阳"（《风筝飘带》）这类我们之前未曾熟悉的语言出现在王蒙80年代初小说中的时候，一股新的文学之光已经开始出现在当时沉闷的文学的天空，一场文学风暴已经不可避免。

  王蒙的80年代风格独异的小说，为中国当代小说的发展特别是当代小说艺术的探索和实验，提供了新的经验，确如当时的评论家所言"是建国以来小说创作中所无的艺术新探索"③，不但开启了王蒙文学创作的一个新时期，也为后来中国当代文学的发展产生了重要的启迪和引领作用，也许正是在这个意义上，作家赵玫称王蒙为80年代中国文学的"旗手"④。从整个20世纪中国文学史的角度讲，王蒙的《夜的眼》《春之声》《风筝飘带》《海的梦》《蝴蝶》《杂色》等都是以感觉见长的小说，这类小说灵动、自由、舒展，赋予当代小说某种真正的艺术"感觉"。俄罗斯汉学家谢尔盖·托罗普采夫说"王蒙将生活带入了文学，将文学回归了生活"⑤，王蒙更是将感觉回归了文学。王蒙以他的新异小说记录了当时正在苏醒的中国，一时间，令人眼花缭乱、目不暇接，"在中国文坛上，刮起了一股四五级间六七级的王旋风。评论家纷纷著文揄扬，不少

---

① 徐怀中：《追随着时代前进的步伐——致王蒙同志信》，《文学评论》1982年第3期。
② 童庆炳：《作为中国当代小说艺术的"探险家"的王蒙》，温奉桥编：《多维视野中的王蒙——第一届王蒙文学创作国际学术研讨会论文集》，中国海洋大学出版社2004年版，第122页。
③ 克非：《引人注目的探索——评王蒙的近作兼论创作方法的多样性》，《学习与探索》1980年第6期。
④ 赵玫、任芙康：《旗手王蒙》，温奉桥编：《多维视野中的王蒙——第一届王蒙文学创作国际学术研讨会论文集》，中国海洋大学出版社2004年版，第48页。
⑤ 谢尔盖·托罗普采夫：《王蒙心里永存的桃源》，王蒙：《苏联祭》，作家出版社2006年版，"附录"。

青年作者王门立雪，八〇年在创作和评论上都出现了一个王蒙热"①。"王旋风"的说法可能带有一些文学化色彩，但是"王蒙热"确实是80年代的一大文学现象，也是一大文学景观。王蒙的一系列新异小说，就像天外来客一样，引发了文坛和读者的极大兴奋，引起了读者情感和心灵上的极大震动，同时，又在这种兴奋之中隐含着某种不安，这种不安当然来自对当时封闭、狭窄、模式化的创作方法和创作格局的强有力的冲击和挑战。正如王蒙自己所言，真正的创造是令人"不安"的："创造性本身对于随大流、对于安全系数、对于跟着走，就造成了挑战。"② 王蒙的艺术感觉和创作状态在80年代达到了巅峰，"四面开花，八面来风"③，这种状态持续了10年，王蒙后来用"文思泉涌"来形容这时期的创作："我像一个足球队的守门员，左一球，右一球，高一球，低一球，边一球，角一球，我在捕捉生活灵感的袭击，我左扑右抓，头顶脚踹，东蹿西蹦，我前后左右上下四肢五官六腑七窍望闻问切都是小说。"④ 王蒙的这种状态连同他80年代创作，已经成为一种"绝响"，那是独特的历史文学语境与作家精神结构、艺术个性的完美融合，而在一定程度上是可遇不可求的。

王蒙80年代的文学使命是"革命家"。在当代文坛上，似乎还没有一个作家像王蒙这样对探索、创新、实验如此感兴趣，如此执着一念，孜孜不倦，王蒙像躲避瘟疫一样，躲避着文学上的平庸、单调和重复。因为在内心深处，王蒙深怀畏惧，他害怕失去"自己"，害怕被平庸所淹没，这一点其实从《组织部来了个年轻人》即已开始。王蒙此时的探索，是继《组织部来了个年轻人》，事隔20多年之后一个更为自觉的文学活动，他对当时文坛的震撼和对中国文学的"改写"的努力，正如英国的评论家菲里克思·格林所言："王蒙以他的作品取得了并且正在取得一个非同寻常的突破。在他那里中国文学似乎摆脱了像枷

---

① 刘绍棠：《我看王蒙的小说》，《文学评论》1982年第3期。
② 王蒙：《文学的挑战与和解》，《王蒙研究》2006年5月号（总第4期），中国海洋大学王蒙文学研究所编。
③ 王蒙：《王蒙自传》第二部《大块文章》，花城出版社2007年版，第94页。
④ 同上。

第 二 讲

"后革命诗学"：
王蒙文艺思想"关键词"

作为中国当代文学的标志性存在，王蒙不但是极具创新精神和创新能力的作家，也是一位杰出的文艺理论家，特别是自20世纪80年代以来，王蒙以其作家的锐敏和理论家的胆识，结合具体创作实践，提出了一系列闪耀着思想解放光芒的文学主张，对一些长期以来扯不清理还乱而又严重束缚文学创作的观念、理论进行了深入探索、辨析和廓清，极大地拓展了当代文学理论的思维疆域，丰富了当代马克思主义文艺理论的内涵。王蒙的文艺思想的一个显著特点，是从心灵—精神的视角来看待和论述文学的特点、性质和功能，"心"论构成了王蒙文艺思想的一个重要品格，王蒙的文艺思想也因之充满了活性和质感。

一 "创作是一种燃烧"

王蒙的文艺思想是在长期文学实践特别是自20世纪80年代以来逐渐形成的，特别是80年代，王蒙借着思想解放的东风，无论是在创作还是在理论探讨方面，都扮演了探险家的关键角色，这也是王蒙艺术自我和文艺思想的主要形成期。即使在今天看来，王蒙发表于70年代末80年代初的《"反真实论"初探》《是一个扯不清的问题吗？——谈文学的真实性》《漫话文学创作特性探讨中的一些思想方法问题》《文学三元》等，仍具有重要的理论价值和实践意义。

主体性是王蒙文艺思想的活力之源，对文学主体性的空前重视，构

锁一样束缚着它的种种形式和陈规陋习，它现在可以在灿烂的阳光下自由地选择自己的道路了。"① 在王蒙所有的小说创作中，此时的作品特别是《夜的眼》最为灵动，最具神采，它是"小说的精灵"，是一篇当代小说中少有的真正富有文学性和表现力的作品，笔者甚至要说这是中国当代文学的第一篇真正意义上的"感觉主义"的作品。王蒙曾在几乎与《夜的眼》同时的一篇文章中说过："复活了的我面临着一个艰巨的任务：寻找我自己。在茫茫的生活海洋、时间和空间的海洋、文学与艺术的海洋之中，寻找我的位置、我的支持点、我的主题、我的题材、我的形式和风格。"② 应该说，《夜的眼》标志着此时的王蒙已经找到了"自己"：自己的位置以及自己的形式和风格，那就是王蒙自己所说的"标新立异，另辟蹊径，花样翻新"③。在《夜的眼》这篇篇幅短小的作品中，王蒙完整地、淋漓尽致地实现了"自己"，他把生活方式、思维方式、感受方式近乎完美地结合在一起，这是一次大胆的、不可重复的艺术的"冒险"，也是一次不可重复的、艺术的极致状态。艺术评论家阎纲用"酣畅淋漓、神驰魄动"④ 来形容它，恰如其分。令人遗憾的是，《夜的眼》这篇小说至今不知被多少高明的读者和评论家错过了。王蒙的 80 年代创作具有重要的文学史意义，它标志着中国当代文学在新的历史文化条件下的新选择、新追求、新风貌，实际上，王蒙此时的小说标志着中国当代文学的真正意义上的"转型"："从政治向文学自身、从外部规律向内部规律、从历史要求向美学要求的转移。"⑤ 在这个意义上，王蒙开启了一个新的文学时代。

然而，蝴蝶并不总是自由的。王蒙说："文学艺术是人类心灵追求自

---

① 菲里克思·格林：《格林给戴乃迭的信——关于〈蝴蝶及其他〉（摘录）》，《钟山》1984 年第 5 期。

② 王蒙：《我在寻找什么？》，《王蒙文存》第 21 卷，人民文学出版社 2003 年版，第 24—25 页。

③ 王蒙：《短篇小说创作三题》，《王蒙文存》第 21 卷，人民文学出版社 2003 年版，第 156 页。

④ 阎纲：《小说出现新写法——谈王蒙近作》，《首都师范大学学报》（社会科学版）1980 年第 4 期。

⑤ 尹昌龙：《1985：延伸与转折》，山东教育出版社 1998 年版，第 137 页。

由的表现"①，自由的同时也是危险的。王蒙对生活和文学的敏感，使他不满足于长期以来所形成的关于文学理论与创作的教条，使他勇于探索，勇于冒险，突破艺术禁区，王蒙的探索和创新事实上对当时的文学理论、观念、方法形成了某种挑战性力量，王蒙事实上已经成为80年代的"风向标"。王蒙在《对一些文学观念的探讨》《是一个扯不清的问题吗——谈文学的真实性》《漫话文学创作特性探讨中的一些思想方法问题》等文章中，对一些失去了生命力的文学观念、理论教条进行了反思和廓清，对文学的一系列重大文学理论命题进行了更符合时代精神的思考和探索。在某种意义上，这种探索，超越了当时某种习惯性的审美心态和心理承受能力。

80年代的王蒙，充满了一种锐气、豪气以及面对未来的勇气，充满了一种真正的自由感，也显示了一种自信和力量，这源于王蒙的文学占据了80年代文学的主流位置。王蒙的文学探索和试验契合了80年代思想解放、勇破禁区的时代潮流。等到《焰火》（1984年）、《铃的闪》（1986年）、《来劲》（1987年）、《一嚏千娇》（1988年）、《球星奇遇记》（1988年）等，王蒙的小说探索已经迹近"走火入魔"。《来劲》开头是这样的：

> 您可以将我们的小说的主人公叫做向明，或者项铭、响鸣、香茗、乡名、湘冥、祥命或者向明向铭向鸣向茗向名向冥向命……以此类推。三天以前，也就是五天以前一年以前两个月以后，他也就是她它得了颈椎病也就是脊椎病、龋齿病、拉痢疾、白癜风、乳腺癌也就是身体健康益寿延年什么病也没有。十一月四十二号也就是十四月十一、十二号突发旋转性晕眩，然后照了片子做了B超脑电流图脑血流图确诊。然后挂不上号找不着熟人也就没看病也就不晕了也就打球了游泳了喝酒了做报告了看电视连续剧了也就根本没有什么颈椎病干脆说就是没有颈椎了。亲友们同事们对立面们都说都什么也没说你这么年轻你这么大岁数你这么结实你这么衰弱哪能会有哪能没有病呢！说得他她它

---

① 王蒙：《我的几点感想》，《王蒙文存》第19卷，人民文学出版社2003年版，第226页。

哈哈大笑呜呜大哭哼哼嗯嗯默不做声。[①]

中国当代难道还有比这更惊世骇俗的小说吗？如鱼得水的王蒙开始"为所欲为"了，这种叙述已经隐隐透出某种"不祥"之兆，王蒙面临着巨大的危险了。

二 "桥梁"的意义

王蒙是一个复杂性存在，王蒙的意义从来就不是纯文学的。王蒙的复杂性，源于其多维的精神现实。"桥梁"是王蒙呈现给80年代的第二幅面孔。历史上许多伟大的文学家是反叛者，思想或体制的反叛者。他们大都对某种思想、社会现实发出了激烈的批判，如卢梭、托尔斯泰、鲁迅等，恰恰是在"反叛"的方向上，成就了他们的思想高度。但王蒙是不同的。与这些思想和体制的反叛者相比，王蒙走的是另一思想路线。

谈论20世纪中国知识分子与革命、政治的关系，将是一个极为复杂的话题。然而，试图与革命、政治"撇清"，又无疑属于揪着头发离开地球。王蒙从不讳言自己与政治、革命的联系，"我的特点就是革命"[②]，"我无法淡化掉我的社会政治身份社会政治义务"[③]。脱离20世纪中国革命和社会的具体实践，来谈论王蒙是不现实的。即使与那些所谓"有机知识分子"相比，王蒙无疑距离政治和体制更近。"归来"后的王蒙一直"游走"在首都文化知识界的上层，王蒙一直与政治保持着密切联系，一直是"在组织"的，是体制内作家。（1979年10月王蒙当选为中国作协第三届理事会理事，1981年10月担任作协书记处书记，1983年8月担任《人民文学》主编，1985年1月在中国作协第四次代表大会上当选为常务副主席、第四届理事会理事[④]；1982年9月当选为中共中央候补委员，1985年9月当选为中央委员；1987年10月再次当选为中央委员，1986

[①] 王蒙：《来劲》，《王蒙文存》第12卷，人民文学出版社2003年版，第231页。
[②] 《杨澜访谈录》第九辑，辽宁人民出版社2002年版，第77页。
[③] 王蒙：《王蒙自传》第二部《大块文章》，花城出版社2007年版，第79页。
[④] 参阅曹玉如编《王蒙年谱》，中国海洋大学出版社2003年版。

年 3 月—1989 年 9 月，担任文化部长，1993—1998 年担任全国政协委员，1998—2008 年担任全国政协常委，2005 年 2 月—2008 年 3 月担任全国政协文史和学习委员会主任。）可能对一个作家而言，是否担任中央委员或部长并不重要，而事实上，有无这种政治经历，对一个作家的影响是不一样的。政治生活构成了王蒙 80 年代的重要维面。

王蒙这种独特的政治身份和文学身份的融合，在一定意义上决定了王蒙 80 年代的"桥梁"身份，同时也进一步强化了王蒙共青团时代就已经形成的主人意识和责任意识，"要当个和谐的因素而不是生事的因素，要当一个稳定的因素而不是搅乱的因素"①，自觉"充当中央与作家同行之间的桥梁"②，"充当一个减震减压的橡皮垫"③。"桥梁"和"橡皮垫"是王蒙对自己一个非常独特的"定位"。王蒙这种"桥梁"心态、"橡皮垫"意识，是一般作家所没有的。王蒙之于 80 年代始终怀有一种理解和建设性姿态。

王蒙在一首诗中说："经验塑造着不同的人。"④ 王蒙的身份，不但使他开阔了眼界，有机会接触到了上层政治人物，更重要的是在参与许多关系国家民族命运、国计民生的大事的过程中，进一步了解了当代中国的国情、政情、世情，特别是政治甚至权力的运作，这在极大程度上拓展了王蒙的"生活经验面"，这种政治经验，不但构成了王蒙"重要的政治经历、政治资源、理论资源、生活资源与文学资源"，而且，可以"去魅、去偏见、去谎言，透过表层看到内里。它使我对许多事不再感觉那样陌生，以及因陌生而神魔化、夸张化、恶意化"⑤。王蒙是一个"入世极深"的作家，更是一个深昧世态人情的作家。这一方面引发了某些具有精英知识分子以及思想激进主义者的不满；另一方面使王蒙"学会用更为务实的态度考虑许多事"⑥。王蒙在《大块文章》中坦言，他"比作

---

① 王蒙：《王蒙自传》第二部《大块文章》，花城出版社 2007 年版，第 266 页。
② 同上书，第 335 页。
③ 同上书，第 165 页。
④ 王蒙：《纽约诗草（三首）》之《致 A·W——并答〈纽约时报〉》，《王蒙文存》第 16 卷，第 19 页。
⑤ 王蒙：《王蒙自传》第二部《大块文章》，花城出版社 2007 年版，第 186 页。
⑥ 同上书，第 181 页。

家同行们多了一厘米政治上的考量和成熟,比书斋学院派精英们多了也许多于一厘米的实践"①,这两个"一厘米"其实正是王蒙的独特之处,这源于王蒙与一般作家以及书斋学院派精英们相比独特的政治生活阅历。王蒙曾说:"我轻视那种哩哩啰啰,抱残守缺,耍丑售陋,自足循环,只知其一而不知其二其三的死脑筋。"② 这实际上就是王蒙"与主流亲密无间,我多了一厘米"③ 的结果。王蒙是一位具有政治意识、政治情怀和政治眼光的作家,是"以政治家的目光叙述与写作,以文学的方式参政议政"④ 的作家。从政治的高度看问题,这其实是王蒙的"童子功",这使王蒙与那些"不可救药的空谈家"⑤ 拉开了距离。

一个人思想的形成,受诸多因素的影响,既"决定于历史的大手笔时代的大潮流人生的大际遇"⑥,更决定于个体的实践和经验。王蒙列身政治权力中心的经历,在很大程度上改变了他观察社会和文学的立场、心态、价值坐标,使王蒙获得了一种更为高迈超拔的全局意识和一种理解性建设性的文化心态。在当代作家中,王蒙的"政治感"是最强的,这不仅表现为其明显强于一般作家的政治眼光、政治意识,也表现为其对现实政治和生活的一种"和解"态度,即"做一个健康、理性、平衡与和谐的因子"⑦。王蒙把自己定位为"后革命时期的建设者"⑧,这一定位决定了王蒙80年代思想的整体走向。"桥梁"心态就是一种建设性姿态。

"和解"成就了80年代的王蒙。王蒙的"桥梁"心态,构成了王蒙文学思想的某种资源或背景,并在深层制约着王蒙文学实践的总体风貌和价值取向。王蒙此时的心态和创作,都充满了一种特有的"光明"和

---

① 王蒙:《王蒙自传》第二部《大块文章》,花城出版社2007年版,第175页。
② 王蒙:《王蒙自述:我的人生哲学》,人民文学出版社2003年版,第236页。
③ 王蒙:《王蒙自传》第二部《大块文章》,花城出版社2007年版,第175页。
④ 徐妍:《王蒙小说"八十年代"叙事的意义》,温奉桥编:《王蒙·革命·文学——王蒙文艺思想研究》,人民文学出版社2008年版,第206页。
⑤ 王蒙:《王蒙自述:我的人生哲学》,人民文学出版社2003年版,第23页。
⑥ 王蒙:《王蒙自传》第二部《大块文章》,花城出版社2007年版,第197页。
⑦ 同上书,第215页。
⑧ 参阅郭宝亮《王蒙小说文体研究》,北京大学出版社2006年版,第150—156页。

硬朗,洋溢着一种乐观主义、理想主义,呈现出一种特有的明亮之色,"有着光亮的和充满着希望、思想力量的东西"①。王蒙创作中所闪耀的这种"光亮"和"希望",源于他与时代主流话语的"联盟",《布礼》曾得到胡乔木等高层人物的激赏即是一例。王蒙早年的"少共"经历及其日后形成的主人翁意识在80年代特有的时代氛围中"复活"了。

作为"桥梁"的王蒙连接的是两个截然不同的世界——政治和文学。在80年代,政治和文学这两个世界的关系是相当微妙而复杂的。因此,无论是"桥梁"还是"橡皮垫",也时常面临"窘态"。王蒙的某种政治上的责任感,使他努力与主流话语保持一致,不出格,不添乱;而另一方面他的"本质是文人"②的个性,又使他对80年代出现的某些诸如《苦恋》《晚霞消失的时候》《飞天》《你别无选择》等所谓"有错误倾向"的作品,表示了某种理解和支持。事实上,80年代的许多新锐作家、先锋作品是在王蒙的扶持、影响下诞生的,王蒙也因此受到来自各方面的责难。有的学者指出,王蒙是一个"跨过了延河的"作家,其理论情结仍是"延安文学精神",是"比较开放、善于变通的延安文学精神之子"③。还有的学者称王蒙为"左翼自由主义者"④,"左翼"和"自由主义"这种双重身份,正是将王蒙置于"窘态"的一个原因。当然,就深层而言,王蒙的"窘态"其实是那个时代特有的价值激荡的必然结果。

王蒙的"窘态",实际上是一种价值分裂,特别是80年代后期,这种分裂已经日益明显,而此时的王蒙无论是作为官员还是作家,都确实达到了人生的巅峰状态,对这种潜隐的价值分裂缺乏足够的重视和警惕,未能及时弥合这种裂痕,王蒙正面临着第二次被"抛弃"的危险。

---

① 许觉民:《谈王蒙近作》,见崔建飞编《王蒙作品评论集萃》,中国海洋大学出版社2003年版,第1页。
② 王蒙回答陈德宏访谈时所言。此资料复印件保存于中国海洋大学王蒙文学研究所。
③ 张钟:《王蒙现象探讨》,《文学自由谈》1989年第4期。
④ 李钧:《"狐狸"王蒙》,温奉桥编:《王蒙·革命·文学——王蒙文艺思想研究》,人民文学出版社2008年版,第158页。

三 "界碑"的尴尬

80年代既是一个思想解放的时代，也是一个各种思潮、各种力量空前交锋冲撞、喧哗骚动的时代，特别是左右两种思潮、两种力量，更是较量翻覆，成为那个时代独特的标志。查建英在《八十年代访谈录》中用激情、贫乏、热诚、反叛、浪漫、理想主义、肤浅、疯狂、天真、简单、启蒙、真理、膨胀、思想、权力、使命感、精英、争论等"关键词"建构了那个充满理想主义的时代。[①] 作家李陀曾说："八十年代一个重要特征，就是每个人都有一种激情"，并讲述了这样一件事情："大概是八七年，也许是八八年了，记不清了，在一次会议上，对'全盘西化'还是'中体西用'争论很激烈，包遵信突然问我：'你直说，别拐弯抹角，你赞成不赞成全盘西化？'看着他热切的眼光，我犹豫了一下，回答说：'我赞成全盘西化！'包遵信听了很高兴，说：'好，这我就对你放心了。'"[②] 这就是80年代的某种思想现实，赞成或反对，泾渭分明，痛快淋漓。但是，这种"激情"往往与非黑即白、非敌即友、你死我活的二元对立思维更为接近，"激情"往往导致偏激，专制，不宽容，甚至导致悲剧。激情是80年代最重要的精神徽记，80年代尚缺乏一种理性和宽容。

在一定意义上，王蒙的痛苦源于他的敏感和前瞻性，源于他与时代的"脱节"。经过"反右"，王蒙对激情之类已深怀警惕，究其原因，在于80年代从其思维方式、价值理念而言，还是"革命时代"——虽然这个时代对"革命"已经充满了不屑、不以为然——而此时王蒙的思想就其主导面而言应该说已经进入了"后革命"时代[③]，这其实是两个互不通约的时代。因此，王蒙置身于80年代这种独特的文化氛围中，受到左右两种力量的"夹击"，也就在所难免。"左"派认为他"右"，

[①] 查建英：《八十年代访谈录》，生活·读书·新知三联书店2006年版，封底。
[②] 同上书，第253、258页。
[③] 详细请参见温奉桥《后革命诗学——王蒙文艺思想散论》，《当代作家评论》2007年第2期。

搞"自由化",是"现代派",右的一方则认为他"左",已经"官方化",厕身庙堂,不够决绝。身处左右两种力量的中间地带,王蒙却不愿把自己绑在任何一方的战车上,他致力于沟通、缓和、平衡乃至"抹稀泥",这决定了王蒙的处境:左右逢源、左右夹击、"左防右躲"①同时并存,"前后通透"和"不完全人榫""不完全合铆合扣合辙"②同时并存,这就是王蒙作为"界碑"的"窘境":"我好像一个界碑……站在左边的觉得我太右,站在右边的觉得我太左,站在后边的觉得我太超前,站在前沿的觉得我太滞后"③,王蒙"成了一个桩子,力图越过各面的人,简单而又片面的人都觉得我脱离了他们,妨碍了他们,变成了他们的前进脚步的羁绊,而且是维护了效劳了投奔了对方"④。王蒙说:"每一代人都有自己的机遇与局限"⑤,这其实就是 80年代王蒙的独特的"机遇"和"局限"。

在文坛上王蒙面临同样的境遇。一方面,人们刚从一个特殊历史时期中走过来,惊魂甫定,对"精神"和"方向"特别敏感;另一方面,反倾向斗争、《苦恋》风波、"现代派"风波、"清污"、"反自由化"等,则一浪高过一浪,波诡云谲。新时期"复出"后的王蒙与"青春万岁"时代相比,不再那么"纯粹"(虽然"组织部"时代的王蒙已不那么"纯粹"),不再那么理想主义了,实际上王蒙开始了思想转型。对于生活和文学的敏锐,使他不满足于当时主流文学的现状,迅速超越了"伤痕文学"和"反思文学"阶段,率先进行了文学上的一系列探索和实验,王蒙事实上一度成为 80 年代文坛的"风向标",并被视为"现代派"在中国的代言人,这引起了文坛的某种忧虑,甚至连胡乔木也"教育"王蒙"不要在意识流上走得太远太偏太各色"⑥,告诫王蒙"少来点现代

---

① 王蒙:《王蒙自传》第二部《大块文章》,花城出版社 2007 年版,第 186 页。
② 同上书,第 175 页。
③ 同上。
④ 同上书,第 70 页。
⑤ 王蒙:《王蒙自传》第一部《半生多事》,花城出版社 2006 年版,第 75 页。
⑥ 王蒙:《王蒙自传》第二部《大块文章》,花城出版社 2007 年版,第 152 页。

派"①，对文坛上的"异论新论"充满了警惕②。对当时文坛的主流意识形态而言，那个"党性特强"③的王蒙，无疑已经逐渐成为一个"远行的叛徒"④；而对于某些"简单而又片面的人"来说，王蒙反复强调的又是"已经懂得了'凡是存在的都是合理的'的道理。懂得了讲'费厄泼赖'，讲恕道，讲宽容和耐心，讲安定团结"⑤。就王蒙思想的特点和80年代以来当时中国知识界、思想界意识形态价值动荡的现状而言，王蒙与80年代既有"共识"，也有"分裂"，王蒙成为"界碑"不可避免。

王蒙摆脱不了的"书生气"⑥，在某些"主流"看来，已经逐渐成为80年代的一种异己性甚至异端性力量。1980年，王蒙发表了《论"费厄泼赖"应该实行》，引起了轩然大波，甚至有的人据此把王蒙看作鲁迅的"对立面"。在这篇文章中，王蒙提出"'费厄泼赖'意味着和对手的平等的竞赛，意味着一种文明精神，一种道德节制，一种伦理的、政策的和法制上的分寸感，一种民主的态度，一种公正、合理、留有余地、宽宏大度的气概"⑦，然而，在80年代初那个尚停留在"痛打落水狗"、缺乏"费厄"精神土壤的时代，王蒙的"费厄"论，招致的只能是误解。还有诸如《论"眼不见为净"》（1979年）、《反面乌托邦的启示》（1988年）、《话说"红卫兵遗风"》（1989年）等，都具有某种思想的意义。从整体而言，80年代的中国还没有从那种第二次"思想解放"的情感冲动中走出来，这决定了80年代既是一个激情的年代，也是一个偏激和简单化的年代。人们来不及也不愿意对许多命题进行理性探究，整个80年代缺乏从容的氛围。而王蒙的敏锐，使他超越性地看到了某种思想危险性，如激烈、偏执、狂热，使他联想到自己的"十年生聚，十年教训"以及中华人民共和国成立以来历次政治运动的噩梦，他提出了诸如理性、宽

---

① 王蒙：《王蒙自传》第二部《大块文章》，花城出版社2007年版，第162页。
② 同上书，第163页。
③ 同上书，第156页。
④ 孙郁：《王蒙：从纯粹到杂色》，《当代作家评论》1997年第6期。
⑤ 王蒙：《我在寻找什么？》，《王蒙文存》第21卷，人民文学出版社2003年版，第26页。
⑥ 王蒙：《王蒙自传》第二部《大块文章》，花城出版社2007年版，第176页。
⑦ 王蒙：《论"费厄泼赖"应该实行》，《王蒙文存》第14卷，人民文学出版社2003年版，第418页。

容等价值概念，但并不被理解。90年代，王蒙的《躲避崇高》（1993年）、《从"话的力量"到"不争论"》（1994年）、《不争论的智慧》（1994年）、《人文精神问题偶感》（1994年）、《沪上思绪录》（1995年）、《我们这里会不会有奥姆真理教？》（1995年）以及《绝对的价值与残酷》（1999年）等，都闪耀着某种思想的光辉，但也同样是屡遭"争论"，90年代的王蒙已经与时代价值彻底决裂。

"界碑"的命运是孤独的。1988年，王蒙发表了一篇奇特的小说《十字架上》，20年后，王蒙在《读书》上又围绕这篇小说连续发表了两篇文章：《困难与跨越：关于弥赛亚》（上、下），通过《十字架上》这篇小说，可以看到王蒙90年代的某种深深的寂寞感——不被理解的寂寞——以及矛盾的心态。

王蒙在这篇小说中，实际上探讨的是弥赛亚——使命——的尴尬和悖论：即"使命的承担者与承担者心目中使命的受惠者之间，永远有一种难以沟通的痛苦"，原因是"使命与使命感，常常会受到质疑。而使命的受惠者往往会怀疑自身受到欺骗，感到迷惑"。"使命的结局是上十字架。"① 其实，这是一个极为大胆的命题。小说的深刻之处在于，它所揭示的弥赛亚及"弥赛亚情结"的窘境：

> 你为什么还没有上十字架呢？如果不上十字架，如果和众人一样地饮水、穿衣、吃未发酵的饼和羊羔肉，如果和众人一样地在夏天的烈日下流汗在冬天的寒风中发抖，那还有什么区别，有什么神圣，有什么发言权和感召力？②
> ……
> 教育别人宽恕的人是最难于得到宽恕的。因为要别人宽恕，就把自己摆到了高于一切的地位，摆到了圣人的地位，摆到了再无还手还口之力的不设防的地位，于是你便变成了众矢之的。宽恕是困难的，让斗红了眼的人宽恕比要他们的命还难，他们不愿意宽恕不

---

① 王蒙：《困难与跨越：关于弥赛亚》（上），《读书》2008年第2期。
② 王蒙：《十字架上》，《王蒙文存》第12卷，人民文学出版社2003年版，第371页。

能宽恕，他们就更要睁大眼睛看你能不能宽恕，你能不能容忍。简单地说，如果罗马总督彼拉多将我释放，不出十天，我的忠诚信徒们就会把我凌迟处死活埋。①

在这篇小说中，王蒙不但揭示了人之子与普通信徒之间的冲突，更为深刻的是揭示了"弥赛亚们"内心的冲突：

> 走上十字架台，我才想到我还有许多话没有对信徒们说，还有许多道理没有思考透彻。……宗教是为人间而准备的。没有人间，又在哪里宣讲宗教？又从哪里走向天国？我爱的是谁人？我怜悯的是谁人？我宽恕的是谁人？我准备为之而受尽一切苦难的是谁人？不正是这些血肉之躯，这些肉体凡胎的众人吗？当我死去以后，我还能爱他们吗？我还能超度他们吗？我还能为他们而流泪并接受他们的崇拜和忏悔吗？当我复活以后，我还是我吗？我还能以肉身与众人的肉身通消息吗？
>
> 我心乱如麻，但是我还是狂呼大叫：不要释放我！②

弥赛亚们已经把自己摆在了相当危险的境地，正如小说中的一句话："上了十字架就别想再下来"，弥赛亚们已经注定要成为悲情主义者。

王蒙是一个"跨代"③的典型。所谓"跨代"主要指价值取向上的错位，这种错位既是一种超越，也是一种不被理解的尴尬。就80年代的王蒙而言，这种错位一方面成就了他，使之成为某种包含改革、创新等积极内涵的符号；另一方面，也把王蒙置于一种广泛性"误读"之中，这构成了王蒙80年代的真实境遇。

---

① 王蒙：《十字架上》，《王蒙文存》第12卷，人民文学出版社2003年版，第372—373页。

② 同上书，第373页。

③ 林贤治：《五十年：散文与自由的一种观察》，《书屋》2000年第3期。

第四讲

童年与精神自我：
"自传"视野中的王蒙

王蒙作为中国当代文学独特的个体性存在，或作为具有特定意义的文学"符码"，由何而来？王蒙这只当代文坛上的"蝴蝶"，究竟是中国当代文学发展的"异数""变数"，抑或必然？《王蒙自传》在相对完整的意义上，感性地体现了王蒙的个性以及精神特征的形成历程。在个体的意义上，这部长篇传记，向我们展示了王蒙如何从一个"北方农村的土孩子"[①]"一个落后的野蛮的角落里的宠儿"[②]成长为我国文学的一代大家，如何由一个理想主义者最终成为经验主义者，以及这种思想转变的现实合理性和实践根据；而在更为广阔的意义上，从王蒙思想的形成、衍变过程，可以发现当代知识分子如何走向革命，以及在革命的洪流中如何被政治化与组织化的过程。自传中的王蒙，不仅为我们了解和认识作为精神个体的作家王蒙，而且为我们了解和认识新中国一代知识分子精神成长以及思想形成衍变的过程提供了可能。

托尔斯泰因其创作真实地再现了俄国社会的变迁和革命的进程，曾被列宁称为"俄国革命的一面镜子"。任何大作家，就其思想和作品反映现实的深广度而言，在一定意义上其实都是他所生活时代的"镜子"。王蒙是当代中国最具历史感的作家之一。作为一个"历史主义的角色"[③]，

[①] 王蒙：《大块文章》，花城出版社2007年版，第204页。
[②] 王蒙：《半生多事》，花城出版社2002年版，第26页。
[③] 王蒙：《共建我们的精神家园——与陈建功、李辉的对话》，《王蒙文存》第17卷，人民文学出版社2003年版，第275页。

王蒙生活在 20 世纪这个急剧变动的大时代,其生活和思想上的许多"拐点"[①],与半个多世纪以来中国社会的某种思想变化息息相关。单纯从文学的意义上,作为中华人民共和国成立以来的第一代作家,王蒙参与了我国当代文学发展的完整过程,从 20 世纪 50 年代的"百花时代",中经"反右""文化大革命",到改革开放的新时期,当代文学的这段变动频仍的历史,王蒙都是亲历者、见证者,同时也是"反刍者"和"忏悔者"[②]。因此,《王蒙自传》在一定意义上既是王蒙对自身文学历程、思想历程的总结,也是对我国当代文学的一种总结,《王蒙自传》无论是对其个人还是特定的时代而言,同样带有某种"镜像"意义。

一 "自我"的形成

王蒙是个复杂的存在。然而,自传中的王蒙更复杂。"自传"其实就是"通过历史境遇来定义我自身"[③]。然而,在更多的时候,传主对"历史境遇"的兴趣超越了对"自我"关注的程度。"以《史记》为开端,中国传记的写作实际上形成了在广阔的社会历史背景中写人的宏大叙事传统,后继的传记作者所关注的大多是与历史有关的大局、大事、人物大节,而对于个人的身边琐屑,传主的内心世界一般都不给予过多的关注。"[④]自传当然离不开"大局、大事、人物大节"之类的"宏大叙事",但是,真正有价值有意义的还不是这些,而是人物的"内心世界"。《王蒙自传》也写了诸如"反右"、改革开放等当代中国的"大局、大事",甚至不无总结中国当代社会历史经验教训以及思考人与历史关系的宏大意味。"通过自己看出一个时代"[⑤],几乎是一切自传作者的"初衷",但是,在这部自传中,王蒙对自我"内心世界",即个性精神的关注和表

---

① "拐点"的说法,是 2006 年 9 月在"王蒙文艺思想学术研讨会"上,王万森教授提出的。王蒙在《大块文章》中认同了这一说法。
② 王蒙回答陈德宏访谈时所言。此资料复印件保存于中国海洋大学王蒙文学研究所。
③ [法]萨特:《词语》,潘培庆译,生活·读书·新知三联书店 1989 年版,第 310 页。
④ 辜也平:《论中国现代传记文学的民族特色》,《文学评论》2005 年第 2 期。
⑤ 郭沫若:《〈我的童年〉前言》,《郭沫若全集》第 11 卷,人民文学出版社 1992 年版,第 7 页。

现,超越了对外部事件即时代风云的兴趣,由此,使这部自传不但具有了一般意义上的真实的品格,同时展示了王蒙自我心灵的多维真相,王蒙为自己画了一幅真实的"肖像"——一幅多维的复杂甚至矛盾的精神和心灵的肖像。

那么,自传中王蒙的"自我"是如何形成和"定义"的呢?王蒙是通过"审父"来"定义"自我的,这是王蒙呈现给读者的第一副"面孔"。一直以来,王蒙是一个颇具争议的人物,这是无须讳言的。王蒙引发"争议"的原因是多方面的,其中有一点即是"过于聪明""世故"等。而在《王蒙自传》中,我们却看到了王蒙的另一面,一个决绝的王蒙,这是与王蒙通常留给人们的"印象"所不同的。中国具有悠久的史传传统,司马迁《史记》所体现出来的"实录"品格,一直是中国史传自觉追求的楷模,但这更多地表现为一种理想性境界。事实上,"虚美隐恶",为亲者、尊者、逝者讳,对传主的"理想化",已经成为传统文化的一部分,似乎也已经成为传记的"自然"伦理,特别在我们这样一个对历史深怀敬畏又具有某种文字崇拜的民族,尤显突出。"坦白事实是自传叙事的最高叙事伦理"[①],在一部充满了严肃历史责任感的传记中,所涉及的一切已经超越了道德评判的价值坐标,真诚本质上不仅仅是对良知的挑战,更需要道德和意志的力量。从这个意义而言,自传中的王蒙,将无可避免地面对几千年的文化传统和某种道德甚至审美定势。王蒙已经不自觉地将自己置于传统的对立面。

英国传记作家李顿·斯特拉屈认为"不偏不倚地追求真实"[②]是传记的"三大信条"之一。王蒙曾称张洁小说《无字》所表现出来的那种"坦白得不能再坦白,真诚得不能再真诚,大胆得不能再大胆"的书写为"极限写作"[③],在这个意义上,王蒙已经逼近了这种"极限写作"。王蒙说自传是他在年逾古稀后写下的一个"留言","想说出实话的愿望像火

---

① 王成军:《"事实正义论":自传(传记)文学的叙事伦理》,《外国文学研究》2005年第3期。
② 转引自朱文华《传记通论》,复旦大学出版社1993年版,第93页。
③ 王蒙:《极限写作与无边的现实主义》,《王蒙文存》第22卷,人民文学出版社2003年版,第186页。

焰一样烧毁着樊篱"①，面对历史的真相，虽然王蒙也表现出了某种游移和不自信，如他自问道："你能够做到完全的就是说百分之百的真实吗？不，我没有能够完全做到。但是我做到了，在我的自传里完全没有不真实。"②但是，这种逼近真相的"火焰"，最终还是"烧毁"了王蒙的"理性"防线，那个"聪明"的"世故"的王蒙开始走向反面，王蒙开始"审父"。如果说《活动变人形》是王蒙在文学的意义上"审父"的话，那么，在他的自传中，王蒙却是站在更高的、更理性和现实的层面，"把一个人的真实面目赤裸裸地揭露在世人面前"③。

　　王蒙的决绝甚至达到了残酷的程度。虽然王蒙深知"对于先人，逝者，保持一点敬意，不是不必要的"④，但王蒙更清醒地知道"我的回忆面对祖宗，面对父母师友，面对时代的、各方的恩德，也面对着历史，面对未来，面对天地日月沧海江河山岳，面对十万百万今天和明天的读者"⑤。王蒙对那个"受了启蒙主义自由恋爱全盘西化的害"、"从来没得到过幸福，没有给过别人以幸福"的父亲——王锦第的"审判"，成为王蒙自传中一件惊心动魄的"事件"。特别是对某些隐私如"外遇"的描写，"昨夜宿于日本暗娼家……"⑥ 日记的披露，以及父亲如何与母亲、姨妈、姥姥的家庭纷争，直到大打出手以至"脱裤子"的细节等，这在通常伦理的意义上，确实"是忤逆，是弥天的罪，是胡作非为"⑦，这不但形成了对世俗伦理的挑战，也形成了对传统传记伦理的挑战。"审父"已经成为王蒙的一种庄严的使命："书写面对的是真相，必须说出的是真相，负责的也是真相到底真不真。我爱我的父亲，我爱我的母亲，我必须说到他们过着的是什么样的生活，我必须说到从旧中国到新世纪，中国人过的是什么样的生活。不论我个人背负着怎样的罪孽，怎样的羞耻和苦痛，我必须诚实和庄严地面对与说出。我

---

① 王蒙：《大块文章》，花城出版社2007年版，第141页。
② 同上。
③ ［法］卢梭：《忏悔录》第一部，黎星译，人民文学出版社1980年版，第1页。
④ 王蒙：《大块文章》，花城出版社2007年版，第323页。
⑤ 王蒙：《半生多事》，花城出版社2002年版，第25—26页。
⑥ 同上书，第18页。
⑦ 同上书，第14页。

愿承担一切此岸的与彼岸的，人间的与道义的，阴间的与历史的责任。如果说出这些会五雷轰顶，就轰我一个人吧。"① 这是王蒙内心最激荡的声音，也是迄今我们在自传中所能见到的最坦诚、最光明的文字。王蒙多次谈到自己的"不忍之心"，然而，无论是在他的《活动变人形》还是自传中，他却"起诉了每一个人"。王蒙的"审父"甚至超出了读者所能够接受的心理承受能力。这是一个超越了世俗伦理的决绝的义无反顾的王蒙。

自传作为一种"最富有刺激性"的文学形式，其魅力恰恰来自作家"毫无遮掩地对待他的一生"②。然而，这并非一件容易的事。这需要克服人性的例如不自觉的自我美化、自我掩藏的弱点，还能够有勇气和力量面对道德的责问，这并不是每一个人都能做到的。因此，在文学作品特别是传记中，与那些表现个体性隐私相比，人们更愿意表现那些"世俗伟大的功业和事变"，这就形成了"中国文人写自传，归根到底都是强调自己的正确"③ 的倾向，这实际上是一种文化性格的缺陷。王蒙在努力超越这种文化的力量。与传统自传中的"圣徒"意识不同，王蒙在自传中毫不留情地"揭露"了自己某种并不光明的思想和做法：王蒙被打成"右派"在京郊劳动时，夫人崔瑞芳"精神奕奕、仪态从容"来到劳动农场看他，王蒙则"面红耳赤，无地自容"，并告诫崔不可对"右派"们"太热情"；"文化大革命"一开始，王蒙害怕"祸从笔出"，烧掉了所有的字纸，"不论接到什么尊长的信，我都立即用来如厕，很少在家中保存超过三个小时的"④。这也反映了王蒙"文化大革命"之中的某种真实心态。

同时，自传中的王蒙表现了一种严肃的反思精神———一种真正的历史理性精神，即对自我的审视和拷问。在中国文化中，我们在个体"私德"方面不乏反思精神，但是在许多历史的大事件中，往往更习惯于

---

① 王蒙：《半生多事》，花城出版社2002年版，第14页。
② Stephen Spender, "Confessions and Biography", *Autobiography*: *Essays Theoretical and Critical*, Princeton University Press, 1980, p. 116.
③ ［日］川合康三：《中国的自传文学》，蔡毅译，中央编译出版社1999年版，第206页。
④ 王蒙：《半生多事》，花城出版社2002年版，第319页。

"成者为王败者寇"的思维,而不是理性认知。"反右"之后,每个人都认为自己是特殊年代的无辜"受害者""被冤枉者",一味地控诉、批判时代的罪愆,忽略了或者更正确地说不敢正视自己当时真实的内心世界,王蒙在回顾、反思自己被划为"右派"时,认为自己之所以被划为"右派",并非由于思想上的"右",实与自己"见竿就爬,疯狂检讨,东拉西扯,啥都认下来"的"一套实为极'左'的观念、习惯与思维定式"有极大关系,"最后一根压垮驴子的稻草,是王蒙自己添加上去的",是"王蒙自己把自己打成右派"[1]。王蒙"反躬自问":"如蒙上峰赏识,如果被召被宣,冷宫里耗得透心凉的我会不会叩头如捣蒜做出不得体的事情,丢人的事情,我实无把握。"[2] 王蒙的这种自我忏悔,所需要的并不仅仅是真诚,还需要真正的敢于面对自我的勇气和力量。

王蒙的决绝和"冒傻气"还表现在对韦君宜等人的描写方面。作为"恩师,恩人,恩友"的韦君宜,王蒙其实是完全可以不这样写,或至少可以写的"含蓄"一点的,但王蒙没有这样做,在友情和真实之间,王蒙选择了"冷冰冰的真实"。还有,王蒙"甘冒天下之大不韪"对刘宾雁《人妖之间》的"悍然爆弹",同样也是遵从内心的声音,而不是通常意义上的道德观念。

王蒙的反思并非完全面对自己,而是说出了一种至今我们还不能正视的文化或人性的真相。《半生多事》中记述一位老导演,本来在"文化大革命"中平安无事,但是他不甘寂寞,不甘被"忘却","不甘置身于伟大的革命运动之外",自己跳出来给自己贴大字报,终于被关入牛棚的故事。王蒙认为"反右"运动中"相当一部分不是由于右,而是由于太左才找了倒霉"[3],这是王蒙的一个发现。王蒙在回忆"反右"期间对知识分子"思想改造"时坦言,相当一部分知识分子确实具有某种"原罪心理",对工农"欠着账","必须通过自我批判改造,通过自虐性的自我否定,救赎自己的灵魂",真诚地认为自己"应该晾晒灵魂"[4],这在一

---

[1] 王蒙:《半生多事》,花城出版社2002年版,第173页。
[2] 同上书,第350页。
[3] 同上书,第179—180页。
[4] 同上书,第173页。

定意义上揭示了相当一部分"右派"的思想真相以及"反右"运动的某种深层的心理动因。再如，王蒙认为"众右派们也有一种受虐狂，有一种积极性，愿意（？）互相批斗，尤其愿意至少是习惯于把自己身受的一切强梁粗暴施之于人，己所不欲（而不得不接受后），（驾轻就熟地）转施于人。不欲己受，必授他人。不欲，则授受最亲"①。王蒙并没有"把自己打扮成苦主，而把有关的人装扮成魔鬼"②，在那个特殊年代之中，"右派"的"受害者"身份中也同时流露出某些更为复杂的人性内容：受害者同时也是害人者施虐者。这个发现其实是相当残酷的。王蒙对那种执于一念的"书生"知识分子是不以为然的，然而，在这里王蒙所表现出来的执拗和"傻劲"超越了一般"书生"知识分子。这是一个陌生的决绝的王蒙。

二 "相信的一代"

评论家王干说王蒙是"新中国的一面镜子"。王蒙并非一个单向度的存在，而是一个文学家、政治家、思想者等多种精神质素的混合体，这是王蒙的独特之处。当然，王蒙首先仍然是作家。作为一个作家，王蒙不仅具有极好的生活感、文字感，而且具有极好的政治感。作家的革命化、政治化甚至组织化是中华人民共和国成立后中国作家所共同面对的时代课题，不独王蒙然。然而，这种革命化、政治化无疑在王蒙身上表现得更执着更强烈，这是王蒙独特的生活、政治阅历所塑就的品格。

在自传中王蒙对自己有一个独特的定位："桥梁"和"橡皮垫"。王蒙要"充当中央与作家同行之间的桥梁"③，"充当一个减震减压的橡皮垫"④。王蒙的这种定位深刻地影响了他创作的价值取向和审美形态。王蒙谈到自己的创作倾向时说："让我写民俗？大概也就能说说新疆，因为我在那里生活工作过。让我写遗老遗少？我没研究过清史。让我写性爱

---

① 王蒙：《半生多事》，花城出版社2002年版，第180页。
② 同上书，第25页。
③ 王蒙：《大块文章》，花城出版社2007年版，第204页。
④ 同上书，第165页。

脱衣？别说裤衩了，就是让我脱上衣光着脊梁，我也扛不住。……我也想书卷气，如兰似菊，可我气韵不对！你让我学富五车？那就是让我裤腰上缠死耗子，假充猎人。我只能写政治生活下的人们，因为我的特点就是革命。"① 王蒙曾不止一次地感叹自己的经历"太历史了"，"虽然我主张作家写得可以个人一点，也可以写得花样多一些，但实际上我做不到，我的作品里，除了历史事件，还是事件的历史"②，王蒙甚至曾羡慕贾平凹《废都》"把社会政治意识形态给你洗得干干净净"③，自己却永远做不到，"我无法淡化掉我的社会政治身份社会政治义务"④。

那么，王蒙的这种"桥梁意识"或者说"桥梁心态"，是由何而来呢？我认为这源于王蒙的"独一无二的少年革命生涯"所塑就的"干部的心理和习惯"即"少共情结"。"少共"经历及其所带来的中华人民共和国初期的准"革命家"的心态，塑就了王蒙的某种远比一般作家更为强烈的主人意识和政治意识。革命是王蒙的"起点"。20世纪40年代后期，少年王蒙曾"怀着一种隐秘的与众不同和众相悖的信仰，怀里揣着那么多成套的叛逆的理论、命题、思想、名词"⑤，积极投身到进步学生运动之中。王蒙在少年时代就接受了"左"倾思想的影响，阅读了大量革命文艺作品以及艾思奇的《大众哲学》、华岗的《社会发展史纲》和毛泽东的《新民主主义论》等革命理论书籍，革命成了王蒙的"童子功"。王蒙的这种早年的地下斗争经历特别是后来的共青团"背景"，构成了王蒙的第一个政治"身份"，也几乎是影响王蒙一生的最重要的精神"徽记"。王蒙后来在回答某些诸如对历史和现状不够决绝的责备时说："我的起点、出发点、思考的角度就是有所不同"⑥，王蒙的"起点、出发点"就在这里，这在很大程度上决定了王蒙的精神走向，也决定了王蒙的价值观念甚至思维方式。

---

① 《杨澜访谈录》第九辑，辽宁人民出版社2002年版，第77页。
② 王蒙：《我们是世界的希望和果实》，《海南作家》1986年5月8日。
③ 夏冠洲：《生活·创作·艺术观——王蒙访谈录》，夏冠洲：《用笔思考的作家》，新疆大学出版社1996年版，第245页。
④ 王蒙：《大块文章》，花城出版社2007年版，第79页。
⑤ 王蒙：《半生多事》，花城出版社2002年版，第61页。
⑥ 王蒙：《王蒙自述：我的人生哲学》，人民文学出版社2003年版，第9页。

在更为深刻的意义上,"审父"为王蒙"自我"的形成和发展规定了方向。王蒙在父亲的身上,已经找到了后来"走向革命"的依据。父亲(其实就是《活动变人形》中倪吾诚的"原型")的"清谈""大而无当","树立高而又高的标杆""绝不考虑条件和能力"的"理想主义",对所谓诸如"喝咖啡""讲哲学"等新潮和"西洋文明"的"痴迷"以至被讥为"外国六"的做派,以及最终"一事无成"的命运,都在一定意义上成了王蒙的"反面教材"。"父亲"的形象,成为王蒙内心深处的一种永久的自我提醒,也促使王蒙走出那种互为"石碾子"的生活轨迹,寻找"别样"的人生。这是王蒙最终走向革命的原初的动力。

"少共"和共青团经历,在王蒙身上留下的精神"遗产"是多方面的。共和国的第一代青年之所以是"相信的一代",在于他们经历了20世纪50年代那个激情满怀的理想主义的时代,王蒙曾深受这种理想主义的影响,并使之成为王蒙文学创作的一个重要特色。然而,还有另一方面。王蒙作为一名地下革命工作者,除了地下革命所带来的隐秘的兴奋,更面对着许多实际的复杂的甚至是危险的斗争。中华人民共和国成立前夕,为迎接解放军进入北平,年轻的王蒙曾经佩戴北平市军事管制委员会的胸标和袖标,配备左轮手枪值夜班,散发传单,发动学生参加"护民护城"运动,后来参加开国大典,取缔一贯道,"镇反""三反""五反",这种经历是一般作家所没有的。这一方面强化了王蒙的作为革命者的心态;另一方面也使之变得清醒与冷静,理性与务实,不可能简单地从教条出发,从书本出发,而会更注重实践的矛盾性、复杂性。许多学者都充分注意并论及了王蒙创作中的"革命情结"或"政治意识",其实这是与王蒙这种独特的政治身份紧密相连的。在当代作家中,像王蒙这样与革命和政治发生如此密切关系的并不多见。革命或政治,对于王蒙而言,绝不是一种外在的东西,绝不是一种单纯的文学叙事对象或叙事策略,王蒙对革命或政治的兴趣,是一种"宿命":"我不能够做出一副'我不喜欢政治'的样子,那是虚假的。我从小就热衷于救国救民"[1],"中华人民共和国对我从来就没有是身外之物"。因此,王蒙拒绝对现实和

---

[1] 《杨澜访谈录》第九辑,辽宁人民出版社2002年版,第60页。

历史采取决绝的态度,拒绝成为"对立面",甚至拒绝鲁迅式的"横站"[①]和成为索尔仁尼琴式的批判型知识分子。这才是完整意义上的王蒙。

除此之外,王蒙的前后十年的"中委"身份和三年的部长生涯,则进一步强化了他的这种"桥梁"心态。政治经历之于一个作家并非必需,但有无这种经历却并不一样。王蒙的这种政治经历,其实是他"少共"和共青团经历的一种延续,这不但极大地拓展了王蒙的"生活经验面",构成了王蒙"重要的政治经历、政治资源、理论资源、生活资源与文学资源",而且,更为重要的是,这种政治生活实践"可以去魅、去偏见、去谎言,透过表层看到内里。它使我对许多事不再感觉那样陌生,以及因陌生而神魔化、夸张化、恶意化"[②],使王蒙在很大程度上改变了观察社会和看待问题的立场、心态或角度,使王蒙获得了一种使命意识、全局意识,能够更为宏观地建设性地看待问题,"要当个和谐的因素而不是生事的因素,要当一个稳定的因素而不是搅乱的因素"[③],"起一些沟通的作用、健康的作用,照顾大局的作用,缓解矛盾增进团结的作用而不是相反"[④]。王蒙的这种独特革命经历,赋予了他"革命者的一种骄傲与特殊身份感"[⑤],王蒙曾不止一次说过:"我轻视那种哩哩啰啰,抱残守缺,耍丑售陋,自足循环,只知其一而不知其二其三的死脑筋"[⑥];同时王蒙对那些"抓住头发就想上天"的"书呆子",脱离实际端坐云端的大言欺世者,也表达了他的不苟同。在根本的意义上,是社会实践塑造了作家的思想。王蒙精神个性、思想性格以及价值取向的形成,是与当代中国社会特别是王蒙独特的实践经历分不开的。

然而,这仅仅是王蒙的一个方面。王蒙的复杂性恰恰在于除了这种"桥梁"的角色,王蒙同时还拥有另一个"身份"——"界碑"。也即是说,王蒙除了"左右逢源,前后通透"的一面,也面临着"不完全入榫"

[①] 王蒙:《王蒙自述:我的人生哲学》,人民文学出版社2003年版,第83页。
[②] 王蒙:《大块文章》,花城出版社2007年版,第186页。
[③] 同上书,第266页。
[④] 同上书,第165页。
[⑤] 同上书,第43页。
[⑥] 王蒙:《王蒙自述:我的人生哲学》,人民文学出版社2003年版,第9页。

"不完全合铆合扣合辙"的一面:"我好像一个界碑……站在左边的觉得我太右,站在右边的觉得我太左,站在后边的觉得我太超前,站在前沿的觉得我太滞后"①,这其实就是王蒙所说的"相差一厘米"。20世纪中国社会始终激荡着两种声音,那就是激进主义和保守主义,在这两种思潮激荡中,王蒙确实有"左右逢源"的时候,但同样也有"左右夹击"的窘迫,"左派把他当右派,右派把他当左派",其实是王蒙必须面对的处境。王蒙在《大块文章》中坦言,他比胡乔木、周扬们多了一厘米的艺术气质与包容肚量和随和,比作家同行们多了一厘米政治上的考量和成熟,比书斋学院派精英们多了也许多于一厘米的实践。王蒙的这种"界碑"式的不被理解和认同的尴尬和窘境,其实正源于他的这种"相差一厘米"。王蒙说"我不是索尔仁尼琴,我不是米兰·昆德拉,我不是法捷耶夫也不是西蒙诺夫,我不是(告密的)巴甫连柯,不是(怀念斯大林的)柯切托夫,不是(参与匈牙利事件的)卢卡契,也不是胡乔木、周扬、张光年、冯牧、贺敬之,我同样不是巴金或者冰心、沈从文或者施蛰存的真传弟子,我不是也不可能是莫言或宗璞、汪曾祺或者贾平凹、老李锐或者小李锐……我只是,只能是,只配是,只够得上是王蒙"②。王蒙之所以不是这些人中的任何一个,在于他的这种思想和精神的独特性。

同时,王蒙的这种"界碑"感,也反映了80年代以来中国知识界的某种思想现实。新时期"复出"后的王蒙与"青春万岁"时代的王蒙甚至与同时代的作家相比,似乎变得复杂了、游移了,甚至欲言又止了,不再那么"纯粹"(虽然"组织部"时代的王蒙已不那么"纯粹"),不再那么理想主义了,实际上王蒙开始了思想转型。王蒙的某种政治上的主流感和"本质是文人"的特性,使他容易陷于某种思潮的漩涡之中。对于生活和文学的敏锐,使他不满足于当时文学的主流说教,迅速超越了"伤痕文学"和"反思文学"阶段,率先进行了文学上的一些探索和实验,王蒙事实上一度成为80年代中国文坛的"风向标"和"现代派"

---

① 王蒙:《大块文章》,花城出版社2007年版,第175页。
② 同上书,第24页。

在中国的代言人,这引起了文坛的某种忧虑,甚至连文学上十分内行的"贵族马克思主义者"胡乔木也"教育"王蒙"不要在意识流上走得太远太偏太杂色"①,"少来点现代派"②。对当时文坛的主流意识形态而言,那个"党性特强"的王蒙,无疑已经成为一个文坛和思想界的"远行的叛徒"③;而对于某些简单而又片面的人来说,王蒙反复强调的又是"我已经懂得了'凡是存在的都是合理的'的道理。懂得了讲'费厄泼赖',讲恕道,讲宽容和耐心,讲安定团结"④;到了90年代王蒙更是开始讲"理性",讲"理解",讲"躲避崇高",王蒙确实成为他们"前进脚步的羁绊",王蒙正好站在思想上这"两个不能对话的世界"的中间。虽然王蒙反复告诫自己"做一个健康、理性、平衡与和谐的因子",事实上,就王蒙思想的特点和80年代以来当时中国知识界、思想界意识形态价值动荡的现状而言,王蒙成为"界碑"不可避免。

三 "经验塑造着不同的人"

就王蒙的思想和精神完成性而言,半个多世纪以来,王蒙从一个理想主义者转变成了"经验主义者",从50年代的"少共"转变成了一个"不可救药的乐观主义者",从一个革命者转变成了"后革命时期的建设者"。王蒙虽有参加地下学生运动以及共青团工作的经历,对那种天真的乌托邦思想具有某种"免疫力",但就王蒙的精神个性而言,那种文人的伤感和理想的一面,要明显于理性和务实的一面。那么,王蒙是如何从那种带有乌托邦色彩的理想主义中走出来,最终变成了一个理想主义的疏离者,审视者,甚至质疑者?王蒙是如何完成了这种"换心的手术"的呢?《王蒙自传》在展现王蒙个性的形成即精神的自我成长方面,给我们提供了丰富的参照。

法国学者菲力蒲·勒居恩认为自传是"人格的故事"。王蒙的"换

---

① 王蒙:《大块文章》,花城出版社2007年版,第162页。
② 同上书,第156页。
③ 孙郁:《王蒙:从纯粹到杂色》,《当代作家评论》1997年第6期。
④ 王蒙:《我在寻找什么?》,《王蒙文存》第21卷,第26页。

心的手术"源于其"十年生聚，十年教训"的历史记忆与生命体验。"十年生聚，十年教训"既是王蒙思想发展过程中最大的"拐点"，也是王蒙后革命时期思想的真正来源和逻辑起点。王蒙说："在我的生活经验中，不但有清明的、真实的、可以理解乃至可以掌握的过程，也有许多含糊的、不可思议的、毫无根据的、乃至骇人听闻的体验。"① 王蒙的"右派"生涯无疑主要是后者的"体验"。这十年的"生聚"和"教训"，成为王蒙思想转变的某种契机："十年生聚，十年教训，我已经不那么年轻，我已经不那么相信概念的区分，命题的转换必定能够决定一切。我知道了一个与方针政策理论同样同时强大的力量：这就是生活，这就是常识，这就是现实。"② 当然，也可能在特定的意义上限制了王蒙：从前者而言，这十年"生聚"和"教训"，在很大程度上"重塑"了王蒙，使他走向了人生和思想的另一境界；从后者而言，这十年"生聚"和"教训"，事实上成为王蒙的某种心理和思想另样的出发点和参照系。

对于一个经过了"反右"的中国知识分子来说，理想主义已经成为乌托邦的代名词，起码当人们回过头来再看50年代的理想主义的时候，虽然在情感上可能仍旧难以忘怀（这一点王蒙同样如此，甚至更强烈。《恋爱的季节》即是这一情感的产物和明证），但在理性上已经增加了某种警惕性和反思性的成分。"反右"不仅改变了一代人的人生轨迹，更改变了一代人的思想走向。经过了"十年生聚，十年教训"后的王蒙，已经从那种单纯的"少共情结"中走了出来，明白了"单纯的理想易于通向假大空的自欺欺人"的道理，明白了"激情常常是和思想的贫乏而不是智慧的丰富联系在一起"，更洞彻了"对于天堂的理想也可以把人们驱赶到地狱里"③。王蒙迎来了一个新的思想转型——向经验主义的转型。

王蒙说："经验塑造着不同的人。"王蒙是一个历史的经验和内心的

---

① 王蒙：《〈王蒙荒诞小说自选集〉序》，《王蒙文存》第21卷，第123页。
② 王蒙：《大块文章》，花城出版社2007年版，第190页。
③ 王蒙：《王蒙自述：我的人生哲学》，人民文学出版社2003年版，第269页。

经验都很丰富的人。从历史经验层面而言,王蒙可谓"半生多事",经历丰富,阅世极深,是个深味中国国情、世态、人心的知识分子。王蒙后来的很多思想,特别是例如不要太"形而上",要认同生活的世俗性、此岸性的一面;不要走向教条主义,不要大言欺世,要认同常识、常情、常理;不要走极端,不要相信简单化,要认同事物的中间状态、过渡状态等,既与他早年经历有关,更与他十年的"生聚"和"教训"有关,"王蒙思想上的成熟,应当说是从新疆那里开始的。他从底层人的苦难中,意识到了什么,感悟到了什么,他的理想主义,用世的儒家情感,开始饱受着风雨的侵袭"[①]。王蒙曾说新疆生活是他的"独一无二的创作本钱",其实,在更深刻的意义上,这不仅是他创作的"本钱",而且是他思想的新的"出发点","是他返观革命的一个新的角度,新的价值参照,新的智慧的援助"[②]。王蒙作为50年代"反右"运动中折翅的北京文坛"四只黑天鹅"之一,他与刘绍棠、从维熙和邓友梅相比,他的新疆之行的确具有"逍遥游"的性质。50年代的"右派"生涯和60年代的中年赴疆使王蒙在很大程度上做到了"行万里路,识万种人,做百样事,懂百样道理千样行当万种风物"[③],特别是那种世事变幻,荣辱得失,使王蒙从一种更为开阔的价值坐标和更为实践性意义上重新看取和审视人和社会、历史的关系。

同时,王蒙的长期生活在社会底层的经验,使他真切地感受到现实的力量、实践的力量和民间的力量。16年的新疆生活,特别是在伊犁同底层各族劳动人民长期生活在一起,使王蒙"完全改换了视角",从那种极"左"政治的虚妄中解脱出来,从那种凌空蹈虚的意识形态的"亢奋性"中解脱出来,认识到生活和存在的"坚实性",认识到"活着的力量"才是"天下最顽强最不变的力量"。王蒙后来回忆这段经历时说:"劳动给我最大的感悟就是要关注生存问题,关注粮食、蔬菜、居室、燃料、工具、医药、交通、照明、取暖、婚姻、生育、丧葬、环境……诸

[①] 孙郁:《王蒙:从纯粹到杂色》,《当代作家评论》1997年第6期。

[②] 郜元宝:《当蝴蝶飞舞时——王蒙创作的几个阶段和方面》,《当代作家评论》2007年第2期。

[③] 王蒙:《半生多事》,花城出版社2002年版,第224页。

种问题"①。王蒙洞见了"理论"、大话、空话的极端虚妄性,更是对那些脱离实际脱离生活捏着鼻子将一切现实生存问题都蔑称为"形而下"的"不可救药的空谈家"和"准精神疾患者"的云端高论极为反感。王蒙曾多次劝告那些喜欢发空论的理论家,要多多注意和联系"中国革命运动的背景"和"特别的中国",不能闭着眼睛沉迷于与现实毫不搭界的自我循环之中。王蒙这种更具世俗和实践理性思想的形成,是与这近20年的社会底层生活经历密切相关的。王蒙曾说:"我得益于辩证法良多,包括老庄的辩证法,黑格尔的辩证法,革命导师的辩证法。我更得益于生活本身的辩证法的启迪。"② 这种"生活本身的辩证法"使王蒙远离了脱离实践的教条主义,避免了凌空蹈虚,偏执乖张,而是注重生存、现实和实践,对现实始终保持了一种务实的理解性的建设姿态。王蒙意识到在一个建设时期,人们更需要的是务实和理性的点滴建设,不再是理论的豪华化,"瞎浪漫",大言和悲情主义。王蒙后来强调人生之"化境",人生的艺术化,应该说"生聚和教训",才是通向王蒙人生"化境"的"酵母菌"。

从内心的经验而言,"反右"当然是一种乖戾的、痛苦的记忆,但这段经历对王蒙个人而言,却成了一种思想"酵母",发酵、催化出了另一种崭新的思想,这大概就是王蒙所说的生活的"辩证法"。"反右"的痛苦经历和建立在这一痛苦经历基础上的对现实和历史的深刻理解和洞悟,是促使王蒙走向一个新的精神世界的思想资源。曾有一位美国人问王蒙:"50年代的王蒙和70年代的王蒙,哪些地方相同,哪些地方不同?"王蒙回答说:"50年代我叫王蒙,70年代我还叫王蒙,这是相同的地方;50年代我20岁,70年代我40岁,这是不同的地方。"③ 王蒙的"回答",似乎在开玩笑,其实,在这种"玩笑"的后面,蕴含了诸多的人生体味。"反右"和新疆生活使王蒙沉于生活最底层,懂得了生活的辩证法,也赋予王蒙某种真正"王蒙式"的精神"徽记":"将近20年过去了,王蒙还

---

① 王蒙:《王蒙自述:我的人生哲学》,人民文学出版社2003年版,第3页。
② 同上书,第236页。
③ 冯骥才:《话说王蒙》,李扬编:《走近王蒙》,中国海洋大学出版社2003年版,第56—57页。

是王蒙,依旧是布尔什维克,但是一个清醒的、经过各种磨练的布尔什维克。依旧是一个赤子,但是一个成熟的赤子。依旧心头热血奔流,但他不会再为生活中美丽而晃眼的假象所迷惑,单纯又傻气地冲动起来。依旧充满社会责任心,但他更懂得这种责任的严峻性和怎样去尽自己的职责。"① 新时期"复出"后的王蒙,曾不止一次表达过类似的观点:"二十岁的时候,生活和文学对于我像是天真烂漫、美好纯洁的少女,我的作品可以说是献给这个少女的初恋情诗。初恋的情诗可能是动人的,然而它毕竟是太不够太不够了啊!"② 王蒙的这种"清醒",其实是源于现实的经验,特别是源于"反右"和特殊年代的"生聚和教训"。在特定的意义上,可以认为"少共"+"右派"才构成了后革命时代的王蒙。

王蒙说:"每一代人都有自己的机遇与局限"。那么王蒙的"机遇"特别是"局限"又在哪里呢?其实,任何的所谓"机遇"和"局限"都是社会实践的产物,"机遇"可能同时也是"局限"。王蒙坦言"我不是书斋型的知识分子"③,其实,在一定意义上这就是王蒙的"机遇",也是王蒙的"局限"。20世纪中国社会的大变动大激荡和王蒙政治上的早熟以及对革命的兴趣,使他不可能成为"书斋型的知识分子";但同时,王蒙的"亲革命性"的特点,又限制了他对许多重大问题更具深度的思考。王蒙的经历,一方面为他后来思想特别是他的极富辩证色彩和实践理性的文艺思想的形成提供了契机和可能,但又在另一方向上强化了王蒙的"局限"性一面。例如有的学者认为王蒙后革命时期对极左充满"警惕性"的思想,源于他的"恐惧性思维":"内心的恐惧使王蒙总把恶梦一般的岁月时时加以警惕,时间长了,这种警惕就不再成为一种有意识的理性思维,而是一种无意识的自觉支配。"④ 这种说法也并非完全没有道理。

王蒙说:"历史扮演着人,人表演着历史。"王蒙作为一个独特的精

---

① 冯骥才:《话说王蒙》,李扬编:《走近王蒙》,中国海洋大学出版社2003年版,第57页。
② 王蒙:《我在寻找什么?》,《王蒙文存》第21卷,第25页。
③ 王蒙:《我只是只文化蚯蚓》,《羊城晚报》2000年7月1日。
④ 谢泳:《内心恐惧:王蒙的思维特征》,《中华读书报》1995年5月10日。

神个体，其复杂性、矛盾性在一定意义上都是历史的"回音"；同时，又是他独特的生活阅历和个性禀赋的产物。王蒙曾以"蝴蝶"自喻："你抓住我的头，却抓不住腰，你抓住腿，却抓不住翅膀。"① 王蒙这只"蝴蝶"其实也是特定时代的产物。从王蒙身上，我们的确可以发现更多的社会和时代的影子。在这个意义上，王蒙不仅仅代表了一个独特的文学时代，也代表了一个中国社会思想文化特定的历史时期。

---

① 王蒙：《蝴蝶为什么得意》，《王蒙文存》第21卷，第97页。

第 五 讲

多元与共生：王蒙文化思想散论

自近代以来，对中国文化出路问题的思考成为几代知识分子心中摆脱不去的"情结"，从张之洞、胡适到毛泽东等，一代代学人无论是出于权宜之计还是长远考量，他们为中国文化所设计的一个个现代性"方案"，构成了一个半世纪以来中国文化史、思想史的斑驳图景。其中，无论是对中国传统文化的自省、自虐，还是自赏、自恋，对西方文化的顶礼膜拜还是怒目而视，从根本上说，都充满了某种可以体察的焦虑、游移和彷徨心态，在这种心态的影响下，他们所设计的"方案"在某种程度上就难免走极端，拒纳失据。但是，他们的探索和智慧构成了后人对这一问题继续思考和探究的思想资源。自20世纪80年代，随着改革开放所带来的经济腾飞和中国影响力的日渐扩大，对中国文化问题的思考又进入了一个新的历史阶段，其中一个代表性人物就是王蒙。王蒙对中国文化特别是当代文化的关注、思考，就是在前人所提供的这一思想资源的背景下，对新的历史时期下中国文化发展战略、文化生态、文化价值等重大问题，所做出的一种当代性回答。

一 "不平衡"理论与"文化大国"战略的提出

"建设性"和"文化大国"构成了整个王蒙文化现代性"方案"中最基本的"关键词"。"建设性"是其基本出发点，"文化大国"是其根本旨归。"文化大国"一词是王蒙较早提出来的，后来得到文化界的广泛认同。早在20世纪80年代末，全球化思潮只是端倪初显，尚未形成共识，王蒙就相当前瞻性、战略性地提出："要从世界的观点、二十一世纪的观点、全球的观点考虑中国文化的地位和前途。并安排好中国文化的发展、建设、改革、开放，从而塑造中国的应有的形象，发出中国的应有的声音"①，在《我国社会主义初级阶段的文化刍议——一个笔记式的提纲》这篇文章中，王蒙第一次提出了文化的"不平衡"理论和建设"文化大国"的构想，"不平衡"理论成为王蒙后来建设"文化大国"战略思想的最重要的理论基础。王蒙认为，"不平衡"是社会生活的常态和重要特征，文化上的不平衡则尤为突出。文化上的不平衡，一方面会导致不同文化之间的公开的或潜在的冲突，带有一定的危险性；另一方面，"不平衡"同时也就是多样性、丰富性和意味着多种选择的可能性，为不同文化之间的对话、交流提供了可能。鉴于此，王蒙提出，既要警惕文化不平衡所带来的危机，更要重视这种不平衡的自身魅力。恰恰基于这种对文化"不平衡的魅力"的自信，王蒙断言，从全球而言，中国文化"是当今世界以欧洲为源头的文化潮流的最重要的参照系"，"是当今世界上的强势文化的最重要的比照与补充系统之一"。②

到了 90 年代，全球化已经成为社会生活的主导性理论坐标和无法逃遁的文化语境。特别是随着亨廷顿"美国文明模式"的大肆宣扬，西方文化特别是美国文化越来越成为全球化的单一性主导叙事和核心价值，在当时中国特有的文化情境中，中国文化的价值和身份日益遭到质疑，甚至某些美国学者不无耸人听闻地断言，在中国面临的各种危机中，核心的危机（The Core Crisis）是自性危机（Identity Crisis），中国人正在失去中国之所以为中国的中国性（Chineseness）。在全球化浪潮席卷中国文化思想界的时候，正如罗纳德·阿科斯特曼所言，"全球化的这些过程，要求我们重新给出生活于其中的社会世界的概念"③。面对发展变化了的新形势，特别是面对经济一体化、文化全球化的时代浪潮，王蒙"给出"

---

① 王蒙：《我国社会主义初级阶段的文化刍议——一个笔记式的提纲》，《王蒙文存》第 23 卷，人民文学出版社 2003 年版，第 504 页。

② 王蒙：《为了汉字文化的伟大复兴》，《王蒙研究》2004 年 10 月号（创刊号），中国海洋大学王蒙文学研究所编。

③ 王宁、薛晓源：《全球化与后殖民批评》，中央编译出版社 1998 年版。

了全球化语境中的中国文化的新"概念"。

王蒙"给出"的新"概念"就是全球化语境中的"文化大国"战略。从一定意义上说,王蒙的"文化大国"战略是因应全球化的挑战,因为,中国社会是被裹胁进全球化浪潮之中的,就如中国的现代化进程实际上是一种"被现代化"进程一样,对中国社会的具体实践而言,所谓"全球化",实际上就是"被全球化"的过程,因而,如何在全球化过程中,保持自己的独立性,保持中华民族的独立地位、独立性格和独立形象,也就是如何重新确定开放中国的"文化身份"(cultural identity),进而重塑开放中国的新"形象",成为时代提出的无法回避的重大课题,这也成为王蒙"文化大国"战略思想的最根本的动因。王蒙认为,"建设文化大国,就是说我们国家到底应该以一个什么样的形象出现在世界上",在全球化过程中,除了经济的眼光,还应该具有文化的眼光,特别是对我们经济不甚发达的国家,文化战略就更具有意义,"在全球化的浪潮中,文化是各个民族守护自己的最后一个领地"[①]。王蒙提出,在因应全球化的浪潮中,与建设政治、经济、军事大国相比,"文化是我们的强项,文化是我们的优势,文化是我们的形象"[②],面对全球化所带来的一体性,王蒙强调了我国文化的"独特性",这种"独特性"就是全球化下我国未来文化的"个性"和"身份"。

与"文化大国"战略相一致,"建设性"构成了王蒙文化现代性"方案"的最重要的价值取向和最富时代特色的内涵。"建设性"是王蒙整个文化思想的一个统摄性概念,是基调,是总纲。与"五四"时期对传统文化"根本扫荡"[③]不同,王蒙的"建设性"思想无疑更符合文化发展衍变的规律。王蒙提出,在建设"文化大国"的实践中,"不能用爆破式的态度",不能"破字当头",动辄"砸烂",更不能搞"扫荡一

[①] 王蒙:《接纳大千世界》,春风文艺出版社2003年版,第272页。
[②] 王蒙:《全球化浪潮与文化大国建设》,《王蒙文存》第23卷,人民文学出版社2003年版,第255页。
[③] 李大钊:《东西文明根本之异点》,《言治季刊》1918年第3卷。

切"，应该提倡一种"建设性的精神"[1]。"建设性"赋予王蒙"文化大国"战略以实践性、现实性和可行性，也就是建设全球化语境下的"文化大国"，不但是可能的，也是可行的，其最重要的其可能性在于中国文化的"独特性"。首先，这种"独特性"表现为其顽强的生命力和凝聚力，"中国文化是全世界唯一绵延下来、存活下来的活的历史悠久的文化"，是"最广泛地团结中国人民乃至全球华人的一面旗帜"[2]，王蒙甚至认为，"所谓毛泽东思想是马克思主义与中国文化的相结合"[3]，可见他对中国文化的重视；其次，王蒙认为中国文化的"独特性"还表现在汉字上。认为汉字是"人类文化的奇葩"[4]，更是我们中华民族的命脉、灵魂和根基。王蒙从文化的高度来看待汉字，其思维方式与着眼点应该说也与"五四"时期主张废除汉字的钱玄同等人没有大的区别，但是，其结论却完全不同，他把汉字所代表的文化称为"汉字文化"，"汉字文化便是中华儿女的永远的精神家园"[5]；第三，这种"独特性"还表现在中国文化所独有的辐射性，具有广泛的世界影响，特别是在东亚与东南亚，形成了汉文化圈。"建设性"的另一方面表现为建设"文化大国"实践的可行性。王蒙认为，建设"文化大国"是个系统工程，更是个长远工程，不可能一蹴而就，更不能急功近利。王蒙对中国文化的信心和判断，与"五四"时代胡适、傅斯年等人将中国传统文化斥之为一切罪恶的"渊薮"、"四千年之久的垃圾堆"而"弃之如土苴"的态度已经有了根本性转变，也与毛泽东时代的"不破不立"思想迥然不同。王蒙与"五四"一代学人相比，从决绝走向了理性，与毛泽东的文化建设思路相比，从破坏走向了建设。王蒙在文化建设问题上，第一次摆脱了长期以来占主

---

[1] 王蒙：《共建我们的精神家园——与陈建功、李辉的对话》，《王蒙文存》第17卷，人民文学出版社2003年版，第271页。

[2] 王蒙：《全球化浪潮与文化大国建设》，《王蒙文存》第23卷，人民文学出版社2003年版，第255页。

[3] 王蒙：《王蒙讲稿》，上海文艺出版社2001年版，第448页。

[4] 王蒙：《全球化浪潮与文化大国建设》，《王蒙文存》第23卷，人民文学出版社2003年版，第256页。

[5] 王蒙：《为了汉字文化的伟大复兴》，《王蒙研究》2004年10月号（创刊号），中国海洋大学王蒙文学研究所编。

流地位的激进主义思想的影响。

如果说20世纪90年代王蒙力倡建设"文化大国",还是出于某种因应全球化潮流的话,那么,后来王蒙从建构和谐社会的角度,提出发展文化事业的观点,则更加具有自觉意识。王蒙指出,"发展文化事业,完全可能并且应该围绕构建和谐社会努力奋斗",在论述发展文化事业与构建和谐社会的关系时,王蒙认为,"和谐社会必然是文化事业健康发展的社会,和谐社会是建筑在健康发展的先进文化基础上,建筑在科学和人文文化的昌明上,而当然不是建筑在愚昧落后、无知迷信上"[①]。从《文化大国建设刍议》到《构建和谐社会　发展文化事业》中所提出的具体措施表明,王蒙的建设"文化大国"战略具有实践性意义,不是空中楼阁,更不是哗众取宠,特别是把建设"文化大国"纳入构建和谐社会这一大的框架之中,就从一种消极、被动地对全球化的因应"策略",转变为一种积极的战略性实践目标。建设"文化大国"既是一种文化"战略",更是一种实践要求、时代要求。

二　多元、和谐的文化生态观

文化生态观念是伴随着文化生态被严重破坏的事实而产生的,这里我们所说的文化生态是指一个文化系统内部的平衡性。多元、和谐的文化生态观是王蒙文化思想的重要组成部分,也是建设"文化大国"战略在具体实践层面的展开。建设"文化大国",并不是一种被动的、封闭的简单性"刺激－反应",而是一种长远的、理性的、开放性视野,即在文化生态建设的观念和实践上要有"战略性",避免和反对"权宜性"。

从长期的文化实践和文化发展自身动力与自我调控能力而言,文化生态应该具有自然的"趋善"性,具有自我调节、自我修补、自我发展的能力。但是,由于一个多世纪以来,中国非常特殊的社会进程造成的

[①] 王蒙:《构建和谐社会　发展文化事业》,《王蒙研究》2005年5月号(总第2期),中国海洋大学王蒙文学研究所编。

过于急迫的现代性焦虑心态,几次大的文化选择和文化调整,都没有摆脱某种恐慌急躁、左右失据的文化心态。这既是改革开放时代对文化生态思考的教训和起点,也是一种背景和资源。王蒙文化生态思想的形成就是以此为出发点的。

王蒙相当明晰地洞察了"五四"时代和毛泽东时代这两大文化调整期文化生态的根本性缺陷和内在弊端,并进行理性规避。20世纪80年代以来,文化多元主义成为一种共识,本土和全球这一传统思维中的"二元",逐渐走向新的认同与和解,这也就是亨廷顿"美国文明模式"理论和福山"历史的终结"理论遭到批判的内在原因。文化专制主义已经过时,人们用一种更加理性、开放和灵活的态度,审视全球化时代的文化生态,正如巴尔加斯·略萨所言:"文化必须自由地生长,不断地与不同的文化进行竞争,只有这样,才能使我们革新、复兴、使其演进,并适应滚滚而来的生活潮流"①,敏感的王蒙适应了"滚滚而来的生活潮流",较早地提出了构建多元、和谐的文化生态的理论。

20世纪,中国社会曾长期被一种激进主义文化思潮所拘囿,特别是进化论学说的引进,又进一步加剧了这种文化激进主义思潮,这种激进主义文化思潮既来源于西方思想体系,更深层原因却是源于中国社会积贫积弱的事实,"文化偏至"的激进主义运思方式,在客观上对打破旧的文化禁锢,酿就20世纪中国社会的巨变起到了非常大的作用,但是,也带来了严重的后果。无论是"全盘西化"还是文化上的自恋主义,都是一种文化上的激进主义。"五四"在一定意义上可以认为是文化激进主义的产物,对中国文化生态的影响至今存在。在全球化语境中,我们当然坚决反对文化霸权主义、文化殖民主义,但是,就中国的具体历史实践特别是中华人民共和国成立以后的文化实践而言,我们更应该警惕文化上的关门主义、保守主义,从狭隘、自闭的文化心态中解放出来,从文化激进主义思潮中解放出来,尊重和倡导文化上的理性精神、民主精神,既尊重和倡导本国文化传统,也要尊重和倡导人类共同的价值标准和普适性的文化观念,成为王蒙文化生态思想的一个核心理念。王蒙坚持认

---

① [秘鲁]巴尔加斯·略萨:《全球化:文化的解放》,《天涯》2003年第2期。

为，一个健康的文化生态必然是开放的、动态的、多元的、和谐的，就全球文化而言，文化多元化的生态学意义，"犹如生物多样性对于维持物种平衡那样必不可少"[①]，就我们的民族文化而言，多样性的文化生态平衡，更具有现实意义，"中国文化只有在开放的过程中，才能获得新的生机，焕发出自己的光彩"[②]。基于此，王蒙认为，未来理想的文化生态必然是一种"更加开放和富有活力的文化多元共存、多元互补与多元整合的新局面"[③]，必然是"多元之间的对话交流，求同存异，相互学习，相互理解，各自发展与共同发展"[④]。无论人类文化还是中华民族文化，保持其丰富性、多样性，都是保持这种文化自身活力和生机的最基本的因素，也是"保护和发展自身所珍视的文化性格的基础"[⑤]。开放性、多元性构成了王蒙文化生态观念的核心内容，这同样是一种理性的、建设性的文化精神。王蒙的这一文化生态观念，由于深刻地反映了现代社会全球化时代的多元性文化价值理念和发展走向，已经成为一种社会共识。

　　基于这种理性主义的文化生态观，王蒙同时强调，在建设多元、和谐的文化生态上，要切实汲取历史教训，避免历史悲剧重演，"提倡一种兼容并包，既继承传统、又充分吸收世界上新事物的态度"，"提倡一种喜新而不厌旧的态度"，提倡"一种更理性、兼收并蓄的态度"，"让各种不同的文化形式和形态，能在中国互补整合"[⑥]，强调有容乃大，和而不同；强调"党同喜异，党同学异"，反对王婆卖瓜思想，"不要动不动搞你死我活"[⑦]，对于"异"的认同、尊重，既是一种宽容的文化心态，更是一种价值民主思想，"与其搞二元的对立极端，不如努力去做多元的互

[①] 王蒙：《为了汉字文化的伟大复兴》，《王蒙研究》2004年10月号（创刊号），中国海洋大学王蒙文学研究所编。

[②] 王蒙：《王蒙说》，中央编译出版社1998年版，第399页。

[③] 同上书，第392页。

[④] 王蒙：《不同文化间的对话》，《王蒙文存》第19卷，人民文学出版社2003年版，第553页。

[⑤] 同上。

[⑥] 王蒙：《王蒙讲稿》，上海文艺出版社2001年版，第450页。

[⑦] 王蒙：《王蒙自述：我的人生哲学》，人民文学出版社2003年版，第233页。

补"①,"建设性"同样是王蒙文化生态观念的重要内容。

在其更深的思想背景上,王蒙的多元、和谐的文化生态观念,来源于他的多元的哲学思想。多元性是王蒙对人类世界一切现象包括文化、精神现象的基本体认,王蒙较早地认识到了二元对立思维模式的简单化和危害性,"凡是把复杂的问题说得小葱拌豆腐一清二白者,皆不可信",主张"认同世界的复杂性和多元化"。② 王蒙认为,伴随着 20 世纪末苏联解体二极对立世界格局的终结而带来的二元对立思维模式的崩毁是 20 世纪人类最重要的精神文化遗产之一,因为,"二极对立思维模式是极端主义、文化专制主义的一个方法论根源"③。"多元化"的文化生态理念,是王蒙哲学思想在文化上的反映。

三 世俗、民间的文化价值观

多元和谐既是王蒙文化生态观的基础,同时也是王蒙文化价值观的前提,在文化价值层面上,相对于那种精英、高端和意识形态文化价值观念,王蒙的文化价值"多元化"的思想,则主要表现为对世俗、民间、非意识形态的平民化文化价值的认同、尊重和肯定。

就 20 世纪中国文化发展的主线而言,革命文化无疑是其最重要的文化形态,表现为启蒙主义、理想主义、英雄主义等,其最主要的特征则是一种理想主义。这种革命理想主义文化基本漠视或否定世俗民间文化形态的存在,否认其价值的合理性。20 世纪 80 年代,伴随着新的启蒙主义文化思潮的兴起,以及对"人"的多样化需求的正视,疏离主流文化的世俗民间文化得到某种认同和初步发展;90 年代市场经济日益深入社会生活的各个层面,随着社会阶层的分化,文化多元化已不可阻挡,"发展高尚的丰富多彩的文化生活"④ 已成为社会共识,世俗文化的"民本性"日益彰显。王蒙成为这一新兴文化的理论代言人和最

---

① 王蒙:《王蒙讲稿》,上海文艺出版社 2001 年版,第 624 页。
② 王蒙:《王蒙自述:我的人生哲学》,人民文学出版社 2003 年版,第 231 页。
③ 王蒙:《沪上思絮录》,《王蒙文存》第 23 卷,人民文学出版社 2003 年版,第 221 页。
④ 邓小平:《邓小平文选》第 3 卷,人民出版社 1993 年版,第 43 页。

坚定的倡导者。

首先，在理性层面，王蒙已经意识到20世纪理想主义文化的弊端和最终破产，多元化的文化形态和价值观念正在生成，特别是与理想主义文化相对立的世俗性平民化文化，正日益成为民间社会的主导性文化价值取向，这构成了王蒙20世纪90年代文化思想最主要的价值立场。因而，王蒙高度警惕理想主义文化的"乌托邦"性、高蹈性、极端性，并特别警惕理想主义文化的反世俗性，主张"理性的选择"①，主张"认同人类的世俗性"，"认同文化的此岸性、人间性"②，王蒙所强调的文化"此岸性""人间性"，也就是文化的世俗性和低端价值原则。王蒙的这种文化价值论，既是基于历史的经验、教训，更是一种与时俱进的积极理性的文化认同感。

王蒙的这种民主性的文化价值观相当明显地体现在围绕王朔的评价和"人文精神"所展开的讨论，这两次讨论是20世纪90年代中国社会转型期文化界、知识界重要的"文化事件"。王蒙既是这一"文化事件"的参与者，又是最主要的"对话者"之一。王蒙从世俗性文化价值立场出发，为王朔的文化意义作了"辩护"。在王蒙看来，王朔小说表面的"亵渎神圣"，撕破了一些伪神圣、伪崇高、伪道德的假面，是对"伪理想主义"文化和精神膨胀的乌托邦文化的消解和嘲弄，王朔既是这种"伪理想主义""乌托邦"文化的产物，更是有力的反击者、无情的嘲弄者，是对非人道的专制主义文化、伪理想主义文化以及"救世"文化的疏离、厌倦和反动，王朔代表了一种平民化文化立场和价值观念，是对更符合人性特征更能满足人性多样化需求和发展的平民文化、世俗文化的关注与认同。在关于"人文精神"的讨论中，王蒙这种平民化的文化立场进一步凸显。王蒙认为，所谓"人文精神"，一方面主要是一种"精英诉求"，缺乏立论逻辑，缺乏真实语境，是"精英们面对世俗化的抗拒与因应措施"③，是一个策略性而非现实性的"假定的""话题"；另一方

---

① 王蒙：《王蒙自述：我的人生哲学》，人民文学出版社2003年版，第157页。
② 同上书，第238页。
③ 王蒙：《革命、世俗与精英诉求》，《王蒙文存》第17卷，人民文学出版社2003年版，第360页。

面,"人文精神""似乎并不具备单一的与排他的价值标准"①,在其内涵上除了某种纯精神性的"终极关怀"外,还应该包含着某种"常识性世俗性的精神",某种"坛坛罐罐"之类的"具体的物质的内容"②,在价值层面上,"应该承认人文精神的多元性与多层、多面性"③,"人文精神应该承认人的差别而又承认人的平等,承认人的力量也承认人的弱点,尊重少数的'巨人',也尊重大多数的合理的与哪怕是平庸的要求"④。从他的这些论述中,我们可以发现,王蒙所特别关注、强调和认同的是"人文精神"世俗性、现实性和实践性的一面。针对这一文化思潮对当时刚刚实行的市场经济潜在的"用乌托邦枪毙现实"的危险性、破坏性,王蒙警告道:"计划经济的悲剧恰恰在于它的伪人文精神,它的实质是用假想的'大写的人'的乌托邦来无视、抹杀人的欲望与需求。它无视真实的活人","是市场而不是计划更承认人的作用,人的主动性"。⑤ 这场讨论,已经尘埃落定,孰对孰错,中国社会实践已经对此做出了最具说服力的评判。在这场讨论中,王蒙所坚守的世俗的、健康的平民文化立场,以及他的敏锐、洞见和巨大的理论勇气,留给后人许多去启悟。

其次,王蒙较早地提出并辨析了文化的"非意识形态性",这为建立真正世俗性的文化价值立场奠定了基础。浓烈的意识形态色彩是20世纪中国文化的显著特征,这也形成了世俗社会对"文化"的某种敬畏感和疏离感。早在20世纪80年代末,王蒙就特别强调了文化中的许多"超出主义、超出社会制度的制约的内涵"⑥,如文字、科学技术、民俗风习

---

① 王蒙:《读评论文章偶记》,《王蒙文存》第23卷,人民文学出版社2003年版,第123页。
② 王蒙:《革命、世俗与精英诉求》,《王蒙文存》第17卷,人民文学出版社2003年版,第360页。
③ 王蒙:《人文精神问题偶感》,《王蒙文存》第23卷,人民文学出版社2003年版,第213页。
④ 同上书,第216页。
⑤ 同上书,第211页。
⑥ 王蒙:《文化传统与无文化的传统》,《王蒙文存》第17卷,人民文学出版社2003年版,第30页。

等。后来,他又明确提出"中国文化不应仅以意识形态划分",认为,对于文化,"过分强调意识形态的特点,是不适宜的"。[①] 这里所体现的,同样是一种对于世俗文化的尊重。

从历史实践层面而言,对文化问题的思考将是一个持续的过程,一个真正"未竟的事业",不可能存在一个完美的"方案"。特别是对中国这样一个文化历史悠久而又整体相对落后的国家,更是如此。王蒙的文化思想,特别是建设性、多元性、世俗性为主要价值维度的文化"方案",不仅具有鲜明的时代特色,而且从根本上反映了当代中国社会的某种文化诉求,这将为后人继续探讨这一问题提供某种启悟和借鉴。

[①] 王蒙:《王蒙讲稿》,上海文艺出版社 2001 年版,第 448 页。

第 六 讲

王蒙与道家文化

道家作为先秦"显学"之一种,其对中华文化的影响是本原性的。林语堂曾说:"道家及儒家是中国人灵魂的两面"[1],道家文化不但铸就了中国人独特的思维方式、生命方式,而且塑造了独特的民族性格、文化心理。中国文人在情感层面对老庄的喜爱,胜过孔子,鲁迅曾说:"我们虽挂孔子的门徒招牌,却是庄生的私淑弟子"[2],这可能与道家文化对现实所采取的超越性审美态度有关。

在一般读者的印象中,作为共和国第一代作家的王蒙是非常革命甚至是"现代派"的,似乎与传统文化特别是道家文化相距甚远,因而,相对忽视了王蒙与道家文化的深层关联,其实,道家文化对王蒙影响至深。王蒙从十几岁开始"迷上了《老子》",到晚年集中地谈老说庄(相继出版了《老子的帮助》《老子十八讲》《庄子的享受》《庄子的快活》《庄子的奔腾》《与庄共舞》等),王蒙与老庄,相伴一生。王蒙在向意大利国家电视台电脑博物馆推荐的十部中国典籍中,就有《老子》[3],可见,在王蒙看来《老子》之于中国文化的典范性意义。在当代作家中,对道家文化体味之深,似乎还没有超过王蒙的。然而,值得注意的是,同为道家文化代表性人物的老子和庄子,其对王蒙的影响又具有某种差

---

[1] 林语堂:《信仰之旅》,四川人民出版社2000年版,第114页。
[2] 鲁迅:《"论语一年"——借此又谈萧伯纳》,《鲁迅全集》第4卷,人民文学出版社1981年版,第570页。
[3] 王蒙:《兰气息,玉精神》,《王蒙文存》第15卷,人民文学出版社2003年版,第222页。

异性,老子对王蒙的影响主要表现在价值观念、思维方式层面,而庄子则主要表现为精神—心灵即艺术层面。本文拟从人生态度、文艺思想、文学创作三个不同的层面,来探讨王蒙与老庄的关系。

一 无为之为:道家文化与王蒙的人生态度

王蒙不到14岁既已参加地下革命,并立志成为"职业革命家",后来更是与革命产生了千丝万缕的联系,并一度列身权力中心,其积极入世的一面是人所共知的,王蒙也认为自己"入世极深"。然而,对于王蒙的另一面即道家文化制导下的超越性一面,却面影模糊,研究较少。

道家文化深刻影响了王蒙的人生态度。道家文化本质上是一种具有东方智慧的生命哲学,其核心价值是对人生意义的独特体认。中国文人对老庄的喜爱,根源于此。王蒙曾说自己真正读过的书有两本:一本是《红楼梦》,一本是《道德经》。20世纪90年代初,经过了诸多人生顿挫的王蒙,对老庄由单纯的喜爱开始上升到实践理性层面,"无为""逍遥"等开始成为其"人生哲学"的重要内涵,这大概与王蒙此时的经历、心境等有关,没有一定的人生阅历作底子,是无法真正理解老庄的。王蒙的"人生哲学",在实践层面涉及很多处世方法和原则,但在更高的层面,则是对"道"——"生存常道"即规律的体认和遵从。王蒙曾提出"人生之化境"的概念,所谓"化境",即"随心所欲不逾矩,庖丁解牛,如入无人之境,治大国如烹小鲜,信手拈来,俯拾即是,百战百胜,左右逢源"[1]。也就是我们通常所说的"自由王国",而王蒙的所谓"化境",是建立在"道"之基础上的。王蒙曾自撰箴言:大道无术(王蒙同时还有大智无谋、大德无名、大勇无功的说法),并曾指出中国人"太讲心术",而"大道无术"则是要超越"术"的层面,达到与"大道"的完全合一。在王蒙看来,理解、认同、尊重大道,才能"无往

---

[1] 王蒙:《王蒙自述:我的人生哲学》,人民文学出版社2003年版,第50页。

而不适"①，才能从容淡定，明朗澄澈，也才能达到"人生之化境"。

从王蒙的处世哲学，可以看到道家的"无为"思想。王蒙充分领悟了老子"无为"思想产生的"社稷无常，君臣无常"的时代背景及其某种无法言明的无奈感，王蒙说，人最重要的是知道自己"不做什么"②，同时，又特别指出："无为，就是有所不为"，就是"大量地不为，大量地放弃，少量地为，为则有成"。③ 王蒙总结自己七十多年的人生经验时说："幸亏有那么根弦：无为的弦，无事的弦，拒绝人际纠纷、拒绝拉帮结派、拒绝青云直上、拒绝大言欺世、拒绝装腔作势、拒绝跟风起哄的弦。"④ 王蒙的"拒绝"，就是"无为"，就是道家所提倡的"勇于不敢"。王蒙曾提出好人和坏人的区别在于"好人就是有所不为的人。坏人就是无所不为的人"⑤。老子喜欢从反面立论，如无为、不言、不始、不有等，而王蒙的处世哲学特别是他的"二十一条人际准则"，也基本都是"否定式"立论，属于"无为"的范畴。同时，王蒙反对从被动和消极意义上来理解"无为"，他指出："无为，不是什么事情也不做，而是不做那些愚蠢的、无效的、无益的、无意义的、乃至无趣无味无聊，而且还有伤有损有愧的事。"⑥ 王蒙的"无为"，是一种主动的不为，是一种积极的不为，即力戒虚妄、焦虑和急躁、盲目。与"无为"相似，老子的"不争"对王蒙的处世态度同样产生了影响。王蒙是当代文坛上较早提倡"宽容""多元"的人，"宽容"的前提和实质就是"不争"，王蒙曾告诫世人，凡事不要一味地"为"和"争"，要"善于等待"，要学会放弃，学会"随他去吧"。⑦

庄子"安时而处顺"的思想，在一定意义上内化为了王蒙对现实所采取的某种超越性心态。《庄子·大宗师》说："得者，时也；失者，顺也。安时而处顺，哀乐不能入也。"所谓"安时而处顺"，就是顺应自然，

---

① 王蒙：《王蒙自述：我的人生哲学》，人民文学出版社2003年版，第174页。
② 同上书，第93页。
③ 王蒙：《老子的帮助》，华夏出版社2009年版，第342页。
④ 同上书，第256页。
⑤ 同上书，第50页。
⑥ 王蒙：《无为》，《王蒙文存》第15卷，人民文学出版社2003年版，第331页。
⑦ 王蒙：《王蒙自述：我的人生哲学》，人民文学出版社2003年版，第91页。

顺应时世，特别是在逆境中，不计一时荣辱得失，要有一种达观态度。晋代郭象提出了"适性即逍遥"的命题，"安时而处顺"本质是"适性"。王蒙自称是一个"不可救药的乐观主义者"，其实即是一种安时处顺的人生态度。王蒙特别喜欢"逍遥"二字，他认为"逍遥"既是一种处世原则，更是一种"审美的生活态度"，是对现实的超越。庄子的"安时而处顺"以及"逍遥"，使王蒙对人生采取了一种审美和超越态度，这在根本上塑造了王蒙乐观、宽容、洒脱的人生态度。王蒙曾多次遭遇人生变故，饱尝人生的艰险困厄，但仍能保持一种积极乐观、超然豁达的心态，"安时而处顺"的人生态度，帮助王蒙度过了人生的困厄期。王蒙认为："择其相同者而相同之，择其平等者而平等之，择其不同者而不同之，择其高妙者而高妙之，择其物质者而物质之，择其哲理者而哲理之，是为道。"同时，王蒙把什么事都要耍心眼玩花招，什么事都瞪眼都找别扭，视为"妖""拗"[1]。在日常生活中，王蒙重视本色和"常态"，反对"假招子的心术，花架子的取巧，沽名钓誉的闹腾，急于求成的浅薄"[2]，因为在他看来，所有这些都是不能"安时而处顺"的表现，也即违背了"道"。那么，王蒙如何调适自己，保持自我与社会、时代的平衡，进而保持自我内在的平衡？是道家文化帮助王蒙完成了这种平衡，老庄在一定意义上成了王蒙心灵、心理的平衡调适器，使他在逆境中看到希望，在顺境中保持清醒，不颓丧，不放纵，无论是出世入世，顺逆通塞，都能够认清并保持自己的"常态"。王蒙积极汲取了老庄"顺任自然"的思想，老子的"无为"，庄子的"自然"，都给王蒙以极大的启迪。王蒙后来曾深有感触地说："出世，实在是一种精神享受，如果没有这种精神的享受，如果不能摆脱俗务，不能摆脱世俗，如果不能想一些神秘莫测的、遥远的、不可琢磨的东西，就受不了"[3]，在现世中享受出世的快乐，是老庄给予王蒙的馈赠。

同时，从王蒙的思维方式看，也可以看到老庄的影子。老庄特别是

---

[1] 王蒙：《王蒙自述：我的人生哲学》，人民文学出版社2003年版，第180页。
[2] 同上。
[3] 《王蒙、王干对话录》，《王蒙文存》第20卷，人民文学出版社2003年版，第348—349页。

第六讲 王蒙与道家文化 / 69

老子的思维方式有两大特点：一是辩证性，二是逆向性，这两点形成了其独特的辩证性逆向思维。思维方式的独特性构成了道家文化的魅力之一。王蒙说老子是"中华民族智慧的一个高峰"①，应该看到，在辩证思维方面，老子同样是一个"高峰"。《道德经》中关于有无相生，难易相成；生也柔弱，死也坚强；强大处下，柔弱处上等思想，都无不体现了朴素而精妙的辩证法思想。道家的辩证思维，构成了中华民族某种原发性思维方式，赋予中国传统文化一种灵变之气、灵动之美。王蒙认为，《道德经》中隐含了"机变"的思想，其"整个的思想都是辩证的"②，早在20年前王蒙就注意到："老庄思想中有考虑到这一面、也考虑到另一面的辩证因素，使你不至于过分的偏执而走向极端。"③ 老庄的这种绝不走极端的思维方式，给予王蒙深刻的启发，使他深谙辩证法的奥妙。王蒙曾自比一只得意的"蝴蝶"："我很得意，因为我作为小说家就像蝴蝶。你扣住我的头，却扣不住腰。你扣住腿，却抓不着翅膀。你永远不会像我一样知道王蒙是谁。"④ 之所以"扣不住"，与他的辩证思维不无关系。老庄教会了王蒙从反面、多面来考虑问题的思维自觉。王蒙一向反对"只知其一不知其二其三的死脑筋"⑤，因为在他看来，所有这些"死脑筋"在其思维方式上都是单向度的，在其价值观念上都是绝对论的，都过于"执"。王蒙说："看事物至少看两面，正面与负面，前面与背面，效果收益与损失危险。任何事物都不是只有一种解释、一个后果、一个方向的。"⑥ 辩证思维，使王蒙避免走向极端，避免偏执，这大概是王蒙立于不败之地的思维方式之起点。"正言若反"的逆向思维是道家的另一显著特点。老子的致思方式是逆向的，即从反面思考问题，展开论述，这是一种很独特的思维方式，这大概与"无"的命题相一致。王蒙

---

① 王蒙：《老子十八讲》，生活·读书·新知三联书店2009年版，封底。
② 同上书，第37页。
③ 王蒙：《"空中百花园"直播记录》，《王蒙文存》第20卷，人民文学出版社2003年版，第41页。
④ 王蒙：《蝴蝶为什么得意》，《王蒙文存》第21卷，人民文学出版社2003年版，第96—97页。
⑤ 王蒙：《王蒙自述：我的人生哲学》，人民文学出版社2003年版，第236页。
⑥ 王蒙：《老子的帮助》，华夏出版社2009年版，第237页。

领悟了这种逆向思维的魅力和威力。从王蒙的话语方式中,能够感受到这种"正言若反"致思方式的痕迹,如针对"人文精神失落"说,王蒙提出,从来没有的东西,怎么会失落?再如王蒙谈到《红楼梦》的"虚无"时说,《红楼梦》中的"虚无""是什么都有过了以后的无"①,其致思方式是一种逆向思维,都体现了王蒙"从反面琢磨道与理"②的思维特点。但是,也应看到,这种逆向式思维,一方面容易收到奇效,同时也容易招致误解,王蒙的一些说法如"无是最高境界的有"③"不奴隶,毋宁死"等之所以容易引发争议,与这种逆向思维不无关系。

金庸曾说王蒙是"快乐的君子"④。然而,王蒙说自己曾经"是一个性格急躁敏感易怒的人"⑤,并为此从年轻时代就反复读《老子》《孟子》关于抱冲、养气的理论。从一个"急躁敏感易怒的人"到"快乐的君子",王蒙的这种转变,得益于道家文化的滋养和调适。王蒙"亦官亦文、亦进亦退、亦庄亦谐、亦仕亦隐"⑥的文化人格,在其晚年实现了稳定和平衡,王蒙在这保持自我的平衡方面,老子、庄子都使王蒙受益匪浅,革命者的理想主义、积极进取精神与道家的超越实现了融合,革命知识分子心态与道家文化心态达到了某种奇妙的平衡,这是王蒙之为王蒙的关键。

二 无用之用:道家文化与王蒙的文艺思想

梁实秋曾提出道家思想是中国文学"不健康的症结"⑦,然而,我们必须看到,道家文化构成了中国文学精神的一个源头,它孕育了中国文学的某种自由精神和超越意识。在中国知识分子的精神构成中,都能够

---

① 王蒙:《可能性与小说的追求》,《青岛海洋大学学报》2002年第3期。
② 王蒙:《老子的帮助》,华夏出版社2009年版,第29页。
③ 同上书,第48页。
④ 《做"快乐的君子"——王蒙、金庸漫话人生》,《小说界》2004年第1期。
⑤ 王蒙:《王蒙自述:我的人生哲学》,人民文学出版社2003年版,第138页。
⑥ 郭宝亮:《艰难的建构——整合与超越》,温奉桥编:《多维视野中的王蒙——第一届王蒙文学创作国际学术研讨会论文集》,中国海洋大学出版社2004年版,第110页。
⑦ 梁实秋:《梁实秋论文学》,台北时报出版公司1978年版,第19页。

或隐或显地看到老庄的影子。具体到王蒙,老庄对其文艺思想的影响,是在内而深潜的。

道家文化对王蒙文艺思想的影响首先表现在主体意识方面。老子的"道",由庄子予以艺术地呈现,庄子把"道"某种程度地具象化、文学化了,因此,"道"到了庄子这里,即演变为一种主体精神。因此,道家哲学可以看作是一种主体性哲学。《庄子》开篇即呈现出了一个巨大的充满了力量和主体感的形象:"北溟有鱼,其名为鲲。鲲之大,不知其几千里也。化而为鸟,其名为鹏。鹏之背,不知其几千里也。怒而飞,其翼若垂天之云。"王富仁指出:"《逍遥游》既是庄子哲学的自由论,又是庄子哲学的主体论,讲的是主体的精神自由的问题。"[①]《齐物论》中"大泽焚而不能热,河汉冱而不能寒,疾雷破山、飘风振海而不能惊"的"至人",以及"圣人""真人""神人"等,都是充满了主体感的形象,《庄子》中大量出现的诸如"逍遥""游心""天游"等,也都是充满了主体感的概念。道家文化的"独与天地精神往来",既是一种主体精神,也是一种自由精神,《庄子》中有很多关于自由创造的故事,如《庄子·田子方》:"宋元君将画图,众史皆至,受揖而立,舐笔和墨,在外者半。有一史后至者,儃儃然不趋,受揖不立,因之舍,公使人视之,则解衣般礴,裸。君曰:'可矣,是真画者也。'"在庄子看来,只有实现心灵的自由,才能进入创造的境界。《庄子》中奇特而蓬勃的想象——其实是自由和创造精神的表现,深刻地影响了中国文学艺术精神,构建了中国作家深层审美文化心理,滋养了中国文学自由和想象的品格,也潜移默化为王蒙文艺思想中的主体性品格。

主体性即自由和创造的自觉精神,构成了王蒙文艺思想的灵魂,其精神资源之一是道家文化特别是庄子。构成王蒙文艺创新理论的"关键词"主要是一些充满了主体性的词语,如思索、探求、发现、发展、试验、创造、想象、感觉、虚构、情绪、趣味、触觉、触发、直觉、激情、燃烧、灵魂、倾吐、搏动、升华、精神活动、内心体验、艺术个性等。

---

① 王富仁:《庄子的平等观(上)——庄子〈齐物论〉的哲学阐释》,《社会科学战线》2009年第6期。

王蒙认为"文学的方式",主要是指想象的方式、主观的方式、虚拟的方式。王蒙说:"作家即创造"①,"作家的任务是创造"②,王蒙曾多次强调"创作是一种燃烧""创作乃是心灵的搏动与倾吐"③,王蒙在这里所强调的实际就是创造主体的作用。王蒙说:"忽视创作主体的作用,就是忽视创作规律","没有创作主体的作用,就没有艺术的灵魂",一切的文学艺术都是创作主体的"心智的伟大创造",都是创作主体的激情的燃烧。王蒙警告切莫把生活和文学变成"互不贯通的死水两潭"④。那么,把生活和文学贯通起来的力量是什么呢?王蒙认为是作家的主体创造性。创造就是"从现实生活的记忆里,飞跃到想象的艺术的世界里"⑤,那么,如何才能完成这个"飞跃"过程呢?王蒙的回答是"精神的奔突",特别是"大胆的、奇突奔放"的想象,以及激情和作家的"人格力量"。王蒙在谈论文学创作过程时,更喜欢使用的词语是灵感、热情、想象、趣味等,这其实就是文学的主体性、创造性表现的一个方面。

与重视作家的主体性相联系,王蒙对文学的自由品格始终高度珍视,他认为:"文学艺术是人类心灵追求自由的表现。"⑥ 自由和游戏是紧密相连的,道家文化的自由精神,产生了某种灵变气质和游戏精神。庄子自由的思想,影响了王蒙的文学功能观即对文学之游戏与趣味的重视。庄子喜欢用"游心""游心于淡""游心于无穷""游心于物之初"等概念,其实这里所指是一种自由的状态。与儒家相比,道家体现了更多的游戏心态。"无用之用"的思想,衍变成中国文学的一种游戏精神。《庄子》中大量匪夷所思的寓言,本身充满了某种游戏性。庄子的"无用之用"为中国文学游戏精神的产生提供了启发。"无用"是着眼于文学的本质和特性的非实用性而言,"用"则是强调了文学的作用于人心、情感的一面,"用"以"无用"为前提和条件。王蒙曾指出"文学是有为的无为,

---

① 王蒙:《我们的责任》,《王蒙文存》第19卷,人民文学出版社2003年版,第130页。
② 王蒙:《论风格》,《王蒙文存》第21卷,人民文学出版社2003年版,第195页。
③ 王蒙:《我的几点感想》,《王蒙文存》第19卷,人民文学出版社2003年版,第227页。
④ 王蒙:《致习作者》,《王蒙文存》第21卷,人民文学出版社2003年版,第341页。
⑤ 王蒙:《当你拿起笔……》,《王蒙文存》第21卷,人民文学出版社2003年版,第167页。
⑥ 王蒙:《我的几点感想》,《王蒙文存》第19卷,人民文学出版社2003年版,第226页。

无为的有为"①，他说："文学本来就是心灵的游戏，当然不仅仅是心灵的游戏，但是，起码有一部分是心灵的游戏、文字的游戏。我希望我们和文学多一点游戏性，少一点情绪性或者表态性。"② 他甚至公开为"玩文学""辩护"：

> 我倒想为"玩文学"辩护一下。就是不能把文学里面"玩"的因素完全去掉。人们在郁闷的时候，通过一种形式甚至很讲究的形式，或者很精巧、很宏大、很自由的形式来表达自己的郁闷，是有一种自我安慰的作用，甚至是游戏的作用。过去很多中国人讲"聊以自娱"。写作的人有自娱的因素，有多大还可以再说，至于读文学的人有自娱的因素更加难以否认。也就是你我都有"玩文学"的因素，但是完全把文学看成"玩"会令许多人通不过的。③

王蒙之所以为"玩文学"辩护，在于他看到了文学的另一面——"玩"的因素，也即庄子所说的"无用之用"。王蒙在《你为什么写作》中，列举了世界上许多大作家关于"为什么写作"的回答，从这些回答中，王蒙对例如塞内加尔作家比拉戈·狄奥普的"主要还是为了个人消遣"、瑞士作家弗里施的"写作首先是为了游戏"的说法表示了某种认同乃至欣赏。他甚至认为文学是"梦的近邻""文学不具备正面的可操作的行动特质"④，文学对生活的作用是"曲折的"，是通过作用于读者的心灵和精神来实现的。王蒙曾提出"文学在本质上是业余的"⑤观点，他认为文学的"业余"性主要表现在两个方面，即文学是人生的"副产品"，以及文学的非急功近利性，因此，王蒙把"非具体实用性"看作文学的

---

① 王蒙：《我的写作》，《王蒙文存》第21卷，人民文学出版社2003年版，第105页。
② 王蒙：《清风·净土·喜悦》，《王蒙文存》第19卷，人民文学出版社2003年版，第301—303页。
③ 《王蒙、王干对话录》，《王蒙文存》第20卷，人民文学出版社2003年版，第168页。
④ 王蒙：《苏联文学的光明梦》，《王蒙文存》第21卷，人民文学出版社2003年版，第440页。
⑤ 王蒙：《敞开心胸，欣赏与接纳大千世界》，《王蒙文存》第20卷，人民文学出版社2003年版，第121页。

一个核心特征。王蒙还极力恢复在当代文学中久已湮灭的趣味性。与文学史上许多谈"趣味"而色变的作家不同,王蒙把"趣味"看作人性之健康的表现:"趣味是一种对于人性的肯定与尊重,是对于此岸而不仅是终极的彼岸、对于人世间、对于生命的亲和与爱惜,是对于自己也对于他者的善意、和善、和平。趣味是一种活力,一种对活生生的人生与世界的兴趣、叫做津津有味,是一种美丽的光泽,是一种正常的生活欲望,是一种健康的身心状态。"① 因此,他极力倡导文学的趣味性,认为"趣味是小说的一个重要的因素"②。

道家文化影响了王蒙自然文学观的形成。道家文化所强调的"无为""无智""无欲""无私"等,从根本而言即是"道法自然"思想,在老庄看来,自然是美的最高境界。《庄子·应帝王》中关于"混沌之死"的故事:"南海之帝为儵,北海之帝为忽,中央之帝为混沌。儵与忽时相与遇于混沌之地,混沌待之甚善。儵与忽谋报混沌之德,曰:'人皆有七窍,以视听食息,此独无有,尝试凿之。'日凿一窍,七日而混沌死。"徐复观说:"庄子所把握的心,正是艺术的主体。庄子本无意于今日之所谓艺术,但顺庄子之心所流露而出者,自然是艺术精神,自然成就其艺术的人生,也由此可以成就最高的艺术。"③ 在道家看来,美的本质即是"法天贵真",即自然,反之则是对美的破坏和毁灭,因此,道家文化反对一切雕琢、伪饰。

王蒙在文学上接受了道家"道法自然"的观念。王蒙在《文学三元》中坦称:文学是一种生命现象。所谓"生命现象"也即指文学是一种"自然"现象。王蒙反对创作中过分炫耀技巧的做法,对"吟安一个字,捻断数茎须"的"苦吟派",王蒙并不欣赏,因为在他看来,这违背了文学的自然原则,他主张的是"文无定法""无法之法"④。王蒙曾不止一次说过,最好的技巧是无技巧,"最好的技巧和手法,应该是让读者和作

---

① 王蒙:《难得明白》,《王蒙文存》第 17 卷,人民文学出版社 2003 年版,第 332 页。
② 王蒙:《漫话小说》,《王蒙文存》第 21 卷,人民文学出版社 2003 年版,第 208 页。
③ 徐复观:《中国艺术精神》,华东师范大学出版社 2001 年版,第 42 页。
④ 王蒙:《倾听着生活的声息》,《王蒙文存》第 21 卷,人民文学出版社 2003 年版,第 49 页。

者本人完全忘掉了世界上还有技巧和手法一说"。庄子之《庖丁解牛》，深刻论述了"道"与"技"的关系，对此王蒙深有体悟。王蒙说：

> 写文章，应该是有结构有起承转合而无定型、无定则、无安排巧思的任何痕迹的。文无定法，大匠运斤。……好的作品，其作者的感觉绝对不是自己怎么呕心沥血、惨淡经营，而是天假尔手，踏破铁鞋无觅处，得来全不费工夫。
>
> 好文章的力透纸背处也是见不到用力的姿态与斧凿的痕迹的。越是有经验的作家，越不会在要紧的地方拼命煽情、拱火、咬牙、谩骂、胳肢人以逗笑、糟践人以出气、哭天抹泪以求同情、大话连篇以壮声势。好的作家越到关键处越是写得相对平静和不动声色。①

在《致高行健》一文中，王蒙表达了他心目中文学的"最高境界"——无技巧境界。他说：

> 得心应手，行云流水，浑如天成，行于所当行，止于所不得不止，古今中外，融于一炉，笔走龙蛇，心生万象，既能忠于生活，又能驰骋想象，"下笔如有神"，绝无任何斧凿、雕琢、为形式而形式、为技巧而技巧的痕迹。是谓"无技巧"的境界也。②

所谓"无技巧"就是自然，在王蒙看来，自然是文学的最高品格。"文学像生命一样，具有着孕育、出生、饥渴、消受、蓄积、活力、生长、发挥、兴奋、抑制、欢欣、痛苦、衰老、死亡的种种因子、种种特性、种种体验。"③王蒙在许多文章中，喜欢用游刃有余、行云流水、妙手偶得、神来之笔等来描述创作的过程，这实际上也是文学的自然观。

再者，庄子之"齐物论"思想，也对王蒙文艺思想产生了影响。何

---

① 王蒙：《老子的帮助》，华夏出版社2009年版，第279页。
② 王蒙：《致高行健》，《王蒙文存》第22卷，人民文学出版社2003年版，第33—34页。
③ 王蒙：《文学三元》，《王蒙文存》第23卷，人民文学出版社2003年版，第174—175页。

谓"齐物"?"齐物"即是"天下莫大于秋毫之末,而太山为下;莫寿于殇子,而彭祖为夭。天地与我并生,而万物与我为一"。有的学者指出应看到其"双重性":"它可以在泯灭是非中蜕化为庸人哲学,也可以在消解顽梗独断中赋予价值体系以开放性。"① 在现代意义上"齐物"是一种价值观,即"万物本无差别"②,"'齐物论'者平等也"③。虽然庄子的"齐物"主要指悟道的方法和途径,但是同时也包含了价值平等的观念和思想。王蒙正是从后者接受了庄子的"齐物"思想。"齐物"即王蒙所说的"价值民主":"不轻言绝对的价值,更不能以一己的价值为天下法,并以之剪裁世界。"④ 庄子的"齐物论"促使王蒙形成了某种价值平等的自觉,他明确提出"承认价值标准的多元性与选择取向的多样性",反对"定于一"。在艺术口味、艺术手法上,王蒙更是提倡"党同好异、党同喜异、党同求异"⑤,对"异"的尊重和认同,是王蒙思想的一大特点。王蒙把文学从一种平面式单维度的理解中解放出来,在文学价值和功能上,实现了庄子的"齐物"。

三 无法之法:道家文化与王蒙的文学创作

作为小说家的王蒙和"作为小说家的庄周"有许多相似、相通之处,王蒙曾感叹庄子:"陌生化即高度的创造性、奇异的想象力、与众不同的独特思路、取譬的广泛与不拘一格,创意的颠覆性乃至刺激性,这是作为小说家的庄周的不二特色。"⑥ 道家文化在情感方式、文风、语言等方面影响了王蒙的创作。

庄子对王蒙文学创作的情感方式和审美品貌产生了潜移默化的影响。

---

① 杨义:《道家文化与中国现代文学》,《中国社会科学》1997年第2期。
② 王蒙:《庄子的享受》,安徽教育出版社2010年版,第10页。
③ 章太炎:《国学概论》,曹聚仁整理,上海古籍出版社1997年版,第34页。
④ 王蒙:《王蒙自述:我的人生哲学》,人民文学出版社2003年版,第106页。
⑤ 王蒙:《倾听生活的声息》,《王蒙文存》第21卷,人民文学出版社2003年版,第46页。
⑥ 王蒙:《庄子的享受》,安徽教育出版社2010年版,第363页。

王蒙的小说创作，体现了一种"内倾型的思维图式"①，无论是情感基调还是思维模式、叙述语调，都呈现出内倾型特点，这在他的中短篇小说中表现尤为明显。无论是80年代的中短篇小说创作还是后来的《歌声好像明媚的春光》《春堤六桥》，以及近几年的《秋之雾》《岑寂的花园》《太原》等，王蒙小说的语言是宣泄式、扩张性的，但其主导的情感基调和叙事风格却是内敛式、内倾性的。

我们习惯于某种简单化的思维方式如把王蒙的某些小说命名为"意识流"小说，其实，所谓"意识流"主要指的就是王蒙小说风格的内化倾向及直觉性思维，细究王蒙小说的这种情感方式和创作方法，其实并非源自西方文学，而是源于中国传统文学的暗示。与故事相比，王蒙更喜欢、更擅长的是对感受、情致、氛围和意绪的营造，这与王蒙的个性有关，更与王蒙从庄子那里得到的某种启悟有关。王蒙的许多小说"来自一种说不清道不明的感觉"，"它传达的是一种作者本人也不甚了了的心灵的涟漪"②。王蒙曾明确地拒绝过"意识流"的帽子，并对评论界把他的80年代的某些小说归结为意识流而感到"悲哀"③，王蒙多次表示对心理学和当代外国文学是"外行"，对于意识流为何物更是"不甚了了"："有人认为我是意识流专家，我从来是不敢当的。到现在为止，我对福克纳的作品只看过一篇，说实在话我也没有认真地去读过几本意识流的作品。"④ 而在《小说的世界》中，王蒙更是否定与"现代派"的联系，他说："现代主义的经典之作我一个也没有完整地看过，看不下去"⑤；相反，王蒙曾多次提到李商隐的诗和《红楼梦》的"意识流的因素"⑥。"李贺、李商隐的诗就很有点意识流的味道，李白的《梦游天姥吟留别》

---

① 吴士余：《中国文化与小说思维》，上海三联书店2000年版，第77页。
② 王蒙：《大块文章》，花城出版社2007年版，第48页。
③ 王蒙：《倾听着生活的声息》，《王蒙文存》第21卷，人民文学出版社2003年版，第45页。
④ 王蒙：《漫谈小说创作》，《王蒙文存》第19卷，人民文学出版社2003年版，第89页。
⑤ 王蒙：《小说的世界》，《王蒙文存》第19卷，人民文学出版社2003年版，第378—379页。
⑥ 王蒙：《倾听着生活的声息》，《王蒙文存》第21卷，人民文学出版社2003年版，第47页。

也有意识流的味儿。"① 如果往前追溯,道家特别是庄子,深刻地影响了中国文学的情感方式、思维方式,也影响到了王蒙小说的创作。此其一。

其二,王蒙从道家的"有""无""虚""实"概念的辩证统一中,领悟了文章之道。《老子》第五章:"天地之间,其犹橐籥乎。虚而不屈,动而愈出。"第十一章:"三十辐共一毂,当其无,有车之用。埏埴以为器,当其无,有器之用。凿户牖以为室,当其无,有室之用。"再如《庄子·天地》关于"象罔"的寓言:"黄帝游乎赤水之北,登昆仑之丘而南望,还归,遗其玄珠。使知索之而不得,使离朱索之而不得,使吃诟索之而不得也。乃使象罔,象罔得之。黄帝曰:'异哉,象罔乃可以得之乎!'"都给了王蒙小说创作方面的启发,因为无论是老子还是庄子,这里所讲的其实就是"有""无""虚""实"的关系问题,而这也是小说创作乃至结构的问题。

王蒙在一篇文章中曾批评当代文艺创作"影结石""文结石"现象,他说:"称颂或者暴露,讴歌或者鞭挞,赞美或者控诉,宣告或者声讨,迎合或者颠覆,煽情或者沉闷,大树特树或者深揭猛批……使某些已经浓得化也化不开的中国电影,更是生硬得成就了一个个死疙瘩,不妨戏称为'影结石''文结石'"②,王蒙所批评的"影结石""文结石",在一定意义上是文学创作之"有""无""虚""实"的关系问题。王蒙特别重视并强调小说的想象、感觉、情绪等因素,认为"文学的方式"主要的是一种想象的方式。所有这些其实与现实性、故事性等拉开了距离,强调的即是文学的"无"和"虚"。王蒙对庄子之"无""虚"的领悟,赋予王蒙创作一种开阔感、自由感和超越感。

其三,庄子影响了王蒙小说的语言和文体。王蒙对庄子怀有独特的喜爱之情,王蒙认为庄子是中国历史上的"不二奇才",特别是对作为"文章家"的庄子,更是推崇之至,王蒙认为庄子的内心世界"堪称奇绝,纵横驰骋,流星满空,鲜花遍地,电光石火,波纹巨浪,高大卑微,

---

① 王蒙:《对一些文学观念的探讨》,《王蒙文存》第23卷,人民文学出版社2003年版,第65页。

② 王蒙:《伊朗印象》,山东友谊出版社2007年版,第162—163页。

智智愚愚、疯疯傻傻,大块噫气、野马尘埃、像风一样自由,像雾一样弥漫,像湖海一样茫茫,像高山一样耸立,像罔两一样模糊,像朝三暮四与朝四暮三一样狡猾,像混沌一样难得糊涂,翩若游龙,疾如闪电,奔如脱兔,巧若织锦,坠若天花,彩如云霞……"[1] 庄子是"想象力的巨匠"[2],是"幻想家"[3],对《庄子》更是"爱不释手"[4]。《庄子》汪洋恣肆的文风和奇诡超拔的想象力,整体上影响了王蒙重激情、重感觉、重文气的创作风格。王蒙深深佩服庄子的"思想、辞藻、幻想和感触",说庄子"妙喻如星,念头如奇花异草"[5],王蒙曾感叹庄子"有着太多的文采感情":"他写起来如山洪奔放,如油井喷涌,如电光石火,如机枪扫射,如大风起兮云飞扬,四方猛士兮全扫光,它抡得浑圆,夸张极致,溅射四面八方。他的文字如钱塘江涨潮,后浪前浪,你推我涌,浩浩荡荡,势不可挡,它有一种将现有一切的期待淹没冲刷的辉煌与恐怖。"[6]并把喜欢庄子的直接原因归结为其语言的吸引:"我喜欢庄子的原因是他的洒脱和语言上的造诣,包括他的那些比喻特别吸引人。"[7] 鲁迅曾用"汪洋辟阖,仪态万方"来概括庄子的文风,王蒙则用"奇谲恣肆"[8]来形容庄子的文体。王蒙的小说特别是长篇小说,那种汪洋恣肆的文风、排山倒海的气势、遣词造句的神异,都有庄子之风。甚至,王蒙的幽默也带有庄子的味道。《庄子》中的许多寓言充满了智慧和幽默。早在20世纪80年代,王蒙就表达过他对幽默的理解,他认为幽默"所表达的是一种人生的智慧,是对许多事情的一种彻悟"[9]。许多人认为庄子太过狡猾、油滑,这与庄子的机智和幽默不无关系。林语堂在《论幽默》中说:

---

[1] 王蒙:《庄子的享受》,安徽教育出版社2010年版,第157页。
[2] 同上书,第6页。
[3] 同上书,第13页。
[4] 王培元:《"一个人远游":王蒙小说的一个模式》,《当代作家评论》1995年第6期。
[5] 王蒙:《庄子的享受》,安徽教育出版社2010年版,第246页。
[6] 同上书,第247页。
[7] 王蒙:《"空中百花园"直播记录》,《王蒙文存》第20卷,人民文学出版社2003年版,第41页。
[8] 王蒙:《庄子的享受》,安徽教育出版社2010年版,第267页。
[9] 王蒙:《创作是一种燃烧》,《王蒙文存》第21卷,人民文学出版社2003年版,第258页。

"庄生可谓中国之幽默始祖。"《德充符》中的"丑人"如支离疏、申屠嘉、哀骀它等,都是极具幽默感的,他们的故事同样具有幽默感。

　　王蒙小说如《蝴蝶》《杂色》和《逍遥游》《鹰谷》等与庄子的联系是显而易见的。①《蝴蝶》《相见时难》《庭院深深》中引用《庄子》里的典故,王蒙的"玄思小说"更是处处透出庄子的意趣和神韵。《蝴蝶》描写主人公张思远在"文化大革命"的经历时,直接化用了"庄生梦蝶"的故事并加以改造:

庄子梦见自己变成了蝴蝶,轻盈地飞来飞去。醒了以后,倒弄不清自身为何物。庄生是醒,蝴蝶是梦吗?抑或蝴蝶是醒,庄生是梦?他是庄生,梦中化作一只蝴蝶吗?还是他干脆就是一只蝴蝶,只是由于作梦才把自己认作一个人,一个庄生呢?

　　有的学者指出:"《蝴蝶》的成功、深刻之处,就在于它充满了庄子式的对比、反思及悖论。"②但《蝴蝶》中张思远的感受与"庄生梦蝶"并不相同。"庄生梦蝶"其意旨在于突出"栩栩然""遽遽然"的"自喻适志"的超然和自由的状态,而王蒙的《蝴蝶》则借其主人公张思远一会张书记,一会老张头,一会张副部长的形象转换,既表达了"生命的飘忽与短暂"③之人生普遍性命题,更表达了许多当代中国特有的无奈和难以言传的况味。至于中篇小说《鹰谷》中对天山深处山峰和怪石的描写甚至其中的某些比喻句式与《庄子·齐物论》也极为相似④,从这些山水林木石花草的描写"能发现庄子的影响"⑤,其实,就大的方面而言,王蒙的《杂色》特别是主人公曹千里和他所乘的那匹外形丑陋、渺小如

---

① 如张啸虎:《王蒙与庄子》(《当代作家评论》1985年第3期)、时曙晖:《从〈杂色〉看庄子思想对王蒙的影响》(《伊犁师范学院学报》2006年第3期)、王培元:《"一个人远游":王蒙小说的一个模式》(《当代作家评论》1995年第6期)。

② 陈德宏:《庄子注王蒙——读〈庄子的享受〉断想》,温奉桥编:《老庄的流韵——王蒙与道家文化》,时代出版传媒股份有限公司、安徽教育出版社2011年版,第202页。

③ 王蒙:《庄子的享受》,安徽教育出版社2010年版,第362页。

④ 参阅张啸虎《王蒙与庄子》,《当代作家评论》1985年第3期。

⑤ 王蒙:《庄子的享受》,安徽教育出版社2010年版,第61页。

老鼠而充满了警觉和力量的杂色老马,似乎更体现了庄子的神韵,既体现了庄子"安时而处顺,哀乐不能入"的意境,又特别符合《庄子》中那些外貌丑陋而道德高尚的形象所代表的审美取向。[①] 从维熙在《走向混沌》中曾为"右派"王蒙描画了一幅"肖像":"他似乎什么都知道,又好像什么都不知道;他貌似在合眼睡觉,其实在睁眼看着四周,与其说是他表现出不近人情的冷酷,不如说他对这个冷酷的世界有着相当的警觉。"[②] 王蒙的这幅"肖像",颇为传神,在一定意义上,《杂色》中的老马、王蒙与庄子达到了合一。

王蒙在谈到中国诗词与中国文化关系时说:"中国的诗词是我们整个民族的精神大树,你的一首诗一首词只是这棵树上的一个叶子或者是一朵花或者是一个小枝,所以如果你不熟悉这棵大树,你写出来的东西和这棵大树就不匹配。"[③] 王蒙与道家文化的关系,与之相似。"每一个民族都有自己的一些大师级的思想家、文学家,他们的思想与文学具有一种原创性,后人可以不断地向其反归、回省,不断地得到新的启示,激发出新的思考与创造。"[④] 王蒙及其文学创作,体现了道家文化这棵"大树"在新的历史境遇下的新生机。

[①] 王培元:《"一个人远游":王蒙小说的一个模式》,《当代作家评论》1995年第6期。
[②] 从维熙:《从维熙回忆录:走向混沌》,花城出版社2007年版,第42页。
[③] 王蒙、叶嘉莹:《中国传统诗词的感悟》,《王蒙研究》2005年10月号(总第3期),中国海洋大学王蒙文学研究所编。
[④] 钱理群:《鲁迅作品十五讲》,北京大学出版社2004年版,第1页。

第七讲

王蒙与苏俄文学

苏俄文学对王蒙创作的影响是内在而深刻的。苏俄文学在本质的意义上影响了王蒙的个性气质、文学精神,以及文学创作的价值取向和整体风貌。苏俄文学构成了王蒙文艺思想的重要精神资源,也成为王蒙文学创作的一种重要质素。应该说,对王蒙那代人而言,都或轻或重地存在着某种"苏俄情结",这是与他们所生活的时代密切相关的。而这种"苏俄情结"之于王蒙尤甚。从某种意义上来说,苏俄文学可以说是王蒙的第一个生活和文学的"老师"。

一 "永存的桃源"

20世纪中国文学与苏俄文学的关系极为复杂。似乎还没有另一个国家的文学像苏俄文学那样对中国文学产生如此深远而复杂的影响。郁达夫曾说:"世界各国的小说,影响在中国最大的,是俄国的小说。"[1] 产生这种现象的原因是多方面的,其中最主要的是社会政治的原因。瞿秋白在分析中国现代作家认同俄罗斯文学时曾说:"俄国布尔什维克的赤色革命在政治上、经济上、社会上生出极大的变动,掀天动地,使全世界的思想都受它的影响,大家要追溯它的原因,考察它的文化,所以不知不觉全世界的视线都集中于俄国,并集于俄国的文学,而在中国这样黑暗

---

[1] 郁达夫:《小说论》,《郁达夫文集》第5卷,花城出版社、香港三联书店1982年版,第14页。

悲惨的社会里，人都想在生活的现状里开辟一条新道路，听着俄国旧社会崩裂的声浪，真是空谷足音，不由得不动心。因此大家都要来讨论研究俄国。于是俄国文学就成了中国文学家的目标。"① 实际上，自"十月革命"后，苏俄文学即对中国现代作家特别是左翼作家产生了较为深刻的影响。鲁迅、瞿秋白等都曾翻译、介绍过苏俄文学。鲁迅那一代人是怀了某种寻找革命真理的心态接受苏俄文学的。早在20世纪二三十年代，法捷耶夫的《毁灭》、绥拉菲莫维奇的《铁流》，就对当时的革命青年产生了重要的思想上的影响。如果说鲁迅一代作家尚出于某种个体自觉来接受苏俄文学的话，那么在20世纪50年代的中国文学，在"走俄国人的路""苏联的今天就是我们的明天""学习苏联老大哥"的浓烈政治氛围中，对苏俄文学的"热情"达到了前所未有的高潮，苏俄文学在中国的影响也达到了高潮。中国读者大规模地阅读和接受苏俄文学，是在50年代中苏关系"蜜月期"。据统计，从1949年10月至1958年12月，中国共译出苏俄文学作品达3526种（不记报刊上所载的作品），印数达8200万册以上，分别约占同时期全部外国文学作品译介种数的三分之二和印数的四分之三。② 这个数字是相当惊人的。在当时中国当代文学创作还不是十分繁荣的时期，苏俄文学极大地刺激和满足了中国读者的阅读激情，苏俄文学对新中国一代人世界观、人生观的形成，以及个性塑造和精神成长都发挥了极为重要的作用。此时，对苏俄文学的介绍、翻译等，已经不再是单纯的文学行为了，而是一种强烈的意识形态行为，是把苏俄文学看作"20世纪世界社会主义文学的主流与榜样"③ 来学习、接受的，"当时苏联的任何文艺理论的小册子都被看作是马克思主义的经典，得到广泛传播"④。王蒙就是在这种苏俄文学"运动"中成长起来的作家。

　　王蒙与鲁迅、瞿秋白那代作家对苏俄文学的接受程度是不同的。他

---

① 瞿秋白：《瞿秋白文集》第2卷，人民文学出版社1954年版，第543—544页。
② 陈建华：《20世纪中俄文学关系》，学林出版社1998年版，第184页。
③ 吴元迈：《在中国苏联文学研讨会开幕式上的讲话》，《外国文学研究》1994年第3期。
④ 童庆炳、许明、顾祖钊：《新中国文学理论50年》，安徽大学出版社2000年版，第4页。

们各自接受了苏俄文学的某一部分、某一方面。鲁迅、瞿秋白等接受的是苏俄文学的批判主义精神，更为看重的是苏俄文学中"为人生"的人道主义一面，鲁迅认为："俄国文学是我们的导师和朋友。因为从那里面，看见了被压迫者的善良的灵魂，的酸辛，的挣扎。"① 而王蒙等新中国一代作家，他们所生活的时代语境已与鲁迅截然不同，与鲁迅等人接受的19世纪俄国批判现实主义文学相比，他们更容易接触到和接受的是20世纪苏联社会主义现实主义文学，因此，王蒙等人在接受苏联文学的人道主义的同时，更多地接受的是苏俄文学的理想主义、浪漫主义精神的一面。如果说鲁迅接受的是安特莱夫的孤寂和冷峻、阿尔志跋绥夫的消沉和悲观，那么，王蒙接受的却是苏联文学的光明和浪漫。

　　在当代作家中，接受苏俄文学影响之深之巨，似乎没有超过王蒙的了，苏联是王蒙心中"永存的桃源"②。早在少年时代，苏联就已经作为一个"美丽的梦"存在于王蒙的心中："苏联是我少年、青年时代向往的天堂"③；王蒙说共和国的第一代青年是"相信的一代"，这其中就包括对苏联的"相信"："我们的基本背景是新中国的诞生，这一代人信仰革命信仰苏联。"④ 甚至，在王蒙心中，苏联与生命、理想、青春和爱情互为同义语："对于我——青春就是革命，就是爱情，就是文学，也就是苏联。"⑤ 甚至在20世纪60年代，年轻的王蒙得知苏联已经"变修"，成为我们的"敌人"的时候，感到"撕裂灵魂的痛苦"，"这种痛苦甚至超过了处决我本人"⑥。王蒙在《访苏心潮》中曾说："五十年代，我不知道有多少次梦想着苏联。……那时候我想，人活一辈子，能去一趟苏联就是最大的幸福。去一趟苏联，死了也值。"⑦ 苏联的一切都已经溶化进了

---

① 鲁迅：《南腔北调集·祝中俄文字之交》，《鲁迅全集》第4卷，人民文学出版社1982年版，第460页。
② ［俄］谢尔盖·托罗普采夫：《王蒙心里永存的桃源》，王蒙《苏联祭》附录，作家出版社2006年版。
③ 王蒙：《关于苏联》，《苏联祭》，作家出版社2006年版，第175页。
④ 王蒙：《你是哪一年人》，《文学自由谈》1997年第6期。
⑤ 王蒙：《苏联祭》，作家出版社2006年版，封底文字。
⑥ 王蒙：《2004·俄罗斯八日》，《苏联祭》，作家出版社2006年版，第21页。
⑦ 王蒙：《访苏心潮》，《王蒙文存》第14卷，人民文学出版社2003年版，第275页。

王蒙的血液之中,正如王蒙后来所说:"你永远不可能非常理智非常冷静非常旁观地谈论这个'外国',看这个国家。你为她付出了太多的爱与不爱,希望与失望,梦迷与梦醒,欢乐、悲哀与恐惧……这占据了我们这一代人还有上一代人特别是革命的老知识分子的一生。"① 大概没有第二个作家,在苏联的"社会主义试验"失败之后,以《苏联祭》"迎接与纪念苏联十月社会主义革命九十周年"。其实,在王蒙的内心,他所要"祭"的,除了苏联,大概还有自己的青年时代。从这个意义上讲,王蒙将《苏联祭》称为自己的"心史",也就绝非偶然了。

王蒙对苏联的认识是从苏联歌曲开始的,甚至可以夸张一点说,王蒙是唱着苏联歌曲走向革命和文学,走向自己的青春的。正如王蒙自己所说,他会唱的苏联歌曲"比王府井大街上的灯火还多"②。王蒙十一岁的时候,"从我党地下工作人员那里学会的第一首进步歌曲便是苏联的《喀秋莎》"③。王蒙把《喀秋莎》比喻为自己的"少年"和"早恋";《华沙工人》是自己的"少共青春";《太阳落山》是王蒙的十六岁;"在高高的山上有雄鹰在飞翔"等歌颂斯大林的歌曲构成了王蒙的十八岁;《蓝色的星》是十九岁的王蒙;《小路》《快乐的风》是二十一岁王蒙的主旋律;《纺织姑娘》则是王蒙的二十二岁;此外如《雪球树》《我们明朝就要远航》《莫斯科郊外的晚上》《田野静悄悄》《山楂树》《祖国进行曲》《红莓花儿开》《三套车》……这些苏联歌曲伴随着王蒙走过了自己的青年时代。苏联歌曲的魅力来自它浓厚的人情味和抒情性,"苏联歌曲不会'以崇高表现崇高',而是将伟大崇高的理想和意境与普通的人性和纯真的感情完美地结合在一起"④,而这种人情味和抒情性,以及特有的健康、明朗、阔大、深情、忧伤、委婉,对王蒙的吸引力是很大的。

对王蒙文艺思想的形成和文学创作产生更直接、更深刻影响的是苏

---

① 王蒙:《2004·俄罗斯八日》,《苏联祭》,作家出版社2006年版,第31页。
② 王蒙:《我们明朝就要远航》,《苏联祭》,作家出版社2006年版,第157页。
③ 王蒙:《大馅饼与喀秋莎》,《苏联祭》,作家出版社2006年版,第143页。
④ 张家哲:《崇高主题下的人性流露——苏联歌曲为何经久不衰?》,《社会观察》2005年第1期。

联文学。"苏联文学给我的影响说也说不尽。我不仅是从政治上而且是从艺术上曾经被苏联文学所彻底征服"①，这种"彻底征服"，不仅使王蒙走向了文学，也使王蒙走向了革命："我之走向革命走向进步，与苏联文艺的影响是分不开的，我崇拜革命崇拜苏联崇拜共产主义都包含着崇拜苏联文艺。"②"在我年轻的时候，一面热情地陶醉在苏联文学的崇高与自信的激情里，一面常常认真地思索。我认为，任何不带偏见的人，读了苏联的文学作品都会立即爱上这个国家，这种社会制度，这种意识形态。他们宣扬的是大写的人，崇高的人，健康的人；宣扬的是社会主义与历史进取的乐观精神；宣扬的是对人生的价值，此岸的价值，社会组织与运动的价值即群体的价值的坚持与肯定，一句话——而且是一句极为'苏式'的话：苏联文学的魅力在于它自始至终地热爱着拥抱着生活。"③王蒙甚至认为《钢铁是怎样炼成的》"培养了一国又一国、一代又一代革命者"④，事实上，把自己锻炼成"钢铁一样、水晶一样的布尔什维克"，曾是年轻王蒙的理想和追求。

王蒙在12岁刚刚成为党的地下组织"进步关系"时，即读了奥斯特洛夫斯基的《钢铁是怎样炼成的》，并且"奉为圭臬"⑤，事实上，《钢铁是怎样炼成的》《铁流》等苏联革命书籍，成为王蒙生活的"教科书"，也对他后来的"文学和革命是不可分割"⑥文学观念的形成，起到了强有力的榜样作用。"五十年代，最使我倾心的是法捷耶夫的《青年近卫军》与爱伦堡的《暴风雨》。我还读了爱伦堡的《谈谈作家的工作》，他的这篇文章深深打动了我，吸引了我，是我走文学之路的一个重要启迪"，"我还爱读巴甫连柯的《幸福》，费定的《城与年》《不平凡的夏天》。与此同时，屠格涅夫的几部长篇，契诃夫的短篇与剧作，托尔斯泰的《安娜·卡列尼娜》与《复活》，都使我如醉如痴。印象最深刻的

---

① 王蒙：《关于苏联》，《苏联祭》，作家出版社2006年版，第175页。
② 王蒙：《全知全能的神话》，《苏联祭》，作家出版社2006年版，第202页。
③ 王蒙：《苏联文学的光明梦》，《王蒙文存》第21卷，人民文学出版社2003年版，第437页。
④ 王蒙：《从实招来》，《王蒙文存》第14卷，人民文学出版社2003年版，第346页。
⑤ 同上。
⑥ 王蒙：《〈冬雨〉后记》，《王蒙文存》第21卷，人民文学出版社2003年版，第19页。

是他们作品中的温柔和优美,他们的伤感和叹息,他们对于庸俗与野蛮的谴责"。①

王蒙从不讳言苏联文学对自己的影响,所谓"影响的焦虑"在王蒙这里并不存在:

> 我们这一代中国作家中的许多人,特别是我自己,从不讳言苏联文学的影响。是爱伦堡的《谈谈作家的工作》在50年代初期诱引我走上写作之途。是安东诺夫的《第一个职务》与纳吉宾的《冬天的橡树》照耀着我的短篇小说创作。是法捷耶夫的《青年近卫军》帮助我去挖掘新生活带来的新的精神世界之美。在张洁、蒋子龙、李国文、从维熙、茹志鹃、张贤亮、杜鹏程、王汶石直到铁凝和张承志的作品中,都不难看到苏联文学的影响……这里,与其说是作者一定受到了某部作品的启发,不如说是整个苏联文学的思路与情调、氛围的强大影响力在我们身上屡屡开花结果。②

二 "明朗高亮":苏俄文学与王蒙文学精神的塑就

苏俄文学对王蒙的影响,首先表现在文学精神层面。苏俄文学特别是苏联时代革命现实主义文学,具有一种浪漫主义、理想主义的精神,具有一种坚定、宏阔、明亮的内质,"苏联文学的核心在于正面人物,理想人物,正面典型,'大写的人'等等范畴。他们肯定人、人生、人性、历史、社会的运动与前进。他们写了那么多英勇献身的浪漫主义的革命者,单纯善良无比美妙的新人特别是青年人,疾恶如仇百折不挠的钢铁铸就的英雄。他们歌颂劳动、祖国、青春、爱情、生活、友谊、忠贞、

---

① 王蒙:《从实招来》,《王蒙文存》第14卷,人民文学出版社2003年版,第346页。
② 王蒙:《苏联文学的光明梦》,《王蒙文存》第21卷,人民文学出版社2003年版,第432—433页。

原则性、奋斗精神,歌颂祖国、革命、红旗、领袖、苏维埃、国际主义……"①《钢铁是怎样炼成的》《铁流》《士敏土》与《青年近卫军》等革命文艺的理想主义和浪漫情调,不但滋润了王蒙的文学性灵,而且深刻影响了王蒙的文学精神、艺术个性。

苏联文学那种特有的革命理想主义、乐观主义在精神气质上深刻地影响了王蒙,使王蒙的心态和创作,都充满了一种特有的"光明"和乐观。王蒙的这种精神气质,赋予其创作以独特的个性和风貌,那就是始终洋溢在王蒙创作中的乐观主义、理想主义,以及那种明亮之色。王蒙作品中的这种稳定的一以贯之的品格,实与王蒙早年所受的苏俄文学中的乐观主义、理想主义影响相联系。评论家许觉民说:"王蒙的小说一点也不回避生活中的消极面以至丑恶的事物,但是在揭示它们的同时,却透露着一种更重要的素质,就是有着光亮的和充满着希望、思想力量的东西。"② 王蒙创作中闪耀的这种"光亮"和"希望",是与苏俄文学的精神相通的。卜键用"明朗高亮,执心弘毅"来形容王蒙的精神境界,并把王蒙创作的"基调"定位为"明朗"③,这是非常深刻而准确的。纵观王蒙跨越半个世纪的创作,从50年代的《组织部来了个年轻人》《青春万岁》、80年代的《蝴蝶》《杂色》《活动变人形》,一直到后来的"季节系列"小说,其间虽有风格、技巧上的衍变,但是,有一种贯穿始终的东西,一种从未改变的力量,那就是坚定、从容、乐观、硬气。特别是他的80年代所谓"意识流小说",虽然也大胆借鉴了某些现代手法,但是他并没有走向晦暗幽深,局促恍惚,而是刚健硬朗,大气从容。在精神气质上,王蒙无疑更接近苏俄文学,墨西哥学者白佩兰称王蒙为"A Stubborn Writer",这个"Stubborn"应该包含这样一层意思:硬气。王蒙作品中的确回荡着一种"硬气",这种"硬气"一方面来自王蒙自"少

---

① 王蒙:《苏联文学的光明梦》,《王蒙文存》第21卷,人民文学出版社2003年版,第433页。

② 许觉民:《谈王蒙近作》,见崔建飞编《王蒙作品评论集萃》,中国海洋大学出版社2003年版,第1页。

③ 卜键:《明朗高亮,执心弘毅——王蒙的人生境界和文学精神寻绎》,温奉桥编:《多维视野中的王蒙——第一届王蒙文学创作国际学术研讨会论文集》,中国海洋大学出版社2004年版,第38、39页。

共"时代革命经历所赋予的一种底气,另一方面也来自苏俄文学特别是"红色经典"的那种革命乐观主义精神。

苏俄文学对王蒙文学精神的影响,还表现在其独特的"生活感"。一般认为,王蒙是个政治性极强的作家,而较少人注意到王蒙同时也是生活感极强的作家,这也与苏俄文学的影响有关。王蒙认为苏联文学与同时期我国革命文学相比,具有六个方面的"显著的优点":

第一,他们承认人道主义,承认人性、人情,乃至强调人的重要、人的价值;而中国的文学理论长久以来是闻"人"而疑,闻"人"而惊而怒。第二,他们承认爱情的美丽,乃至一定程度上承认婚外恋的可能(虽然他们也主张理性的自制),并在一定程度上承认性的地位。第三,他们喜欢表现人的内心,他们努力塑造苏维埃人的美丽丰富的精神世界。而在中国,长期以来文艺界相信"上升的阶级面向世界,没落的阶级面向内心"。我们这里常常对大段的心理描写采取嘲笑的态度。第四,他们喜欢大自然和风景描写以及静态的细节描写,这可能与列宾等的绘画传统有关。第五,那些在当时被批评为"不健康""小资产阶级情调""无病呻吟"的东西,诸如怀旧、失恋、温情、迷茫、祝福、期待、忧伤、孤独等等,都可以尽情抒发;苏联文学有一种强大的抒情性。第六,与当时的中国文学界的情况相比较,50年代的苏联文学界似乎已有一定的自由度,虽然他们从未提过百家争鸣、百花齐放的口号。

归结为一点,王蒙认为苏联文学具有其独特的"魅力",这种魅力在于"它自始至终地热爱着拥抱着生活"①。这其实是吸引王蒙的更为个体性的深层原因。王蒙曾多次感叹:"生活多么美好!"这实际上构成了王蒙的人生观和创作的主旋律,这与苏联文学所表现出来的热爱生活、拥抱生活不无联系。王蒙小说如《海的梦》《听海》《木箱深处的紫绸花服》《初春回想曲》等,其表现出来的柔情、温暖似乎更接近于苏联小说。

---

① 王蒙:《苏联文学的光明梦》,《王蒙文存》第 21 卷,人民文学出版社 2003 年版,第 432、433—434、437 页。

王蒙是个深具"生活感"的作家,俄罗斯汉学家谢尔盖·托罗普采夫说"王蒙将生活带入了文学,将文学回归了生活"①。与50年代我们文学中的简单化、理念化、公式化相比,苏联文学给了王蒙别样的满足和启发。可以说,苏联文学与王蒙息息相通。王蒙曾多次强调苏联文学的"生活气息""人情味",实际上就是说苏联文学的生活感。苏联文学真正吸引王蒙的是在这种革命的理想主义、浪漫主义、乐观主义基调下,所表现出来的真正的"生活感":对生活、生命,对爱情和美的肯定和赞美,以及对人的精神和心灵世界的大胆描写。苏联文学并没有把理想主义和生活对立起来,并没有把生活和人的心灵世界对立起来,这二者的完美融合,塑就了苏联文学特有的精神风貌和气质。王蒙在其自传中曾表达了一个长久的"疑问":"为什么例如苏联小说中极力描写渲染人的美感、多情、精神生活的丰富性在我们这里动辄被说成是'不健康''小资产阶级'?赏雨赏花,看云看鸟,追忆梦想,拭泪微笑,这些苏联人做起来就是美好,我们做起来就是不健康?"②"为什么我们的某些作品,写合作化人物心里就只有一个合作化,写扫盲人物心里就只有一个扫盲,写养猪人物心里就只有养猪,把人奶给猪喝。我们的人物为什么这样单打一,干巴巴呢?"③王蒙的反问切中我们文学要害。我们这种"干巴巴"文学样态的形成,与诸多复杂的因素相关。苏联文学的这种丰富性、人情味、生活感在相当程度上影响了王蒙的文学理想、文学追求和文学风格。

写出生活和人的丰富性,一直是王蒙文学创作的一个重要特征。王蒙从创作初始,就对这种"干巴巴"的黑白分明的文学样态、文学模式表达了不满,这在他的《组织部来了个年轻人》中有相当明显的表现。甚至,在一定程度上,《组织部来了个年轻人》后来之所以遭到批判,也与这部小说突破了当时教条式、简单化的政策图解创作模式有关④,与当

---

① [俄]谢尔盖·托罗普采夫:《王蒙心里永存的桃源》,王蒙:《苏联祭》附录,作家出版社2006年版。
② 王蒙:《半生多事》,花城出版社2006年版,第89页。
③ 同上书,第118页。
④ 详细可参见童庆炳《作为中国当代小说艺术的"探险家"的王蒙》,温奉桥编《多维视野中的王蒙——第一届王蒙文学创作国际学术研讨会论文集》,中国海洋大学出版社2004年版,第120—122页。

时流行的创作模式相比，《组织部来了个年轻人》显然属于"异类"，在这部小说中，王蒙写出了生活的丰富性，写出了人的即使是不那么先进如刘世吾性格的某种丰富性、复杂性。所谓"干预生活""反官僚主义"云云，简明则简明，但失于简单化，完全忽视、抹杀了小说自身的丰富性、复杂性，也完全无视这部小说所表现出的艺术上的创新。谈到这部小说的"生活感"，王蒙在与王干的"对话"中，曾专门有一段谈论《组织部来了个年轻人》中的"炸丸子开锅"：《组织部来了个年轻人》中林震与赵慧文的感情很朦胧很伤感，送她出门时，有一个老头推着车喊道："炸丸子开锅！"后来作家刘厚明跟王蒙说，只有写"炸丸子开锅"，才是王蒙写的，任何人在这个时候不会加一个"炸丸子开锅"。也有人问王蒙：为什么要加"炸丸子开锅"，王蒙称说不清楚。《组织部来了个年轻人》里面还有一个细节，就是林震赵慧文听《意大利随想曲》，写得很有感情，收音机放完，下面就放剧场实况。他们就把收音机关了。也有人提到用不着交代"剧场实况"，破坏情绪，王蒙也说不上什么原因，觉得必然是剧场实况，而且再也不能是《意大利随想曲》了。《意大利随想曲》完了如果没有一个剧场实况，就像林震和赵慧文感情缠绵以后没有"炸丸子开锅"一样，如果感情一味缠绵下去，小说就变成琼瑶的小说了。[①] 在《意大利随想曲》之后，来一个"剧场实况"，这其实很好地体现了王蒙的"生活感"，这种"生活感"是王蒙小说的一种特色。

三 "写出丰富性"：苏俄文学与王蒙的文学创作

在创作实践层面，苏俄文学对王蒙的影响也是显而易见的。对王蒙创造产生影响的除了诸如《青年近卫军》《钢铁是怎样炼成的》等红色经典外，奥维奇金的《区里的日常生活》、尼古拉耶娃的《拖拉机站站长和

[①] 《王蒙、王干对话录·王蒙小说的悖反现象》，《王蒙文存》第20卷，人民文学出版社2003年版，第354页。

总农艺师》、爱伦堡的《解冻》为代表的"干预生活"作品,对王蒙五十年代的创作产生了重要影响,这是无须讳言的。这一点早在《组织部来了个年轻人》中,就有明显表现。20世纪50年代中期,团中央曾发出号召,要全国青年和团员学习《拖拉机站站长和总农艺师》的主人公娜斯佳,而此时王蒙正是一名共青团干部。1956年1月21日,中国作协创作委员会曾开会专门讨论苏联作家尼古拉耶娃的《拖拉机站站长和总农艺师》、奥维奇金的《区里的日常生活》,以及肖洛霍夫的《被开垦的处女地》(第二部)等作品,与会者大都从"干预生活"的角度解读这些苏联作家的作品。众所周知,《组织部来了个年轻人》在故事模式上带有《拖拉机站站长和总农艺师》的影子,王蒙受到了这部小说"干预生活"的感动,同时又感到"娜斯佳的生活方式"过于理想化、简单化,触发了王蒙创作《组织部来了个年轻人》的热情,这两部小说,无论是故事模式还是人物形象,都有许多相似之处。[1]

对王蒙文学创作产生影响的苏俄作家很多,法捷耶夫、艾特马托夫尤甚,他们在不同的层面影响了王蒙及其创作。王蒙多次谈到,在他创作《青春万岁》的时候,曾一遍一遍地阅读法捷耶夫的《青年近卫军》,深深为之陶醉,感染,并称法捷耶夫是他第一个"老师"。[2] 无论是在文学气质、精神格调还是某些细节乃至描写手法方面,《青春万岁》这部小说都可以看到《青年近卫军》的影响。[3] 王蒙称法捷耶夫为"浪漫的深情的一代革命作家的代表"[4],"一个真诚的为社会主义革命和共产主义而殉道的作家"[5]。王蒙与法捷耶夫有某种内心相通之处。王蒙曾多次谈到《青年近卫军》的一个细节:"最使我感动的是小说快要结束的时候,就

---

[1] 详细请参阅陈南先《两朵带刺的玫瑰——〈组织部新来的青年人〉与〈拖拉机站站长和总农艺师〉之比较》,《广东职业技术师范学院学报》2002年第3期。

[2] 《王蒙、王干对话录》,见《王蒙文存》第20卷,人民文学出版社2003年版,第337页。

[3] 参见徐其超《引进·选择·创造·输出——王蒙与苏俄文学》,《西南民族学院学报》(哲学社会科学版)1989年第4期。

[4] 王蒙:《影响了我的五十六篇美文·序》,见谢有顺主编、王蒙选编《影响了我的五十六篇美文》,百花文艺出版社2005年版。

[5] 《王蒙、王干对话录》,《王蒙文存》第20卷,人民文学出版社2003年版,第338页。

是写到这些人一个一个被德国人处死，忽然来了一段'我亲爱的朋友，在我写到这段的时候，我想起你'。到现在我还记得，就是写他在战斗中，他的朋友受了重伤，要喝水，于是在枪林弹雨之中他爬到河边用自己的靴子灌了一靴子水，回来以后战友已经死了，他就把充满士兵友谊和苦味的水一饮而尽。我到现在说起来都非常激动，我觉得太伟大。"[1]王蒙之所以对《青年近卫军》的这一场面念念不忘，在于这本书中所表现出来的那种乐观主义、英雄主义的文学精神，深深打动了王蒙的心。除此之外，《青年近卫军》在纯粹的小说技法层面，也影响了王蒙的创作："从此以后，形成了我在写任何作品的时候只要有了真的感情，我就想把我叙述的事全部议论一番，然后用绝对纪实就像给读者写信一样或就像给我的爱人或就像给我的好友写信一样把这些写出来。"[2]

王蒙说过，他对苏俄作家如托尔斯泰、屠格涅夫、果戈理、契诃夫、爱伦堡以及费定"都有很深的印象"[3]，特别是艾特玛托夫，王蒙更是情有独钟。王蒙甚至把艾特玛托夫与加西尔·马尔克斯、卡夫卡、海明威一起视作对新时期中国文学影响最大的四位外国作家。王蒙说："苏联作家里我最佩服的是青季斯·艾特玛托夫"[4]，艾特玛托夫浓烈的人道主义以及浪漫的风格，特别是其"描写的细腻与情感的正面性质"都给王蒙留下了极深的印象，对王蒙的创作产生了影响，以至于"有意对之效仿"[5]，王蒙决心要写一篇"风格直追青季斯·艾特玛托夫的作品"——《歌神》。当然，这种影响并非简单地表现为文学技巧层面的借鉴，更重要的表现为一种潜移默化的感染，一种思想、艺术层面的熏陶。艾特玛托夫作品的人道主义色彩和浓郁的抒情风格，对王蒙以新疆为题材的小

---

[1] 《王蒙、王干对话录》，《王蒙文存》第20卷，人民文学出版社2003年版，第337—338页。

[2] 同上书，第338页。

[3] 《王蒙、王干对话录·聊以备考》，《王蒙文存》第20卷，人民文学出版社2003年版，第361页。

[4] 《王蒙、王干对话录》，《王蒙文存》第20卷，人民文学出版社2003年版，第237页；另在《从实招来》中王蒙说："新时期令我倾心的苏联作家是青季斯·艾特玛托夫"，见《王蒙文存》第14卷，第347页。

[5] 王蒙：《大块文章》，花城出版社2007年版，第22页。

说创作产生了极为内在的影响。艾特玛托夫是一个伟大的人道主义小说家，他总是与人民联系在一起，与大地、祖国联系在一起，其主要作品如《我的包着红头巾的小白杨》《骆驼眼》《永别了，古利萨雷》《白轮船》《花狗崖》等，无不以作者故乡的风俗人情和劳动人民的精神风貌作为描写对象，通过社会底层的普通劳动者，揭示了光明与黑暗，善良与野蛮的斗争，发掘他们身上的美好品质，着力表现了吉尔吉斯劳动人民的"人性美"。艾特玛托夫对王蒙的影响最集中地体现在《在伊犁》以及其他以新疆为题材的西部小说创作。艾特玛托夫已经成为弥漫在王蒙这类作品中的一种元素和存在。

以新疆为题材的小说是王蒙整个创作中最为深情、浪漫的部分。《心的光》《最后的陶》《哦，穆罕默德·阿麦德》《淡灰色的眼珠》《虚掩的土屋小院》《逍遥游》《好汉子伊斯麻尔》《歌神》等，不仅构成了王蒙创作而且已经成为中国当代文学中别样的经验，王蒙的西部小说，相对于王蒙其他作品而言，更像是一部"传奇"。在这些小说中，对边疆城镇、农村、雪山、草原等自然景物的描写，如《杂色》中对天山大草原自然风光的描写，《鹰谷》中对天山深处原始森林的景色，《逍遥游》中关于伊犁冬天雪景的描绘，都充满了浓郁的边疆风情，浪漫色彩，以及对边疆少数民族日常生活、民风民俗的描写，的确如一些学者所指出的与艾特玛托夫的"中亚故事"颇为相似，《杂色》也带有艾特玛托夫《别了，古利萨雷!》的意味。[①] 特别是王蒙在这类小说中所表现出来的浓烈的人道主义情怀，对社会底层劳动人民的深切理解和同情，所体现出来的那种深沉的爱，带有艾特玛托夫小说的意味。甚至《杂色》这部小说，细细读来也带有正如王蒙自己所说的"普通人屡遭困顿却有终于被生活所启悟"[②]苏联小说模式的影子。

再如，王蒙的"季节"系列小说，特别是《失态的季节》和《踌躇的季节》，对主人公钱文所代表的一代知识分子痛苦的精神历程和心灵世

[①] 樊星：《王蒙与外国文学》，温奉桥编：《多维视野中的王蒙——第一届王蒙文学创作国际学术研讨会论文集》，中国海洋大学出版社2004年版，第289页。

[②] 王蒙：《学文偶拾》，《王蒙文存》第23卷，人民文学出版社2003年版，第143页。

界的描写，也使人想起阿·托尔斯泰《苦难的历程》之"在血水里浸三遍，在碱水里煮三遍，在清水里洗三遍"的名言。《活动变人形》作为一部"审父"小说，其对倪吾诚、姜静珍等"精神囚犯"的"热到发冷的拷问"，显然带有陀思妥耶夫斯基《罪与罚》的影子。还有，肖洛霍夫《静静的顿河》对人物内心和情感的描写，尼古拉耶娃用文学的形式表现人的内心世界，对人的精神世界的关注和描写，以及干预人的灵魂等，也都给了王蒙八十年代的文学探索以启发，成为王蒙文学创新的某种思想和文学资源。

苏俄文学对王蒙的影响，其意义已经超越了单纯的文学层面，影响到王蒙精神气质、个性心灵。

第 八 讲

"王氏红学"：王蒙与《红楼梦》

自《红楼梦》问世以来的二百六十多年间，"红学"研究，可谓汗牛充栋，特别是自现代以来，研究队伍和格局，更是阵容强大，门派林立。但王蒙是独特的。他不属于任何"门"，也不属于任何"派"，他属于他自己。如果非要归于什么"派"的话，也许可以将王蒙的《红楼梦》研究称为"王氏红学"。大体而言，王蒙的《红楼梦》研究，主要表现为两个方向：一是系统研究，即1991年生活·读书·新知三联书店出版的《红楼启示录》和2005年作家出版社出版的《王蒙活说红楼梦》等；二是评点——其实评点也是另一形式的研究——1994年漓江出版社出版的《王蒙评点〈红楼梦〉》和2005年上海文艺出版社出版的《王蒙评点〈红楼梦〉（增补版）》。这两个方向集中展示了王蒙几十年来阅读、研究《红楼梦》的独特发现和心得。无论是在研究眼光、研究思路还是研究方法，甚至研究术语等方面，都体现了鲜明的个人特色和独到的学术建树。细究之，其独特之处主要表现为以下三大方面。

一 王蒙"活说"《红楼梦》

德国著名美学家姚斯曾说："一部文学作品并不是一个独立存在的并为每一时代的读者都提供同一视域的客体。它不是一座自言自语地揭示它的永恒本质的纪念碑，它倒像一部管弦乐，总是在它的读者中引起反响，并且把文本从文字材料中解放出来，使之成为当代的存在。"①《红楼梦》更是如此。所谓"当代性",并不是简单的时间意义上的当代阅读,而是体现了一种当代意识、当代价值取向和时代精神。在诸多的《红楼梦》研究中,王蒙的研究无疑是最具有当代感的,其植根于当代文化语境和价值体系之中,体现了对《红楼梦》的当代阅读可能达到的思想高度。

王蒙《红楼梦》研究的当代性首先表现为研究视野和研究格局的开放性。一种破除了简单化思维定势拘囿的通变性,将《红楼梦》研究从一种相对狭隘、凝固的理论视野中解放出来,置于当代语境中进行新的观照、新的解读。王蒙先生在《王蒙活说红楼梦》的"前言"中,特别强调了"把《红楼梦》当作活书来读,当作活人来评";"把《红楼梦》往活里说,把读者往活里而不是往呆木里说"。②"把《红楼梦》往活里说",当作"活书""活人",这正是体现王蒙先生的当代视野和当代价值理念。历史上,《红楼梦》研究,不乏皇皇大论,不乏高明之见,但是缺乏"活"气,缺乏"灵"气,也是事实,把《红楼梦》当"学问"做的多,"往活里说"的少。"王氏红学"的魅力和根本之处正在于这个"活"字!一个"活"字,盘活了"王氏红学"这一盘棋,大手笔,大眼界。有人可能觉得"王氏红学"有点剑走偏锋,甚至有点"野狐禅"的味道,但是不能不承认"王氏红学"是"活"的,是独特的,是当代的,是自成一体的。王蒙的《红楼梦》研究,与那种患有"考据癖"的索引派的强拉硬扯、胶柱鼓瑟式的"研究"相比,多了一种灵气,多了一种潇洒;与"自叙传"的"新红学"相比,多了一种自由感,更多了一种开阔感。王蒙《红楼梦》研究的"活"字,实际上来自一个"通"字:通情,通理,通达。作家贾平凹曾说,王蒙"不但得了'道',而且得了'通'"③。其实,早在《红楼启示录》和《王蒙评点〈红楼梦〉》中,这种"活"与"通"就得到了充分显现。大概也正是着眼于王蒙

---

① [德] 姚斯:《文学史作为向文论的挑战》,胡经、张首映主编:《西方二十世纪文论选》(第三卷),中国社会科学出版社1989年版,第154页。
② 王蒙:《王蒙活说红楼梦》,作家出版社2005年版,第2页。
③ 王蒙:《作家的书简与友谊》,《王蒙文存》第14卷,人民文学出版社2003年版,第383页。

《红楼梦》研究上的这种当代意义，著名红学家冯其庸先生在《快读〈红楼梦〉王蒙评》中，称《王蒙评点〈红楼梦〉》是当代红坛的一件"大事"和"盛事"，给予了极高评价。

当代性构成了王蒙《红楼梦》研究的整体性视野和弥漫性价值渗透，既带有王蒙的独特眼光、独特心得，更带有某种明显的当代意识和当代价值观。王蒙曾说，《红楼梦》是"一个永远不尽的话题"，是一本"永远读不完的书"。在王蒙的《红楼梦》研究中，我们感受到更多的不是那种学院气、八股气、陈腐气，而是一种超越于具体文本之上的当代性价值观照。王蒙对《红楼梦》的许多提法，都既是"王蒙式"的，又是"当代性"的，如将宝黛的爱情称之为"天情"（"此情只应天上有"之意），称贾宝玉的"泛爱"为"为艺术而艺术"，而将贾宝玉对林黛玉的"专爱"称为"为人生而艺术"，"病就是爱，爱就是病"的提法，将《红楼梦》的丰富性称为"伟大的混沌"，还有对《红楼梦》"人生性"的概括，以及"不奴隶，毋宁死"的提法等，似乎匪夷所思但仔细想来又是那么妥帖，非常新鲜而又令人会悟。再如，《红楼梦》中的政治主题，这是一个老题目，从"反清复明"到鲁迅先生的"革命家看见排满"，再到毛泽东的阶级斗争史、四大家族兴衰史等，都是对《红楼梦》政治主题的阐释，王蒙的独特之处在于他从"政治主题""权力格局""政治人物与政治事件"等层面，来阐释《红楼梦》中的"政治"，提出了政治资源"耗散"说，以及主流派、在野派、疏离派等命题，令人耳目一新。在无数的《红楼梦》研究中，更多的是一种粗线条，大而化之，还没有一个人对《红楼梦》中的"政治"有过如此深切、透彻的体悟和发现，更没有这么清晰、深刻的解读和阐释。再如，王蒙提出"贾宝玉不是一个思想的形象概念而是一个感情的形象心灵的概念"，对贾宝玉性格的概括：多爱多情多忧思，无用无事无信念，等等，都是一种具有当代意识新的理解、新的发现和新的概括，这比那种僵硬的"典型论"等无疑更具有当代价值。

王蒙在评点"刘姥姥醉卧怡红院"一节时，曾深有感触地说："用某种贫困的生活经验与反映这种生活经验的语言符号系统去套完全不同的生活内容——但愿我们能从刘姥姥这里汲取教训。"① 其实，在以往的《红楼梦》研究中，这类"用某种贫困的生活经验与反映这种生活经验的语言符号系统去套完全不同的生活内容"现象是经常见到的。唯其如此，王蒙在《红楼梦》研究中，有意回避和超越这种单一性、教条化语言和理论的宰制，拓展了《红楼梦》的意义空间。我们知道，王蒙对李商隐诗歌的研究取得了开创性成就，他提出的"多层次说"和"混沌的心灵场"的概念，极大地拓展了人们的研究视野，他的《红楼梦》研究同样体现了这一趋向。例如在《伟大的混沌》中，王蒙认为《红楼梦》在题材、思想、结构方面，都存在着一种"混沌性"，这种混沌也正是《红楼梦》这部小说的伟大所在，体现了《红楼梦》的整体性、生活性和"百科全书"式。王蒙这种对《红楼梦》"混沌性"的概括，比那些反封建主义、反清复明、真假、虚实之类的简单明了同时也是隔靴搔痒式的"主题论"，不知要丰富和高明多少倍。当代性甚至也表现在他的评点语言和风格中，王蒙的评点语言并不"纯粹"，甚至还有毛主席语录、苏联歌曲、汪明荃的电视广告和绥德民歌等；评点风格也是或严肃，或轻松，或幽默，或反讽，亦庄亦谐，不拘一格而又潇洒自如。

其次，当代性还表现为王蒙在他的《红楼梦》研究中建构了一套新的语码释义系统。这套新的语码释义系统可能对传统的《红楼梦》研究者而言相当陌生，甚至不好接受，但这套新的语码的确建构了解释《红楼梦》的一套完整的语符系统和意义系统，也构成了王蒙《红楼梦》研究的"关键词"。这套新的语码释义分三个层级，一级语码如"人生性""文学性""生活性""人间感""本体性""原生性""混沌性""荒谬性"等；二级语码如"政治资源""权力格局""管理功能""管理危机""人才危机""财政危机""姨娘文化""二王体制""忘年妒""天情""零作为"等；三级语码如"主流派""在野党""青春派""疏离派""垄断性服务""青春诗会""青春乌托邦"等；还有一些更具现代意义的语码如"奴隶贵族""拉赞助""拍板""董事长""总经理"等。这些语码的运用可能给人某种"后现代"之感，但是，这套新的语码释义

---

① 《王蒙评点〈红楼梦〉（增补版）》（中），上海文艺出版社2005年版，第405页。

系统的建立，标志着《红楼梦》研究已经从传统的现实主义、反封建、政治主体、阶级斗争、四大家族等一套机械性政治熟语和意识形态的框限性语符中解放出来，建构了一种新的语码系统和释义秩序，而这套新的语码系统和释义秩序，无疑更具有开放性、动态性和"混沌性"，因而，也更具有当代性。

  长期以来，在《红楼梦》研究过程中，形成了一套较为"纯粹"的语码释义系统，这套语码释义系统带有明显的学院派特征，甚至一度带有相当明显的意识形态性，曾为《红楼梦》的释义做出过重要贡献，但是，正如王蒙所言，任何语言其实也是"陷阱"，"它会简单化，它会教条化，它会呆板化"①，语言不仅具有巨大阐释能力，也有巨大的框限性功能，对思想进行削删、辖制、条理化同时也是简单化。《红楼梦》既然是一部生活的"百科全书"，那么，用一套或几套凝固的语码系统是无法解释明白的，对《红楼梦》的研究也应该具有"百科全书"的性质，否则，难免削足适履，脑袋和帽子对不上号。语言的体制其实质就是政治体制、权力体制的表现形态，王蒙对《红楼梦》释义语码系统的重构，无疑是对旧有意义秩序的一种解构和颠覆，表明了王蒙《红楼梦》研究的一种新的意义生成和价值投向，建构了一种更为开放的动态释义空间。《王蒙评点〈红楼梦〉》和《王蒙评点〈红楼梦〉（增补版）》，显示了冲破这种既有语码系统框限性的努力。建构一种开放的整体性的具有新的阐释能力和阐释可能的语码释义系统，这是王蒙对《红楼梦》研究做出的一个重要贡献。

二 "伟大的混沌"与"贯通先生"

  王蒙对《红楼梦》的研究，沿着两个维度展开：人生性和文学性。特别是前者，更成为王蒙《红楼梦》研究的最核心概念，也是最能显示王蒙的思想家特色和精神深度之所在。"人生性"是王蒙对《红楼梦》的一种新的概括："《红楼梦》就是人生"，"《红楼梦》里有真人生，充满

---

① 王蒙：《语言的功能与陷阱》，《中国海洋大学学报》（社会哲学版）2004 年第 6 期。

着人生"①。其实，王蒙的《红楼梦》研究，同样充满着一种人生性，一种生命感（或生命意识），一种建立在这种人生性和生命感之上的理解和相通，实际上这也正是王蒙"活"说《红楼梦》的"活"的含义。离开了这种生命意义上的理解和相通，任何的"考据""索隐"、研究与发现都未免显得隔膜和呆气。因为，《红楼梦》的艺术魅力和生命力恰就来自于这种人生性和生命感。然而，长期以来我们更多的是把《红楼梦》研究变成了一门"学问"，结果越做越呆，越做越缺乏灵气，恰恰忽略了《红楼梦》这种与生命相通的一面。王蒙曾在文章中批评胡适"老是背着中西的学问大山来看小说了，沉哉重也！"② 其实，"背着中西的学问大山来看小说"，特别是来看《红楼梦》的又何止胡适一人。将《红楼梦》从"学问"中解脱出来，恢复它的生机和活力，重新赋予它以新的人生性和生命感，应该成为当代《红楼梦》研究的一个方向。对此，王蒙给了我们许多启示。

细心的读者可以发现，王蒙真正意义上的《红楼梦》研究始于1989年秋天。其实，王蒙写一部关于《红楼梦》著作的想法由来已久，只是迟迟未动笔，何故？我想除了时间不允许以外，还有一个潜在原因，那就是王蒙认为自己的人生积累和生命体验还不足以与《红楼梦》真正地深层相通，还不能够与《红楼梦》真正进行心灵对话。缺乏真正富有深度的人生体验、生命感悟，就无法真正理解《红楼梦》，因为《红楼梦》本质上是一部用人生、生命凝成的大书，就如王蒙所说："《红楼梦》与我们的地球我们的生活我们的生命相通。"③ 1989年后，已近花甲之年并经过了又一次人生沉浮的王蒙，似乎一下子找到了一条通向《红楼梦》深层世界的精神隧道和一套解读《红楼梦》的新的语码，王蒙说："你的一切经历经验喜怒哀乐都能从《红楼梦》里找到参照，找到解释，找到依托，也找到心心相印的共振"④，这其实是王蒙研究《红楼梦》真正的"夫子自道"，这种心心相印、互为参照和依托的精神同构，既是王蒙研

---

① 王蒙：《王蒙活说红楼梦》，作家出版社2005年版，第171页。
② 王蒙《谈学问之累》，《王蒙文存》第17卷，人民文学出版社2003年版，第52页。
③ 王蒙：《王蒙活说红楼梦》，作家出版社2005年版，第167页。
④ 《王蒙评点〈红楼梦〉·序（增补版）》，上海文艺出版社2005年版。

究《红楼梦》的思想"契机",更是王蒙研究《红楼梦》最基本的特色,并在很大程度上影响和改变了《红楼梦》研究的基本方向和路径。

与大多数"红学家"相比,王蒙的《红楼梦》研究更接近于韦勒克在《文学理论》中所说的"文学的外部研究",在一定意义上,王蒙不单纯是用自己的知识和心智来研究《红楼梦》,更是用自己丰富的人生阅历和生命体验为基础为依托来观照《红楼梦》。王蒙多次强调:"我运用我的生活经验来看《红楼梦》"[①],王蒙实际上把他自己对生活的理解、领悟和发现与对《红楼梦》的阅读、理解和阐释,完美地融合在了一起,事实上,王蒙是在以自己的人生来解读《红楼梦》,同时也以《红楼梦》来解读自己的人生,也就是"六经注我,我注六经"。王蒙既是在解读《红楼梦》,解读曹雪芹,也是在解读自己,解读当代中国社会和生活,因为,王蒙在现实生活和《红楼梦》中,洞察了"事体情理"的普遍性,这种"事体情理"的普遍性正是《红楼梦》的人生性内涵。如《红楼梦》第五十回"芦雪亭争联即景诗",王蒙评道:"我们读'红',便一次又一次地经验着欢乐的瞬间与悲哀的永远。一次又一次地怀恋着欢乐的瞬间,嗟叹那悲哀和荒芜的终结";第五十六回贾宝玉梦中相遇甄宝玉一节,王蒙评道"甄宝玉是贾宝玉的意识的产物,是贾宝玉的假设,是贾宝玉的一次令人毛骨悚然的自我想象、自我欣赏、自我嗟叹、自我分离、自我批评、自我邂逅";在《红楼梦》研究中,王蒙没有把自己变成一个"学者",更没有把《红楼梦》变成一个冰冷的"客体",一个毫无体温的"他者",而是不由自主置身其中,融于其中,为之歌哭,为之叹息,与《红楼梦》作心灵的对话,"经验的交流","以自己的经验去理解《红楼梦》的经验,以《红楼梦》的经验去验证、补充启迪自己的经验"[②],王蒙是《红楼梦》的精神知己。

冯其庸先生说,王蒙对《红楼梦》的评点"随处散发着理解的智慧和意趣",同时认为,在诸多的《红楼梦》评点家中,王蒙是"解味较深

[①] 王蒙:《与〈小说界〉记者的谈话》,《王蒙文存》第20卷,人民文学出版社2003年版,第26页。

[②] 王蒙:《王蒙活说红楼梦》,作家出版社2005年版,第240页。

和较多的一人"①。诚哉斯言！有些学者把《红楼梦》作为学问的竞技场，王蒙则把《红楼梦》看作人生经验、生命体悟的心灵投映场，这实在是比学问更重要的东西。王蒙在《红楼梦》评点中寄寓了太多的东西，除了政治智慧、文学经验、人生经验外，更寄托了一种深沉的生命感悟。如《红楼梦》第二回贾雨村丢官一事，王蒙评道：

> 性情狡猾（不老实），擅改礼仪（弄权），外沽清正之名（有非分之思），暗结虎狼之势（这一条最重，拉帮结派，搞小舰队，朝廷决不能容），这几句话也是一面镜子。
>
> 故事发展并未可得出以上结论，可见这四条是曹公早有的对一些狗官的看法。这种概括与其说是来自贾雨村，不如说来自对更多的官员的观察体会，来自官场生活。

这种发现是"王蒙式"的，因为其中融入了王蒙独特的政治阅历、政治经验和政治体悟。这些并不是靠研究和学问得来的，而是一种人生阅历和智慧的结晶。例如《红楼梦》第十七回，"宝玉与黛玉逗嘴"一节，王蒙评道："真是两小无猜。人生能有几次这样的逗嘴？余年近古稀，读之泪下矣。人生能有几回痴？这毕竟是宝黛爱情最清新最快乐的时期。"再如第十九回"意绵绵静日玉生香"一节，王蒙评道："在宝黛相爱相处中，静日玉生香一节十分愉快、放松，简直两个孩子进入了自由王国，无差别境界，获得的是天真烂漫而又相亲相爱的高峰体验。嗟乎，宝黛相处中，这种局面何其短暂，何其稀少！而猜疑、隔膜、嫉妒、阴影又何其多也。人生能有几许天真？人生能有几次笑？能有几次与异性伴侣的孩子式的混闹？"第二十回"林黛玉俏语谑娇音"，王蒙评道："多么美好的青春年华！多么美好的青春友谊！多么难忘的毕竟是单纯透亮的岁月。"王蒙的这类评点，实在带有相当明显的个体人生体味、人生感喟，使人想起他的著名小说《青春万岁》《春堤六桥》以及《歌声好

---

① 冯其庸：《快读〈红楼梦〉王蒙评》，温奉桥编：《多维视野中的王蒙——第一届王蒙文学创作国际学术研讨会论文集》，中国海洋大学出版社2004年版，第266页。

像明媚的春光》，这种深含情感的评点语言也是一般的学者笔下所没有的，其实质就是一种生命感。王蒙的这类深含人生况味的评点，具有一种开阔感、通脱感和超越感，其实，在整个王蒙对《红楼梦》的研究中，都充溢着一种"人生性"。针对《红楼梦》第二十二回宝玉"什么大家彼此，他们有大家彼此，我只是赤条条无牵挂的"一句，王蒙感叹道：

> 赤条条无牵挂的问题反映了人类生存的又一两难选择，又一困境。个体生命是孤独的，自由是孤独的也是痛苦的。所以人需要社会，需要家庭，需要友情、爱情、人际关系、公共关系。而人际相处又带来许多不快、烦恼、纷争、误解。处于这种"他人即是地狱"的不幸中的人倾向于假想的自我的孤独化，赤条条来去无牵挂化，这也是自然的。

小说第一百二十回，王蒙有两段精彩的点评和发挥：

> 大悲哀，大潇洒，大解脱。故有"尘梦……山灵……"一联。
> 越说是空的、假的、命中注定了的，你越为之伤肝痛肺，难分难解。
> 越感动就越为这部小说的开头与结尾而感到肃穆，开阔，无言。
> 面对着《红楼梦》就是面对着生，面对着情，面对着人间万景。
> 面对着《红楼梦》就是面对着死，面对着命运，面对着宇宙洪荒。
> 面对着时间，百年千年万年只是它的一瞬的永恒。
> 面对着空间，大观园、荣国府，金陵与海疆，只是它的一粟的沧海。
> 你面对着的是终极的——上帝。

对小说最后四句诗"说到辛酸处，荒唐愈可悲。由来同一梦，休笑世人痴！"的评点是：

不痴无梦。无梦无醒。辛酸而由荒唐,这就是小说了。

辛酸、荒唐、梦幻、痴迷,这就是人生的终极体验了。

感谢《红楼梦》,给了我们迄今为止最深刻、最丰富、最辛酸、最荒唐的人生体验。

活下去就会体验下去。就会读下去,就会获得新的体验。

《红楼梦》评点家很多,但是王蒙对《红楼梦》的评点,与历史上的那种纯学者型评点,有着明显的区别。历史上的许多《红楼梦》评点,有时使人感到视野不够开阔,就事论事,大多侧重于《红楼梦》的文学性,更多局限于文本自身,如作者生平、形象、语言、结构、主题等,只论题中之义,相对忽视了《红楼梦》更为内在和深潜的"味"即人生性、精神性内涵,缺乏更为开阔和深邃的超越性发掘,而这正是王蒙《红楼梦》研究的长处和特色。感谢王蒙,让我们分享《红楼梦》这无尽的人生况味。

三 "经验的交流":王蒙对话曹雪芹

王蒙的《红楼梦》研究,另一重要的特点是经验性,即体现出来的作家意识。所谓"作家意识"也即作家眼光、作家情怀,这主要表现在《红楼梦》的"文学性"研究方面。王蒙在谈到自己的创作体会时,第一条即是"从自己的经验和感受出发"[①]。其实,不单是王蒙的文学创作如此,王蒙的《红楼梦》研究,也同样是从"经验和感受"出发的。王蒙在《王蒙活说红楼梦》中所强调的"通",除了表现为这种"人情世故""事体情理"的相通性以外,还表现为作为一个小说家的王蒙与作为小说的《红楼梦》和小说家曹雪芹的一种心灵相通。以小说家理解小说,以小说家理解小说家,是王蒙的优势和特长,也是王蒙与一般"红学家"不一样的地方。

在当代作家中,除了创作以外还以研究《红楼梦》闻名的有两人:

---

① 王蒙:《小说的世界》,《王蒙文存》第 19 卷,人民文学出版社 2003 年版,第 379 页。

王蒙与刘心武。同为作家,同样研究《红楼梦》,应该说,他们所表现出来的"作家意识"和研究理路却不尽相同。刘心武的"作家意识"表现为一种"揭秘"式研究,从"揭秘"秦可卿入手,带有某种"考据"和"索隐"的影子,更多的是一种文学性因素的渗透。因而,称为"秦学"。王蒙的"作家意识",则更多地体现为一种"作家"的眼光、"作家"的情怀和"作家"的感同身受。

王蒙曾说,自己首先是把《红楼梦》当作"小说"来读的,这一点很重要,只有当作"小说"来读,才能超越拘泥,关注其"文学性"。无论是《红楼启示录》《王蒙活说红楼梦》,还是他的"评点",读者会时常感到小说家王蒙与小说家曹雪芹在讨论"小说学""创作论"。面对《红楼梦》,王蒙不仅是个读者,还是一个正如他自己所说的"写小说者",这事实上成为一种王蒙《红楼梦》研究的"身份"和视野。从这种"身份"和视野出发,王蒙发现了许多学者所忽略的问题。例如,《红楼梦》后四十回,一直众说纷纭,但是王蒙从创作学的角度认为,《红楼梦》这部小说"作者本来就没有写完","这部书是写不完的",因为"它太真实,太展开,太繁复,太开阔也太丰富了"[①],作者曹雪芹已经在他亲手建造的这座艺术的迷宫中迷失了自己。王蒙甚至从小说结构学认为,就整部《红楼梦》而言,到第七十四回"惑奸谗抄检大观园,矢孤介杜绝宁国府",事实上已经"完成",特别是"抄检大观园"更是整部小说的"高潮",之后部分是小说的"余波"。王蒙甚至在许多地方用自己的创作经验、创作体会来"验证"、丰富和补充《红楼梦》,这是一般的"红学家"所没有的。例如,《红楼启示录》中谈到"茗烟闹书房"一回,王蒙从十说创作的角度认为,这一回相对于整部小说的主线索而言,是一"闲笔",其目的在于"添情趣""调节奏""增侧面""扩空间"[②];在谈到《红楼梦》中大量诗词时,王蒙认为这除了中国传统文人的某种"炫才"心理外,更重要的是大量诗词的穿插运用使整部小说在情绪、节奏上起到了很好的缓冲作用,"从叙述上起了配合与换一个角度

---

① 王蒙:《王蒙活说红楼梦》,作家出版社2005年版,第167页。
② 王蒙:《论〈红楼梦〉》,《王蒙文存》第18卷,人民文学出版社2003年版,第29页。

换一个文体的调剂口味的作用"①，并具有某种审美上的间离化效果②。还有如王蒙认为曹雪芹在写秦可卿丧事和元春省亲的时候，特别是对那些"大场面"的描写，字里行间充满了某种曾经见过大世面的"得意"与"炫耀"③，又说"元妃省亲"一节，"文字中有一种匆匆忙忙的紧张"④。再如，王蒙还谈到《红楼梦》中某些情节、人物、事件设置和处理的非情理化、非逻辑性等。所有这些，其实都是王蒙作为一个小说家的独特领悟和发现。没有丰富的创作经验作为基础，没有敏锐的艺术领悟力，只能被曹雪芹所"折服"，而不可能对这种艺术上的细微之处有如此细致入微的领悟和发现。所以，在古今众多的"红学家"中，王蒙离《红楼梦》最近，离曹雪芹最近。王蒙与《红楼梦》相互发现，互为知己。

这种"作家意识"在《王蒙评点〈红楼梦〉（增补版）》中表现的更是明显。以往的评点家，对《红楼梦》的"文学性"的研究已经相当深入，例如主题学、结构学、形象学、语言学等，但是这种研究往往缺乏真正的理解，读来颇感隔膜，甚至有一种挠不到痒处之感。王蒙的评点，并不追求理论上、逻辑上的完善和严密，古今中外，信手拈来，不故意吓人，也不唬人，似乎有些说法和语言也有不符合《文学理论》教科书之处，但是读来却颇感灵动、活泼而又令人信服。《红楼梦》第二十八回，王蒙有一个总评：

> 作者的写法是：循序渐进，不慌不忙，不夸不饰。只写其"然"，不写其"所以然"，不事先回答疑问，填补空白。"满纸荒唐言"，"谁解其中味"？尽管曹公写得很周密，仍然留下大量内里的空白，供你捉摸品味……这不仅是一个含蓄的手法问题，技巧问题。而是作者的生活经验、阅历问题，作者的含蓄并非仅仅出自一种拒绝饶舌的艺术修养，更出自他的经验的丰富性。经验压制着判断，

---

① 王蒙：《论〈红楼梦〉》，《王蒙文存》第18卷，人民文学出版社2003年版，第80页。
② 《王蒙评点〈红楼梦〉（增补版）》（上），上海文艺出版社2005年版，第46页。
③ 王蒙：《王蒙活说红楼梦》，作家出版社2005年版，第210页。
④ 王蒙：《论〈红楼梦〉》，《王蒙文存》第18卷，人民文学出版社2003年版，第44页。

作者可以叙述描写自己的经验，却分析不完它。这样的作者有福了。

《红楼梦》第五十六回贾宝玉梦中遇见甄宝玉一节，王蒙情不自禁赞叹："此节是天才之作，真正的小说！真正的想象！真正的灵性！"赞叹和激赏来自真正地理解和相知，这类精辟的评点在《王蒙评点〈红楼梦〉（增补版）》中随处可见。这不但表现了王蒙高超的鉴赏水平，更反映了独到的艺术领悟能力，既表现了一个小说家的灵气，更展现了一个思想家的深刻。

王蒙对《红楼梦》释义系统的重构，在一定意义上，既是对《红楼梦》的一次精神"解放"，也是对"红学"研究的一次"解放"。王蒙说《红楼梦》是一块"丰产田"，他自己更是把《红楼梦》"当作一个大海来耕作，来徜徉，来拾取"[1]。我们有理由相信，王蒙先生会在这块"丰产田"取得更大的丰收。

---

[1] 王蒙：《王蒙活说红楼梦》，作家出版社2005年版，第210页。

第九讲

王蒙与《人民文学》

王蒙，被人所熟知的身份是作家、文化学者、原文化部部长，这些显赫的身份或多或少地遮蔽了人们对王蒙其他身份的关注。实际上，王蒙在80年代还以另一个身份参与了中国社会正在进行的文学文化重建工作并发挥了重要作用，而这个身份就是《人民文学》主编。

1983年7月，王蒙接替张光年，担任《人民文学》主编。甫一上任，王蒙即宣布："不拘一格，广开文路"，"支持和鼓励一切能使我们的文学表现手段更丰富和新颖的尝试"①，自此，《人民文学》迎来了"王蒙时代"。

一 一个颇具象征意义的"事件"

王蒙主政《人民文学》，这在20世纪80年代是一个颇具象征意义的"事件"，当时的文坛领袖周扬对王蒙履新《人民文学》，颇表"满意"。20世纪70年代末王蒙以其系列风格独异的小说，成为新时期文学创新的代名词，而《人民文学》自1976年复刊，也迅即重新成为文学的"风向标"。王蒙与《人民文学》的"联姻"，"意味着80年代的文学革命真正登堂入室，意味着《人民文学》将产生翻天覆地的变化"②，一个新的文学时代即将到来。

---

① 《不仅仅是为了文学——告读者》，《人民文学》1983年第8期。
② 朱伟：《王蒙：不仅仅为了文学》，《三联生活周刊》2016年第16期。

事实上，王蒙与《人民文学》渊源有自。王蒙的处女作《小豆儿》发表于《人民文学》1955年第9期，1956年，《组织部来了个年轻人》在《人民文学》"一鸣惊人"，引发了巨大争议和震动，王蒙因此被错划为"右派"。新时期"归来"后，王蒙的"亮相"之作《队长、书记、野猫和半截筷子的故事》发表于《人民文学》1978年第5期，特别是《春之声》的发表（1980年第5期），更是引发了关于小说艺术的热烈讨论。甚至，1978年秋，尚在新疆的王蒙，曾以《人民文学》"特派记者"的身份，采访了共青团中央第十次全国代表大会。自1982年始，王蒙担任《人民文学》编委，参与编务工作，这为王蒙担纲《人民文学》打下了一定基础。

上任伊始，王蒙即起草了带有宣言性质的《不仅仅为了文学》，在这个简短的"告读者"中，王蒙看似只是淡淡地说："我们愿意把《人民文学》办得更好一些"，"我们希望奉献给读者一期期够水平的、赏心悦目的文学刊物"，但文学界人士都知道，这其实是王蒙的"施政纲领"。王蒙的这一"办得更好一些"的说法，与他后来的继任者刘心武"更自由地扇动文学的翅膀"[①] 相比，显得低调朴实许多，但这绝不仅仅是话语风格问题，而是体现了王蒙对当时境况的清醒认识和谨慎判断。

王蒙主持《人民文学》期间，正是中国社会改革开放的早春，虽然思想解放、改革创新已渐成风气，但就整个思想文化界而言，仍不时暗潮涌动，乍暖还寒，特别是1983年"清除精神污染"和1986年"反资产阶级自由化"运动，不时给文艺界带来阵阵惊悸，正如王蒙所言，这是一个"希望与不安，矛盾与生机，尝试与误判"[②] 共存的时代。在这样复杂敏感的语境下，如何办好《人民文学》是王蒙必须慎重面对和认真考虑的问题，这在很大程度上决定了王蒙的办刊理念。

众所周知，《人民文学》并非单纯意义上的文学刊物，在很大程度上它代表和反映的是文学的"国家意志"。《人民文学》自创刊之日起，即确立了面向时代、刊发"人民文学"的办刊方针，这是文学"国刊"

---

① 《更自由地扇动文学的翅膀》，《人民文学》1987年第1、2期合刊。
② 王蒙：《大块文章》，花城出版社2007年版，第178页。

的使命所系。新时期以来,《人民文学》更是率先擎起了"伤痕""反思""改革"文学的大旗,特别是刘心武《班主任》、蒋子龙《乔厂长上任记》、高晓声《陈奂生上城》等小说的发表,更是引发了社会的高度关注和共鸣,再次把《人民文学》推向了时代前沿。王蒙对此自然十分清楚。这其实就是王蒙在"告读者"中所一再申明的:"我们特别热切地呼唤那些忧国忧民、利国利民的作品,那些勇敢地直面人生、直面社会矛盾而又执着地追求共产主义理想和信念的作品,我们欢迎的是那些与千千万万的人民命运休戚相关、血肉相连、肝胆相照的作品。"[1]在这篇短短的"告读者"中,"人民""时代""生活""历史"等反复被提及,这既是《人民文学》的一贯立场,也是作为主编王蒙的"起跑线"。

为了彰显对"不要忘记人民"[2]这一办刊传统的坚守,王蒙罕有地重新刊发了耿龙祥的短篇小说《明镜台》(原载《人民文学》1957年第1期)。王蒙的这一态度,从此时刊发的作品题材也能看出,那就是现实主义文学始终占据主导地位。特别是在小说方面,表现新农村建设、城市工业化改革、知识分子问题等现实题材的小说占据了该时期《人民文学》的大部分版面,以随机抽取的1984年第10期为例,该期共刊发小说17篇,其中农村改革题材的6篇(张一弓《挂匾》、何士光《又是桃李花开时》、乌热尔图《堕着露珠的清晨》、伍本芸《宿愿》、赵熙《村姑》、杨东明《消失的莲村》),表现社会主义新人新貌的2篇(林翔《吐鲁番的葡萄》、刘岚《蜜蜜姑娘》),反映知识分子问题的1篇(马秋芬《中奖》)。同时,王蒙强化了现实性和宣传性都很强的报告文学,基本保持一期一篇的刊发频率,1983—1986年,王蒙共主持《人民文学》编务41期,共刊发报告文学45篇,其中5篇刊于头题位置,可见王蒙对于报告文学的重视。

王蒙对他的南皮同乡张之洞所奉行的"历行新政,不悖旧章"从政思想极为推崇,事实上,这也是王蒙担纲《人民文学》期间最主要的办

---

[1]《不仅仅是为了文学——告读者》,《人民文学》1983年第8期。
[2] 王蒙:《大块文章》,花城出版社2007年版,第170页。

刊思路。与"不悖旧章"相比,王蒙显然更明白自己的使命是"历行新政",也即"让主流更辉煌,让支流更明亮,让先锋更平安……让精神更自由,让情绪更健康"①。这既是王蒙的初衷,也是此时《人民文学》最主要的价值诉求。许多人从那篇看似四平八稳的"告读者"中,听出了王蒙的"弦外之音",作为小说艺术探险家的王蒙,要开始另一领域的"探险"。

王蒙曾多次自称比"书斋型"知识分子"多了一厘米"②,从随后渐次展开的一系列举措来看,王蒙对改革《人民文学》显然经过了深思熟虑,不但有明晰的"路线图",且有一套较为成熟的方案。王蒙上任后第一个重要举措就是重组《人民文学》编委会,一批"少壮派"作家如徐迟、谌容、黄宗英、蒋子龙等加入编委会,老一代作家如冰心、沙汀、魏巍、贺敬之等则退出了《人民文学》编委会。同时,王蒙将年轻的朱伟从中国青年出版社调入《人民文学》,担任小说编辑,并拟从天津调蒋子龙到《人民文学》任职,虽然此事最终未果,但也可以看出王蒙办刊思想的某些"端倪"。

随着编委会的调整,《人民文学》更根本性的变革也随之而来,一大批充满艺术探索精神的文学新人开始在《人民文学》崭露头角。在倚重老作家的同时,王蒙表示"特别愿意推出文学新人"③,《人民文学》自此逐步突破了"名人文学"的框子。粗略统计,王蒙主持《人民文学》短短几年间,莫言、迟子建、张炜、王兆军、李杭育、徐坤、残雪、刘索拉、徐星、刘西鸿、洪峰、何立伟、熊召政、陈世旭、阿城、邓刚、李锐等"文学新人",通过《人民文学》"登陆"文坛,除了刘西鸿远赴法国外,他们后来都成为中国文学的中坚。蒋子龙曾说《人民文学》改变了他的"命运",被《人民文学》"改变"了命运的,更多是这些"文学新人",《人民文学》成了这些作家的真正"摇篮",这是王蒙和《人民文学》对新时期文学做出的一个独特贡献。

---

① 王蒙:《大块文章》,花城出版社2007年版,第176页。
② 同上书,第175页。
③ "编者的话",《人民文学》1985年第3期。

二　1985 年：王蒙与《人民文学》

王蒙与茅盾、邵荃麟、严文井、张天翼、张光年等《人民文学》历任主编不同的是，他对艺术创新更为敏感和自觉。此时的王蒙，作家与主编，双重角色，相互借力，《人民文学》以前所未有的勇气和姿态，深度介入了新时期文学的重构，特别是在致力于文学观念的拓展、小说艺术的探索等方面，《人民文学》扮演了重要角色。

王蒙首先是个深具探索精神和创新意识的作家，王蒙多次对文学审美观念和文学标准的"单打一"现象表示反感和无奈，为了改变这一局面，王蒙自觉"从我自己做起，从我的编辑工作做起"[1]，《人民文学》开始更自觉地担负起了引领文学变革的历史重任。事实上，王蒙主持编务不久，短篇小说的艺术问题就被郑重提了出来："短篇小说是一种最精炼的艺术形式，需要高度的艺术概括力，需要一种特殊的敏感，一种诗的凝练和隽永，一种机智巧妙的撷取生活和表达生活的方式。"[2] 此后，《人民文学》多次在"编者的话"等栏目中强调短篇小说艺术的重要性，并刊发了大量短篇小说精品。一个带有"风向标"性质的刊物，开展对某一具体艺术形式的探讨，这在《人民文学》历史上并不多见，这既与王蒙的作家身份有关，更预言了《人民文学》对未来中国文学的某种期待视野和价值诉求。

王蒙与《人民文学》的旨意显然不在对短篇小说艺术一般意义上的提倡，而是借此希望引领新的艺术变革。很快，一大批在艺术上充满了探索性、先锋性的作品，如以阿城、韩少功为代表的寻根文学，以刘索拉、徐星等为代表的现代派小说，以马原、残雪为代表的先锋文学，先后借助《人民文学》登陆中国文坛。继"伤痕""反思""改革"文学之后，《人民文学》以更加前卫的姿态，成为新潮文学的策源地。

1985 年是当代文学史上极不寻常的一年，也是《人民文学》历史

---

[1]　王蒙：《大块文章》，花城出版社 2007 年版，第 172 页。
[2]　"编者的话"，《人民文学》1983 年第 9 期。

上的一个"绝唱"。这一年小说界出现了两件引人注目的事件：一是"寻根文学"热，二是先锋文学的崛起。这两件事，都与王蒙和《人民文学》有密切关系。从大的语境看，1985年是中国改革开放历史上相对平静的一年，这为王蒙及《人民文学》即将展开的略带几分激进色彩的文学变革提供了难得机遇。

无论是作为作家还是编辑家，王蒙一直期待中国文学出现更多的"异数与变数"[1]，因此，他对新时期文学保持着高度敏感。以寻根文学为例，张承志《北方的河》发表不久，王蒙便撰文盛赞其为"一只报春的燕子"[2]。《人民文学》1983年第8期刊发了齐戈的《文学的根伸向哪里？》，不久，又发表了李陀、乌热尔图的《创作通信》，王蒙向寻根作家李杭育约稿。在王蒙的努力下，寻根文学的代表性作品李杭育《土地与神》（1984年第6期）、乌热尔图《堕着露珠的清晨》（1984年第10期）、阿城《树桩》（1984年第10期）与《孩子王》（1985年第2期）、郑万隆《老马》（1984年第11期）、张承志《九座宫殿》（1985年第4期）、韩少功《爸爸爸》（1985年第6期）、贾平凹《黑氏》（1985年第10期）、莫言《红高粱》（1986年第3期）、李锐《厚土》（1986年第11期）等，相继在《人民文学》亮相。正是由寻根文学开始，王蒙与《人民文学》拉开了当代小说艺术变革的序幕。

相较于寻根文学，王蒙与《人民文学》对现代派文学、先锋文学的引领和推动，则更加引人关注。事实上，在王蒙之前，现代派文学如高行健的《路上》（1982年第9期）、李陀的《自由落体》（1982年第12期）等先后在《人民文学》发表。但是，显然这些早期现代派作品的问世，并非一种自觉行为，甚至有的还被贴上了现实主义的标签。《人民文学》有意识地持续推动现代派文学的发展，是从王蒙开始的，其标志是刘索拉《你别无选择》在《人民文学》（1985年第3期）作为头条"横空出世"。《你别无选择》的发表，在新时期文学史上是一个标志性事件，

---

[1] 王蒙：《大块文章》，花城出版社2007年版，第337页。
[2] 王蒙：《大地和青春的礼赞——〈北方的河〉读后》，《王蒙文集》第22卷，人民文学出版社2014年版，第87页。

它不仅是中国现代派小说的开端和最重要的代表作,而且直接开启了稍后的先锋文学思潮。

1985年的王蒙似乎重新获得了勇气,他没有再遮遮掩掩,而是更像一个"斗士",甚至有点要赤膊上阵的味道。但是,在策略上,王蒙仍极其谨慎,他对文坛的心理接受程度有着清醒了解,这显示了王蒙过人的一面。为了推出《你别无选择》,王蒙与《人民文学》做了大量细致的工作,该期"编者的话",以较大篇幅表达了力图突破思维定式的心声:"刊物办久了有时也和人上了年纪一样,在打开了局面、走出了路子、积累了经验的同时,却也不免有形无形地造就了自己的固定模式——套子,也造就了读者对这种刊物的固定看法,造成了读者、作者、编者你影响我、我影响你,老车熟路、难得破格发展的既成观念和事实。"明眼人一眼就能看出,所有这些看似小心翼翼的解释,其实都是为《你别无选择》的"出生"作铺垫,王蒙似乎意犹未尽:"本刊有志于突破自己的无形框子久矣……于是本期编者把年轻的女作者刘索拉的第一部中篇小说《你别无选择》放在排头。闹剧的形式是不是太怪了呢?闹剧中有狂热,狂热中有激情,激情中有真正的庄严,有当代青年的奋斗、追求、苦恼、成功和失败。也许这篇作品能引起读者——特别是青年读者的一点兴趣和评议?争论更好。但愿它是一枚能激起些许水花的石子。"[1] 这种铺垫,其作用是双重的,一方面对于读者和社会接受心理的确起到了某种"缓冲垫""减压阀"的作用;另一方面又是一种"火上浇油"般的暗示和引导。事实上,《你别无选择》绝不仅仅是"一枚能激起些许水花的石子",而不啻是一枚深水炸弹,小说一经发表,即引起文坛的热烈关注和争议,反对者诘难其为"'精神贵族'的'玩意儿'"[2],更多的则是热情的支持和肯定,评论家李洁非甚至用"狂喜"来形容《你别无选择》的问世:"像《你别无选择》这样的作品,确实给当时文坛造成了一种蜜月般的气氛,它象征着中国当代文学和世界的联姻、现实主义的大龄青年

---

[1] "编者的话",《人民文学》1985年第3期。
[2] 陈晋:《平民的生活与贵族的艺术——部分青年文艺创新的内在矛盾》,《文艺报》1987年第14期。

讨了一位现代派的老婆。这个蜜月，等于为一直为其幼稚和荒废学业多年而苦恼的当代文坛施了成人礼，使它缺乏自信、浮躁的心理终于有了某种平衡感。"① 从李洁非略显夸张的语气中，我们不难看出这部小说给文坛带来的惊喜和震动。《你别无选择》的发表，对于刚刚经历过"现代派"风波的文坛具有症候式意义，它表明这种新的文学思潮和书写方式已经得到了主流文学的认可，更表明写作空间正在进一步拓展，一种较为宽容的文学氛围正在形成。值得一提的是，《你别无选择》是在编辑已经建议退稿时，作为主编的王蒙力排众议，"下令"编发的。

1985年的《人民文学》可谓群星灿烂，正如一封读者来信所说的那样"一扫横秋的老气"，年轻作家何立伟更是一年两次登上《人民文学》"头条"，这在《人民文学》史上也许并不多见。当时的评论家用"杂花生树，群莺乱飞"② 来形容1985年的《人民文学》，实在是很贴切的。显然，王蒙通过《人民文学》在小心地引导、推动着新的文学潮流。《你别无选择》发表后，《人民文学》乘势而上，在持续推动新时期文学变革方面，迈出了更大步伐，陆续推出了一大批"新锐之作"，如何立伟的《花非花》(1985年第4期)、韩少功的《爸爸爸》(1985年第6期)、徐星的《无主题变奏》(1985年第7期)、何立伟的《一夕三叹》(1985年第9期)、莫言的《爆炸》(1985年第12期)，以及刘西鸿的《你不可改变我》(1986年第9期)、高行健的《给我老爷买鱼竿》(1986年第9期)等。特别是《无主题变奏》《爆炸》等文章的发表，不但标志着先锋文学在中国文坛集体"登场"，而且，这些小说也将《人民文学》推到了先锋文学思潮的最前沿。用"生气勃发"来形容1985年的《人民文学》是很恰当的。《人民文学》孜孜以求的"青春的锐气"，在这一年得到了淋漓尽致地展现。

1985年的另一重要文学事件就是先锋文学的崛起。先锋文学与寻根文学、现代派文学相比，无疑走得更远，这一点，无论是对《人民文学》的办刊传统还是对王蒙稳中求变的办刊策略而言，都是一种冒险和挑战，

---

① 李洁非：《1985年的狂喜》，《漂泊者手记》，人民文学出版社2000年版，第31页。
② 王干、费振钟：《一九八五：〈人民文学〉》，《读书》1986年第4期。

这一点，从后来的有关回忆中可见一斑："第二天开会，王蒙来了，当时他兼任《人民文学》主编。王蒙的口才让人折服，滔滔不绝地讲了一个多钟头，座中不断发出笑声和掌声。我听得出，其实王蒙挺矛盾的，一方面他很欣赏空灵、飘逸、不拘一格的艺术探索；一方面对年轻人里边'脱离现实'的创作趋势又颇感担忧。"[1] 李庆西所说的"矛盾"和"忧虑"反映了王蒙当时颇为复杂的心态。尽管如此，王蒙和《人民文学》还是给予了先锋文学最大程度的支持，先后刊发了张承志《九座宫殿》（1985年第4期）、残雪《山上的小屋》（1985年第8期）和《我在那个世界的事情》（1986年第11期）、马原《喜马拉雅古歌》（1985年第10期）、莫言《爆炸》（1985年第12期）和《红高粱》（1986年第3期）、洪峰《生命之流》（1985年第12期）和《湮没》（1986年第12期）等。时任《人民文学》编辑的朱伟认为，1985年《人民文学》"安全完成了面貌改造"，并对文坛形成了"安全的革命性影响"[2]。从朱伟的两个"安全"，可以窥见当时复杂脆弱的"文学场"。

　　王蒙对先锋文学的姿态，在其继任者刘心武那里得以延续。《人民文学》1987年1、2期合刊，推出了"前锋文学"专号，集中发表了莫言《欢乐》、马原《大元和他的寓言》、刘索拉《跑道》、马建《亮出你的舌苔或空空荡荡》、北村《谐振》、孙甘露《我是少年酒坛子》等先锋文学的代表性作品，至此，王蒙、刘心武借助《人民文学》，接力把先锋文学送达了当代文坛的前台。如果没有王蒙和《人民文学》的倾力支持，先锋文学在中国的命运可能会是另一种样子。其实，早在《人民文学》之前，马原的《拉萨河女神》《叠纸鹤的三种方法》已在《西藏文学》发表，但并未引起太多关注，真正助力先锋文学走向文坛的是《人民文学》。

　　如果把《人民文学》看作先锋文学的"旗舰"，王蒙无疑是这艘"旗舰"的舵手。对中国先锋文学而言，1985年还有一个重要事件就是《人民文学》发起召开的全国青年创作座谈会。在这次会议上，马原、莫言、扎西达娃、刘索拉、徐星等一批先锋作家悉数到场，多年后，马原

---

[1] 李庆西：《开会记》，《书城》2009年第10期。
[2] 朱伟：《王蒙：不仅仅为了文学》，《三联生活周刊》2016年第17期。

回忆道:"当时何立伟带着他的小说《白色的鸟》,我的小说是发表在《上海文学》上面的《冈底斯的诱惑》,莫言的小说是《透明的红萝卜》,刘索拉的小说当时名气最大——《你别无选择》,还有徐星的《无主题变奏》。……这一下子就把文学的标准给撼动了。……在一九八五年的《人民文学》的这次研讨会上露面的这些新的作家,带动了我国文坛上一轮新的小说美学、小说方法论。"① 可以说,这次会议吹响了中国先锋作家的"集结号"。

王蒙对先锋文学的支持,同时还表现在大力推介先锋作家、作品,例如刘西鸿《你不可改变我》、洪峰《湮没》,以及余华《十八岁出门远行》发表后,王蒙在第一时间发表了热情洋溢的评介文章,再如刘索拉《你别无选择》发表后,引发了广泛争议,王蒙称其"妙极了",并撰文盛赞其"内容和形式都具有一种不满足的、勇敢的探求的深长意味"②。特别是面对残雪小说的"特殊风格",许多人表示"无法接受",文坛也对其"颇多声讨",王蒙则称其为"罕有的怪才","她的才能表现为她的文学上的特立独行"③。王蒙对先锋文学一直持宽容的态度,多年后,王蒙仍然坚持这一立场:"没有先锋没有怪胎没有探索和试验就没有艺术空间从而也没有心灵空间的扩大。"④ 正是由于王蒙独具作家的敏锐和编辑家的胆识,这些先锋小说才得以最终问世,并成为当代文学的独特风景。

三 "未竟的事业":王蒙对《人民文学》的"改造"

无论是作为作家还是编辑家,王蒙一直致力于精神空间"拓宽,拓

---

① 马原:《小说密码:一位作家的文学课》,作家出版社2009年版,第340—341页。
② 王蒙:《谁也不要固步自封——刘索拉小说集序》,《王蒙文集》第22卷,人民文学出版社2014年版,第278页。
③ 王蒙:《读〈天堂里的对话〉》,《王蒙文集》第22卷,人民文学出版社2014年版,第134页。
④ 王蒙:《先锋文学失败了吗?》,《王蒙文集》第23卷,人民文学出版社2014年版,第337页。

宽，再拓宽一点"①，这一理念不但贯穿了王蒙的文学创作，同样也表现在《人民文学》各个层面的改革之中。

　　王蒙对《人民文学》的"改造"是全方位的。在王蒙的主持下，《人民文学》自1984年正式改版，其显著变化有三：第一，中篇小说开始进入《人民文学》视野："拿出一定的篇幅，逐期展示中篇小说创作的成果"②，这实为后来中篇小说的大繁荣提供了契机和可能；第二，作者队伍更加多元化，特别是为业余作者"提供充足的版面"，自此，一大批文学新面孔开始更为活跃地登上《人民文学》的舞台，例如《蜜蜜姑娘》（1984年第10期）的作者刘岚，其身份是"待业青年"，《山上的小屋》（1985年第8期）的作者残雪，系"个体户"，《小城热闹事》（1985年第11期）的作者小牛，是"某县商业局青年干部"；第三，创立"编者的话"，更为自觉地引导文学变革的潮流。当然，这些变化还是外在的、更多是形式方面的。

　　作为当代最具读者意识的作家之一，王蒙深知读者对于刊物的重要性，王蒙继承了张光年刊物要与读者"通心"③的做法，进一步强化了《人民文学》与读者之间的联系，把《人民文学》逐渐打造成一个开放的文学平台。在这一点上，王蒙比他的前任走得更远。王蒙提出："我们希望能够更好地面对读者……与读者更好地交流谈心，我们希望能够成为广大读者的知心朋友，与读者共同探讨那些令人激动又令人困扰的生活和文学艺术提出的新问题。"④《人民文学》自1983年第3期开设了"作者·读者·编者"栏目，"意在沟通作、读、编三者的关系，以利文学创作的繁荣发展"⑤。王蒙接手后，决心将"作者→编者→读者"的单向关系，改变为"作者⇆编者⇆读者"的双向互动关系，例如，有读者提出"小说要短些再短些"，编辑部立刻给予积极回应。同时，不断创新读者参与文学的形式，1984年底，《人民文学》首次推出了完全由读者投票推

---

① 王蒙：《大块文章》，花城出版社2007年版，第172页。
② 《编者的话》，《人民文学》1984年第1期。
③ 张光年：《张光年文集》（第3卷），人民文学出版社2002年版，第349页。
④ 《不仅仅是为了文学——告读者》，《人民文学》1983年第8期。
⑤ 《编者按》，《人民文学》1983年第3期。

选"我最喜爱的作品"活动,"请读者直接发出决定性的声音",读者由"最广泛""最实际"的"鉴赏人",变成了作品的实际"检验人"①,极大地提升了《人民文学》在普通读者中的影响力。单纯就发行量而言,《人民文学》此时达到了历史最高峰。事实上,从读者投票推选的结果看,读者的欣赏水平是很高的,如1984年"我最喜爱的作品"第一名是李国文的《危楼纪事》,1985年是贾平凹的《黑氏》,1986年是莫言的《红高粱》②。出乎许多人意料的是,《你别无选择》《无主题变奏》《花非花》等这些颇带"异端"色彩的小说,也皆当选当年读者"最喜爱的作品"。

王蒙致力于精神空间的拓展,还表现在其他一些诸如刊物版式、封面设计等细节方面。仅以封面为例,自1984年《人民文学》放弃了传统的以花鸟图案为主的现实主义风格,追求一种既新颖独特又更具表现力和现代感的风格。1984年采用了著名插画家范一辛的三角形排列组合图案,1985年采用的是唐伟杰的圆形与粗体箭头组合图案,1986年采用邵新的两个平行四边形叠加图案。这些封面的设计者不同,但都有一个共同的特点,即以简洁单纯的线条勾画出重叠、并置的抽象图形,极具现代感和表现力,极大地激发了读者的想象空间。更重要的是,这些具有强烈现代感的图案与内容交融辉映,相得益彰,极好体现了一期刊物是一个"有机体"的理念。③ 这些独具特色的封面图案,从一个侧面体现了此时《人民文学》的艺术旨趣。

在王蒙开放、包容理念的烛照下,《人民文学》一改昔日稳健姿态,特别是在引领小说艺术变革方面,发挥了不可替代的作用,将《人民文学》带到了一个"兼收并蓄,天地宽阔"④ 的新境界。在一定意义上,王蒙与《人民文学》共同开启了20世纪80年代中国文学的变革风潮,为新时期文学的繁荣做出了独特贡献。

---

① 伊边:《读者的意愿 宝贵的信息——从〈人民文学〉"我最喜爱的作品"推选活动说起》,《人民文学》1985年第3期。
② 郑纳新:《新时期〈人民文学〉与"人民文学"》,东方出版中心2011年版,第191页。
③ 《编者的话》,《人民文学》1983年第11期。
④ 王蒙:《大块文章》,花城出版社2007年版,第170页。

第十讲

王蒙与新疆

新疆究竟在何种意义上影响了王蒙，至今似乎仍是个模糊的问题。新疆之于王蒙绝不是一个单纯的地理概念，而是一个情感和心灵的"原点"，更是思想"再出发"的驿站。王蒙的一生，"拐点"多矣——"少共""团干""青年作家""反党反社会主义的右派"，一会被"放逐"，一会又身居高位，一会再一次被"抛弃"——而其中最大的"拐点"——无论是在人生观、价值观还是文学思想、文学创作层面——是新疆16年。从这个意义上说，王蒙的"换心的手术"是在新疆完成的。

一 "换心的手术"

1963年12月23日，王蒙携妇将雏，踏上了北京开往乌鲁木齐的69次列车，举家西迁。从此，王蒙从一个少年得志、前途光明、带有理想主义的青年作家，一个猛子扎到了生活的最底层，被重重地摔在了最坚实的土地上，直到1979年6月12日，离开乌鲁木齐回北京。新疆16年的生活，特别是1965—1971年，王蒙以一个普通农民的身份在伊犁巴彦岱公社毛拉圩孜大队劳动锻炼了整整六年，这段沉入中国社会最底层的生活，一方面使王蒙"见人之未见，学人之未学，知人之未知"[①]；另一方面则是体验人之未体验（痛苦和迷茫），忍受人之不能忍受。虽然当外国记者问及在新疆的生活时，王蒙也逞词锋，说是在攻读维吾尔语的

[①] 王蒙：《半生多事》，花城出版社2006年版，第258页。

"博士后",但是,一个从小喜欢语言和文字的作家,放下手中的书本和笔,其真实内心也是如鱼饮水,冷暖自知。1965年到1971年,王蒙一方面是与维吾尔农民"三同"(同吃、同住、同劳动);另一方面却是"三不管",成了"断线风筝"①。

王蒙的新疆16年,既是某种识时务的自我"放逐",也是不得已的自我"废黜",更是被"抛弃"。既有"逍遥游"的一面,更有看不到希望的痛苦和煎熬的一面。王蒙是以"文艺界的大右派"(虽然已经"摘帽")之身来到新疆的,是个"无罪的罪人"②。"右派"在当时就是刺在王蒙脸上更是刺在王蒙心上的"红字"。对王蒙这样一个年轻的"老革命"而言,"右派"的经历,在其思想、心灵上留下的重压和创伤将是难以想象的。

王蒙的长子王山曾讲过这样一件事:

> 小学毕业后,我进了母亲任职的二中。我在班上的表现很突出……到初一第二学期,我入团的事提到了议事日程。没有想到的是,入团的事后来又忽然没有了音讯,只是隐隐约约地听人说我的家庭似乎有什么问题,我也不明白究竟是怎么回事,直到第一批入团的同学都举行了宣誓仪式而没有我。在那之后不久的一个晚上,父亲忽然非常郑重地和我谈了一次话。他客观地告诉了我,父母都是受到过处分的人。他还告诉我他们什么时候被划为右派,什么时候摘掉了右派分子的帽子,什么时候入了党,什么时候又被开除了党籍,等等。我至今还记得,父亲说这些事的时候表情凝重,夹着烟头的手抖得很厉害,有几次话说到一半就停了下来,停顿了许久才又接着说下去。③

"右派"的经历,对王蒙而言,是一次心灵的炼狱。与王蒙同为"右

---

① 王蒙:《半生多事》,花城出版社2006年版,第324页。
② 同上书,第256页。
③ 王山:《我的父亲王蒙》,《走近王蒙》,中国海洋大学出版社2003年版,第38—39页。

派"的从维熙，后来在《走向混沌》中记录了这样一件事：

> 40年过去以后，王蒙告诉我，在《走向混沌》出版后的一个年节，他的儿子王山曾问及他："爸爸，当年你是不是像'混沌'中所写的那样？"王蒙一家当时正吃年夜饭，他一边喝酒，一边回答儿子说："是，就像维熙写的那样。"儿子还想询及他什么，见他潸然泪下，便不敢再求索下去了。①

王蒙后来在谈到这段生活时说："半是'锻炼'，半是漫游；半是脱胎换骨，半是避风韬晦；半是莫知就里地打入冷宫挂起来晾起来风干起来，半是'深入'生活深入人民群众走与工农结合的光明大道，等待辉煌的明天；半是无所事事三不管，被社会也被文明遗忘了的角落遗忘了的某人，半是学习思考如饥似渴如进研究院，半是另册放逐专政对象，半是老革命老干部。大好年华，无悲无喜。"② 这大概是王蒙新疆生活较为真实的描述。

从29岁到45岁，王蒙在新疆度过了人生最宝贵、最艰难、最奇特的16年。与1957年被划成"右派"后在京郊"劳动改造"还不同，那时，王蒙还是"在组织"的，与诸多的"右派"在一起，可能并没有强烈的"断线的风筝"的感觉，而伊犁时期的王蒙，则是彻底被放逐、被抛弃、被遗忘，而王蒙又是从小参加革命相信组织的人，这是他所难以忍受的，难以忍受而又必须忍受，"王蒙内心深处隐藏着极度的焦虑"③。王蒙的夫人崔瑞芳在《我的先生王蒙》中，记述了这样一件事：1971年古尔邦节，王蒙与同在新疆乌拉泊"五七"干校学习的少数民族"同学"喝酒，酩酊大醉后，一个个都喊着"回伊犁！回伊犁！"突然，王蒙又补充了一句："不，我想的并不是回伊犁！"众学友一时愕然。④ 王蒙的这一酒后"失态"，泄露了他内心深处的真实所想。王蒙对伊犁对新疆的深厚情感

---

① 从维熙：《从维熙回忆录：走向混沌》，花城出版社2007年版，第42页。
② 王蒙：《半生多事》，花城出版社2006年版，第265页。
③ 方蕤：《王蒙——"放逐"新疆十六年》，东方出版社1995年版，第98页。
④ 方蕤：《我的先生王蒙》，长江文艺出版社2004年版，第95页。

是绝对不容置疑的,但是,王蒙不属于伊犁和新疆,"王蒙的'根'不在这里"①。崔瑞芳还记述了另一件小事:王蒙在新疆期间坐下了个毛病,常常在夜间将睡未睡着之时,下意识地突然喊出一声怪叫:"噢",吓得我浑身发抖。……一连许多年,每每我都这样忍耐着,受到这种奇特的折磨。②其实,王蒙的"失态"和梦中怪叫,都是一种被压抑的结果。特别是"文化大革命"后期,王蒙更是无所事事,心情烦躁,抽烟,喝酒,毫无来由地冲着孩子们发火。表面的快乐,掩盖不住王蒙内心的被"抛弃"的痛苦,这更接近于王蒙新疆生活的真实状态。

作家雷达在《"春光唱彻方无憾"——访作家王蒙》中有一段话:

> 王蒙对我说,他的小说《光明》里写崔岩的一段话:"他好像一条正在畅游的鱼儿,突然被抛到了沙滩上……他生命的汁液并没有枯竭,他没有变成一块僵硬的鱼干。因为他的妻子濡之以沫,更因为即使在沙石之中他始终依恋着、追求着大海,雨露和每天清晨从万顷碧波中跃动而出的金红色的太阳……"就是他那时心境的写照。③

王蒙在自传中说,1963年之所以提出去新疆是由于"对生活的渴望":"渴望文学与渴望生活,对于我是一而二,二而一的东西。"④ 就1963年的政治情势而言,王蒙并没有到非自我"放逐"到新疆的地步,当时王蒙正在北京师范学院(即首都师范大学)中文系任教,据王蒙在北京师范学院同事王景山介绍,王蒙虽为"右派",但"是另眼相看,受到优待的。……出席文艺界的会,听文艺界的报告,王蒙都是受到照顾的"⑤。王蒙到新疆的决定,既有自信,也有文人的某种浪漫性

---

① 郜元宝:《当蝴蝶飞舞时——王蒙创作的几个阶段和方面》,《当代作家评论》2007年第二卷。
② 方蕤:《王蒙——"放逐"新疆十六年》,东方出版社1995年版,第67—68页。
③ 雷达:《"春光唱彻方无憾"——访作家王蒙》,徐纪明、吴毅华编:《中国当代文学研究资料·王蒙专集》,贵州人民出版社1984年版。
④ 王蒙:《半生多事》,花城出版社2006年版,第220页。
⑤ 王景山:《关于王蒙的交代材料(1968)》,《天涯》1996年第3期。

在里面。因此,王蒙刚到新疆的时候,还从北京带了一本《文心雕龙》①,在新疆期间,王蒙也是尽量地接触文学,阅读文学作品,一方面是为了学习维文,另一方面也是作家的对文学割舍不了的天性。例如,王蒙读了维吾尔文版的高尔基的《在人间》,奥斯特洛夫斯基的《暴风雨中诞生的》,维吾尔族小说《骆驼羔的眼睛》等。但是,后来形势的发展,却远远超越了王蒙的预期,甚至,一度王蒙连"钢笔"也丢失了。一个作家丢失了"钢笔",其中滋味是颇耐人寻味的。

二 "塔玛霞尔":新疆对王蒙思想的影响

王蒙是一个深味国情、世情、人情的非"书斋型"知识分子。古人说中国知识分子"明乎礼义而陋于知人心",王蒙是个特例,王蒙对"人心"的了解远远超越一般知识分子之上。16年的新疆生活,特别是在伊犁同底层各族劳动人民长期生活在一起,使王蒙完全改换了看取生活的视角,有的论者指出:"王蒙思想上的成熟,应当说是从新疆那里开始的。他从底层人的苦难中,意识到了什么,感悟到了什么,他的理想主义,用世的儒家情感,开始饱受着风雨的侵袭。"② 王蒙这种思想的转变,使他达到了人生的更高境界。在一定意义上说,新疆16年,"重塑"了一个新的王蒙,这16年对王蒙的思想影响,可能超过了他的青少年时代的革命经历。新疆生活成了王蒙"返观革命的一个新的角度,新的价值参照,新的智慧的援助"③。新疆把王蒙从一个文学青年变成了真正的"男人"。正如维吾尔族谚语"男子汉要经历各式各样的磨难"。

在王蒙的思想或"人生哲学"中,有两点特别突出:"重生"思想(重视生命和生活)和乐观态度。这两点都与他的新疆维吾尔农村生活经历有关。

---

① 姚承勋:《异域乡情——回忆在新疆和王蒙相处的日子》,李扬编:《走近王蒙》,中国海洋大学出版社2003年版,第99页。
② 孙郁:《王蒙:从纯粹到杂色》,《当代作家评论》1997年第6期。
③ 郜元宝:《当蝴蝶飞舞时——王蒙创作的几个阶段和方面》,《当代作家评论》2007年第二卷。

王蒙的"人生哲学"本质上是一种"重生"哲学，通俗地说就是"活命哲学"，当然，这里的"活命"是从最积极、最正面的意义上来理解的。一切哲学应该让人活得更好更明白，但是，不可否认，极"左"时期的哲学基本上是一种不让人活的哲学，似乎与某种教义相比，人生反而不重要了，成了第二性的东西，这其实是一种反人生的哲学。王蒙从现实生活特别是从社会底层人民的生活中感悟到生存问题是第一位的问题，他把那些从来不关心衣食住行问题而一味空调谈论人生终极意义的人称为"准精神疾患者"①。王蒙对"精英""书生"之类，素无好感，对某些脱离生活脱离现实的"救世高论""学问"和口号，也是深怀警惕，因为在他看来，这些"精英""书生""救世高论""学问"和口号，要么是脱离实际脱离现实囿于某种简单化教条的"书呆子"，要么是云端空论，欺世大言，是揪着头发离开地球，伟大则伟大矣，悲壮则悲壮矣，然而，往往于事无补。"精英意识如果脱离了生活意识，就会自命不凡地成为形而上意识……也就变成凌空蹈虚，变成断线的风筝了。"② 王蒙这种带有强烈实践性世俗化的"重生"思想，注定极易遭到误解，因为当代中国基本上是一个反世俗的过程，革命其实就是反世俗。王蒙在20世纪90年代"人文精神问题"讨论中，不被理解的一个重要原因在于世俗化的恶名声，当时的知识界尚未真正理解世俗化对当代中国的真正意义。王蒙的这种"重生"思想的形成，与他的自"反右"落马后不断到农村"改造"特别是与他的16年新疆生活密切相关。王蒙从新疆底层各族人民特别是维吾尔人身上，感受了一种最简单的真理：活着的力量是人间最强大最美好的力量。

维吾尔族文化与汉民族文化有诸多不同之处。王蒙之于维吾尔族文化毕竟还是个"外来者"，这样他对两种文化的差异就格外感受明显。王蒙曾说：新疆生活"使我有可能从内地——边疆、城市——乡村、汉民族——兄弟民族的一系列比较中，学到、悟到一些东西"③，我认为王蒙

---

① 王蒙：《王蒙自述：我的人生哲学》，人民文学出版社2003年版，第3卷。
② 王蒙：《老子的帮助》，华夏出版社2009年版，第21页。
③ 王蒙：《文学与我——答〈花城〉编辑部××同志问》，《王蒙文存》第21卷，人民文学出版社2003年版，第79—80页。

从这一系列的对比中,感悟到的最深的一点应该是维吾尔族人对生活、对生命的热爱。维吾尔族文化中体现了最起码的对生命的尊重和敬意。维吾尔族文化中有一种天然的对自然对生命的崇拜情愫,有一种顺应自然、顺应天命的态度,这可能与伊斯兰教仁爱万物的思想有关,例如维吾尔族人对粮食的崇敬感,他们认为馕——粮食是世界上最高贵、最神圣的东西,再者,如维吾尔族男人的名字后面常带有"江"字,"江"在维吾尔族文中是生命的意思。这些可能体现了一种维吾尔族文化的生命意识。王蒙在小说《好汉子伊斯麻尔》中描写夏季收获时节,维吾尔族人拒绝给牲口戴笼嘴的故事,就体现了维吾尔族文化的独特的"重生"观念。因为,在维吾尔族人看来,牲口和人一样,在收获的季节都有"敞开吃"的权利:"麦子一年熟一次,胡大给的,人也好,牲口也好,麦收期间都应该,一年就一回嘛。"[①]

与汉民族相比,维吾尔族人似乎更重视现世生活,更具有"世俗"性。与"革命""主义"相比,他们更关心的是奶茶、曲曲(混沌)和馕,这既是一种文化性格,更是一种文化智慧。例如王蒙在《半生多事》中记载了这样一个故事:分属"造反派"和"保皇派"的两个维吾尔族人骑车在路上相遇,见了面,光打招呼不够,两个人依例推车至路边叙谈,互相握手,摸胡子(维吾尔族礼节)后,一个问另一个:"您的观点是什么?"回答说:"我,保皇!"另一个人点点头,说:"我,造反!"然后二人含笑而去。因为在他们看来,与现实生活相比,"保皇""造反"并不是特别重要的一件事,甚至,在喊口号的时候,他们都分不清"打倒"(维吾尔族语"哟卡松")和"万岁"(维语"亚夏松")的发音,在这个世界上似乎没有另一种力量比生活更坚硬,更持久。打馕、酿酒、喝奶茶才是维吾尔族人最真实的生活。再如《买买提处长轶事》中,迫于当时的革命形势,不得不举办一场"新式婚礼":没有陪嫁和彩礼,只有新郎和新娘交换"红宝书"《毛主席语录》,互送珍贵的主席像、锄头、镰刀,也许再加上一只全新的粪叉。但是"新式婚礼"十天后,一场地下婚礼悄悄举行,这一次是该宰羊的宰羊,该吃抓饭的吃抓饭,该送绸子的送绸子,该走过场的走过

[①] 王蒙:《好汉子伊斯麻尔》,《新疆精灵》,上海文艺出版社2002年版,第76页。

场。这就是维吾尔族人的智慧,在新疆广泛流传的阿凡提的故事,反映的其实就是底层劳动人民的生存智慧。王蒙从底层维吾尔族人身上,体悟到了一种与汉民族生活不同的另一种生活信念和生活方式,特别是他们对生活的那种朴素的理解,给了王蒙很大的启发,给了王蒙一种新的文化参照,成为王蒙思想形成的一种重要资源。

一般人都知道王蒙是一个大智慧者,其实,大智慧源于大磨难,很多时候,人们可能只看到了王蒙智慧的一面,而忽视了他经受的大磨难、大痛苦。王蒙一生经过的磨难不可谓不多,但磨难并没有使王蒙变得消沉,而是磨炼了王蒙更为乐观、豁达、宽容的心态,王蒙曾自称是一个"不可救药的乐观主义者",王蒙乐观主义的形成有诸多条件和因素,其中,维吾尔族人乐观的生活态度深刻地影响了王蒙,"新疆十六年,我变得粗犷和坚强了,也变得更乐观和镇静了"①,新疆生活促成了王蒙思想的转变,他开始认识真实的生活。

维吾尔族人的思维方式、生活方式特别是对待困难和挫折的态度,对王蒙产生了极为重要的影响。维吾尔族是一个乐观的民族,善于辞令、笑谑、唱歌,特别是维吾尔族人的幽默,化解了现实的沉重和苦难。维吾尔族人对日常生活采取一种准审美态度,与汉民族的沉重、严肃相比,维吾尔族人的生活充满了某种善意的游戏心态以及"塔玛霞尔"精神。② 无论是游戏心态,还是"塔玛霞尔"精神,都是一种民间的智慧。如《淡灰色的眼珠》中,穆敏老爹关于人是"带着傻气的种子"③,以及"生活是伟大的。伟大的恼怒,伟大的忧愁……伟大的2月、3月,伟大的星期五……还有伟大的奶茶、伟大的瓷碗、伟大的桌子和伟大的馕"④ 的论述,还有维吾尔族人的一个国家不能没有国王、大臣和诗人的观念,都闪烁着一种智慧的光芒。再如《虚掩的土屋小

---

① 王蒙:《新疆精灵·自序》,《新疆精灵》,上海文艺出版社2002年版。
② "塔玛霞尔是维语里一个常用的词,它包含着嬉戏、散步、看热闹、艺术欣赏等意思……有点像英语的 enjoy,但含义更宽,当维吾尔人说塔玛霞尔这个词的时候,从语调到表情都透着那么轻松适应,却又包含着一点狡黠。"见王蒙《淡灰色的眼珠》,《王蒙文存》第8卷,人民文学出版社2003年版,第53页。
③ 王蒙:《淡灰色的眼珠》,《新疆精灵》,上海文艺出版社2002年版,第35页。
④ 同上书,第58页。

院》中，那个死了爸爸、妈妈以及六个孩子的阿依穆罕大娘，她并没有因此而诅咒命运的不公，失去生活的信心，而是承认现实，超越苦难，"命是胡大给的，胡大没让他们留下，我们又说什么呢？……我没有爸爸，我没有妈妈，我没有孩子，可是我有茶"①。阿依穆罕的朴素和乐观，其实是维吾尔族人的一种普遍的性格特征和人生态度，如穆罕默德·阿麦德、穆敏老爹、伊斯麻尔、马尔克等都具有这种性格特征，维吾尔族人这种"不贪、不妒、不疲沓也不浮躁、不尖刻也不软弱、不讲韬晦也不莽撞……虽然缺乏基本的文化知识，却具有一种洞察一切的精明，和比精明更难能的厚道和含蓄"②的处世态度，给了王蒙诸多启发，为他思想的形成提供了支撑。王蒙后来强调"无为"，强调力戒虚妄、焦虑和急躁，似乎也能看到某些维吾尔族人的影子。

除此之外，新疆生活对王蒙多元开放文化心态的形成也起到了潜移默化的作用。新疆是多民族、多语种区域，新疆地处古丝绸之路，是中国、印度、古希腊等东西文明的交汇地。人口除了汉族外，还有维吾尔族、回族、锡伯族、哈萨克族、蒙古族、满族、柯尔克孜族、塔吉克族等 40 多个民族，宗教信仰也各不相同，这种多元共存的文化形态，形成了多元的价值观念，王蒙思想中对"宽容""多元"的尊重和强调，与这段新疆生活也有密切的联系。

三 王蒙小说的"新疆美学"

新疆在历史上与文学结下了不解之缘。远有林则徐，近有艾青和王蒙等，都在新疆生活过。林则徐在伊犁修了有名的大湟渠，王蒙则让巴彦岱名扬全世界。墨西哥学者 Flora Botton 称王蒙为 "A Stubborn Writer"③（"一个坚硬的作家"）。在王蒙所有的文学创作中，《在伊犁》系列小说是最柔软、最纯粹、最深情的部分。细心的读者会发现，从创作时间上看，

---

① 王蒙：《虚掩的土屋小院》，《新疆精灵》，上海文艺出版社 2002 年版，第 113 页。
② 同上书，第 143 页。
③ Flora Botton, "A Stubborn Writer"，温奉桥编：《多维视野中的王蒙——第一届王蒙文学创作国际学术研讨会论文集》，中国海洋大学出版社 2004 年版，第 353 页。

王蒙的伊犁系列小说几乎与他的"意识流"小说同时,但完全是两套笔墨,两种风格。《夜的眼》《春之声》《蝴蝶》《布礼》《杂色》等"意识流"小说,腾挪躲闪,十八般武艺,令人眩目,而《歌神》等伊犁系列小说则"有意避免的是那种职业的文学技巧",迹近纪实,属于"非虚构非小说——nonfiction作品"①,为何?因为在王蒙内心,描写伊犁是不需要"技巧"的,是不需要"耍花枪"的,伊犁就在作者的心中、梦中。

伊犁系列小说是王蒙对中国当代小说的独特贡献。新疆生活,成为王蒙思想和文学创作新的出发点。王蒙曾说新疆生活是他"独一无二的创作本钱"②,刚"复出"不久,王蒙就宣称:"故国八千里,风云三十年……我的小说的支点正是在这里。"③ 王蒙与新疆有关的创作已逾百万字(直接描写新疆的如《在伊犁》《故乡行》等,以新疆为背景的如《狂欢的季节》《夜的眼》等)。在文学地理学意义上,王蒙伊犁系列小说中的"毛拉圩孜",就是鲁迅小说中的"鲁镇",沈从文笔下的"湘西",福克纳笔下的"约克纳帕塔法县",借用俄罗斯汉学家托罗普采夫的话,伊犁是王蒙心中永恒的"桃源"。王蒙在《故乡行——重访巴彦岱》中曾深情地说,这是一块"在我孤独的时候给我以温暖,迷茫的时候给我以依靠,苦恼的时候给我以希望,急躁的时候给我以慰安,并且给我以新的经验、新的乐趣、新的知识,新的更加朴素的与更加健康的态度与观念的土地"④。在情感上,王蒙是伊犁的儿子。王蒙曾自称"巴彦岱人",这并非完全是文学化的说法。王蒙与巴彦岱农民感情之深、之真,超过了我们的想象。维吾尔族诗人乌斯满江·达吾提说"王蒙是真正写出了维吾尔人心灵世界的唯一的人。读他的作品,就像老朋友面对面地谈心交心,自然、亲切,丝毫没有民族的隔阂"⑤,不但"三同",

---

① 王蒙:《〈在伊犁〉台湾版小序》,《王蒙文存》第21卷,人民文学出版社2003年版,第117页。

② 王蒙:《大块文章》,花城出版社2007年版,第50页。

③ 王蒙:《我在寻找什么?》,《王蒙文存》第21卷,人民文学出版社2003年版,第25页。

④ 王蒙:《故乡行——重访巴彦岱》,《王蒙文存》第14卷,人民文学出版社2003年版,第139页。

⑤ 陈柏中:《王蒙与维吾尔语》,温奉桥编:《多维视野中的王蒙——第一届王蒙文学创作国际学术研讨会论文集》,中国海洋大学出版社2004年版,第327页。

就连维吾尔族人婚丧嫁娶请客,以及一般不请外人参加的带有宗教仪式色彩的丧仪"乃孜尔"也请王蒙参加。更重要的是王蒙进入了这个民族的心灵世界,正如维吾尔诗人热黑木·哈斯木所言:王蒙"懂我们的心"①,这是王蒙伊犁系列小说真正被认可的原因。

许多评论家都谈到了王蒙的幽默,但王蒙最擅长写的是忧伤,这在他的《组织部来了个年轻人》中即有显现,他后来的小说如《杂色》《歌声好像明媚的春光》《春堤六桥》《秋之雾》,以及《岑寂的花园》《仉仉》《女神》《地中海幻想曲》《生死恋》等,都回荡着某种忧伤的调子。这其实也正是伊犁系列小说的美学特征。细读伊犁系列小说,或隐或显回荡着一种悲凉的调子,更多的读者、评论家,看到了这类小说的幽默,幽默当然是伊犁系列小说的显著特征,如《哦,穆罕默德·阿麦德》《淡灰色的眼珠》《好汉子依斯麻尔》等,但幽默的背后是忧伤,是无奈。王蒙在谈及这类小说时也曾坦言:"逍遥的背后有悲凉……悲凉的深处却又是一种对于生活、对于人们入迷的'不可救药'的兴趣和爱,所以是逍遥,所以能逍遥也只能逍遥、所以又不仅仅是逍遥了。"② 如果说王蒙的伊犁小说是一首长诗,那么,也是一首交织着忧伤和无奈旋律的抒情诗。《心的光》《最后的"陶"》就是王蒙伊犁系列小说中最深沉最忧伤的诗。王蒙的爱,表现于忧伤。《心的光》中的凯丽碧奴儿开始感到了某种失落,开始对她殷勤而温存的丈夫表示冷淡,因为凯丽碧奴儿开始感到了某种外在的力量,某种遥远的声音,这种力量和声音引发了凯丽碧奴儿内心的波澜,苹果园、葡萄架、奶茶和羊群已经拉不住凯丽碧奴儿的心。这一点在《最后的"陶"》中得到了更为深刻的表现。如果说《心的光》中流露出来的还仅仅是失落和惆怅,那么,在《最后的"陶"》中,这种失落和惆怅已经变成了深沉的忧虑。"现代化"的风已经刮到了哈萨克人的草原上,牧民帐篷里开始飘出了邓丽君和"猫王"的歌声,达吾来提开始向往山下的生活,库尔班则筹划着鹿茸加工厂、

---

① 楼友琴:《维吾尔友人谈王蒙》,温奉桥编:《多维视野中的王蒙——第一届王蒙文学创作国际学术研讨会论文集》,中国海洋大学出版社2004年版,第338页。
② 作家书简:《王蒙致何士光》,《当代作家评论》1984年第4期。

招待所和疗养院,哈萨克人的生活受到"现代化"的冲击,老哈萨克依斯哈克大叔说:

> 如果一个哈萨克,到一个哈萨克牧人居住的山上去,却还要带钱,还要带粮票,这就不是哈萨克。如果连雪白的牛奶和雪白的牛奶制成的食品还要卖钱,那就是对于雪白的牛奶的最大的污染……
> ……
> 我们要钱做什么?我们到县城或者伊宁市去做什么?到了山下面,就什么都没有了,没有酸马奶,没有酪干,没有手抓羊肉块加面皮,没有野花和草原,没有野草莓和悬钩子,没有赛马和叼羊……

然而,夏牧场、白桦林、毡房已经对年轻的哈萨克失去了吸引力,他们更喜欢红灯牌半导体收音机、三接头牛皮鞋和人造革皮包。王蒙写出了面对草原牧民未来生活的矛盾心态。这是王蒙的深刻之处,也是王蒙的清醒之处。《最后的"陶"》是王蒙伊犁系列小说中最惶惑最忧伤的作品。

同时,新疆生活也深刻地影响了王蒙的文学风貌和创作风格。王蒙去新疆之前的作品无论是《组织部来了个年轻人》还是《小豆儿》《春节》以及《青春万岁》,在文学风格上偏重于深情、清丽、柔软、纤细,较少豪放、粗犷,这大概与王蒙的个性有关。但是,到新疆后,新疆壮美的自然景物特别是戈壁滩上"大漠孤烟直,长河落日圆"的景象,使他开始见识一种粗粝之美,雄阔之美,与王府井、西直门、长安街上的霓虹灯相比,天山、伊犁河、戈壁滩完全是另一种景象,另一种美,这潜移默化影响了王蒙的审美心态,从而影响了王蒙的文学风貌和创作风格,"在新疆的生活使我及我的作品于纤细、温和中,多了一种强烈的激情、幽默、粗犷和豁达"[①],这种变化是多方位的,"在主题和色彩上由单

[①] 转引自黎曦《永远怀念新疆》,李扬编:《走近王蒙》,中国海洋大学出版社2003年版,第35页。

纯到复杂,在格调上由明朗到深沉,在视野上由相对狭小到开阔,在手法上由比较单一到刻意创新和变化多端"①,这在他的《鹰谷》《杂色》等伊犁小说中也有呈现。《鹰谷》中对雄奇瑰丽的大自然的描写,《杂色》变幻莫测的草原景物的描写,其表现出的开阔视野和格局是王蒙之前小说所没有的,特别是《杂色》中对曹千里与世无争神情的描写,带有明显的维吾尔族人的影子,这也是与王蒙之前小说人物所不同的。再者,从《组织部来了个年轻人》可知,王蒙最了解也是最擅长写的是干部形象,但视野略嫌狭小,新疆生活不但使王蒙小说题材有了很大的拓展和延伸,更重要的是对人的理解的变化,赋予了王蒙小说某种更为深邃和通达。这些变化为王蒙小说最终走向开阔、坚硬,奠定了基础。

　　王蒙已经是个具有世界意义的作家了,他的文学创作已逾1800万字,其作品被翻译成二十余种文字,在一定意义上,王蒙已经成为中国当代文学的一个"符码",一种象征,一面旗帜。然而,王蒙思想的"原点"在新疆,在伊犁。新疆16年,是王蒙思想和创作的"触媒",在诸多方面对王蒙产生了深刻影响,在王蒙之为王蒙诸多的规定性之中,伊犁永远占据着重要的位置。

---

① 夏冠洲:《用笔思想的作家——王蒙》,新疆大学出版社1996年版,第67页。

第十一讲

王蒙与当代旧体诗

在一般读者心目中,王蒙是以小说名世的。其实,王蒙同时也是个诗人,单就诗歌创作数量而言,《王蒙文存》第16卷中,就收入了新诗179首,旧体诗155首,散文诗9首,译诗12首,这还不是王蒙诗作的全部。王蒙出版了《雨点集》《旋转的秋千》新诗集2部,《绘图本王蒙旧体诗集》1部。这在当代作家中是并不多见的。但是,王蒙的这类数量不菲的诗歌创作,也许是被他的小说创作的光环所遮蔽,似乎并没有引起文坛和评论界的应有重视。其实,王蒙的诗歌创作,特别是他的旧体诗创作,寓有极高的文学价值,是当代旧体诗创作的精品。旧体诗在王蒙研究乃至在当代旧体诗研究方面,都有其不可忽视的价值和意义。

一 旧体诗:异类的文体?

旧体诗,自"五四"以后,与"章回体"小说一样,曾被普遍认为是文学园地中的一颗"臭草",是一种"毒性"重大的"旧文体",被赋予了浓厚的意识形态色彩,是"文学革命"的重点对象,属于"铲除务尽"之列。在其后的"新文学"基本一统天下的文学格局中,在以"新"为"革命"、为"现代"的文学价值取向影响下,旧体诗更是日渐"形骸"化、边缘化,沦为一种不登大雅之堂的民间文类形态。以至到了20世纪30年代,"旧体诗几于无人作"[①],40年代中期,柳亚子甚至发出

---

① 吴宓:《空轩诗话》,转引自黄修己主编《20世纪中国文学史》(第二版)下卷,中山大学出版社2004年版,第327页。

了"旧体诗的命运不出 50 年"的"预言"①。今天,翻开各种版本的《中国现代文学史》,更是根本找不到"旧体诗"的影子,好像"旧体诗"在现代文学史上根本就不存在一样。其实,历史并非如此。虽然,现代以来,旧体诗的创作已经日渐衰落,难以再占据文学史的主流位置,但是,旧体诗作为一种文类形态、文体形式,其脉络并未断绝,在旧体诗遭到激烈反对的 20 年代,著名新月诗人闻一多就宣称"勒马回缰作旧诗"②。众所周知,就现代作家而言,鲁迅、周作人、柳亚子、郁达夫、张恨水、田汉等,都是旧体诗的名家。其中,郁达夫所存旧体诗 600 余首,张恨水的旧体诗更是近千首,与他们的小说创作相比,他们旧体诗的成就毫不逊色,郭沫若甚至认为:"达夫的诗词是在比他的小说或者散文还好。"③

当代以来,由于旧体这种体裁具有严格的形式要求,"束缚思想,又不易学",以及毛泽东"不宜在年轻人中提倡"思想的影响④,所以,与现代作家相比,当代作家中写旧体诗的就更少了。旧体诗甚至一度因为缺乏深度思想和真挚情感,而多为酬和赠答应景应制之作,被讥为"老干部体",毛泽东、朱德、陈毅、郭沫若等老一辈无产阶级革命家,写过不少的旧体诗,来抒发革命情怀,但是与文人旧体诗还有区别;除此之外,就是五六十年代一些文人也创作了许多旧体诗,如聂绀弩、胡风、李锐等,但所传无多。因此,在当代文坛,真正能作为"诗"来欣赏的旧体诗似乎并不多,这也是"五四"影响的一个结果。新时期以来,随着思想解放的洪流,文学界某种程度的对"五四"反传统思想的反思和疏离,加之,在毛泽东 60 年代与梅白关于"旧体诗要发展,要改革,一万年也打不倒"的谈话的发表,一时间,各种旧体诗团体纷纷成立,各种旧体诗集也大量出版。旧体诗创作迎来了一个新的历史时期。但是,

---

① 转引自伍立杨《寒风阵阵雨潇潇——一度郁达夫的旧体诗》,《名作欣赏》2005 年第 7 期。
② 转引自黄修己主编《20 世纪中国文学史》(第二版)下卷,中山大学出版社 2004 年版,第 327 页。
③ 郭沫若:《〈郁达夫诗词抄〉序》,原载 1962 年 8 月 6 日《光明日报·东风》。
④ 毛泽东:《致臧克家等》1957 年 1 月 12 日,《毛泽东文艺论集》,中央文献出版社 2002 年版,第 308 页。

就整体而言，旧体诗创作并没有在当代文坛上产生大的影响，特别是年轻一代作家中，由于对这种文体的相对陌生，难以创作出真正高水平的作品，这也是事实。而真正富有思想内涵和艺术性的旧体诗创作就更少了。王蒙则是当代旧体诗创作中涌现出的一个代表。王蒙旧体诗创作是当代旧体诗创作中崛起的一座令人注目的高峰。

王蒙的旧体诗创作，自1944年创作的《题画马》算起，已经跨越了70多年。创作于60年代的大约有12首；80年代的有43首；而其创作的高峰期，则是在90年代之后。这时期的作品，不但数量最多，而且意蕴深厚、境界高远，多有精品，而这其中纪游诗又占了绝大多数。著名美术评论家谢春彦先生认为王蒙的旧体诗"有着明显的个人风格"："濯古来新，拥抱生活"[1]，读来有"新鲜面、天然面、别样面，有滋有味焉"[2]。谢春彦先生的评价是非常准确的。王蒙的旧体诗，确实是旧瓶装新酒，老调翻新曲，赋予了旧体诗这一"旧套"一种新鲜感、现代感，丰富和拓展了旧体诗的表现力和审美空间，为旧体诗的当代发展开辟了一条新途，使当代旧体诗创作焕然一新，眼前一亮。"拥抱生活"赋予了王蒙旧体诗鲜明的当代性特征和不朽的生命力，同时，也为当代旧体诗的发展指明了一条坦途。其实，任何一种艺术形式，无不是生活的反映和表现，离开了生活，无论多么完美的艺术形式都最终成为无源之水、无本之木。

王蒙在其内心深处，对诗相当珍视和厚爱。其实，王蒙的诗人本色，不仅表现在他的诗歌创作中，也表现在他的小说中，如他的早期的《春之声》《海的梦》《夜的眼》，以及后来的《歌声好像明媚的春光》《春堤六桥》《秋之雾》等，都是著名的"诗情小说"[3]。其实，就王蒙的整个创作而言，他的小说与诗是相通的，有其内在的关联性。构成王蒙旧体诗的"元素"主要有三：气、情、趣。王蒙最好的旧体诗，以"气"取胜，以"情"取胜，以"趣"取胜。其实，这也正是王蒙旧体诗在当代拥有广泛读者群的原因和它的特色所在。

---

[1] 《用书画解析王蒙诗作——访画家、美术评论家谢春彦》，中国海洋大学新闻网。
[2] 谢春彦：《绘图本王蒙旧体诗集·序》，上海古籍出版社2001年版。
[3] 详细参见温奉桥、李萌羽《王蒙诗情小说刍议》，《东方论坛》2006年第3期。

二 气、情、趣：王蒙旧体诗三维

"气"本属于中国古典文论的重要美学范畴，指气象、气魄、气度、气派、气势等。曹丕早在他的《典论·论文》就中指出："文以气为主。气之清浊有体，不可力强而致。"可见"气"是诗人的才情、气质、识趣、禀赋的一种自然表现形态。诗，特别是旧体诗，与其他文体形式相比，更容易接近、表现诗人的个体品格、主体情怀、识见修养。王蒙的旧体诗与他的小说创作相比，似乎更直接、更立体也更透彻地表现出了他的才华、气质和个性。

王蒙旧体诗中充溢着一种"气势"，一种磅礴大气，浩然正气，回荡着一种大家气象、大家风度。著名文学家宗璞用"天马行空"[①]来形容王蒙的旧体诗的这种气势，是恰如其分的。王蒙10岁时创作的《题画马》："千里追风孰可匹，长途跋涉不觉劳。只因伯乐无从觅，化作神龙上九霄。"说实话，这首诗的思想意识方面未见特异之处，甚至，还透露出某种与诗人年龄不相符的矫情和"腐"气。但是，这首诗同时也透露出了一种与诗人年龄不相符的大"气"象，使整首诗气势雄阔、气魄非凡。从整体而言，这种"气"构成了王蒙旧体诗创作的重要的审美范畴和美学品格。例如，创作于20世纪60年代初的《感遇二首》表达诗人劳动"改造"的决心："肩挑日月添神力，足踏山川闹自然。换骨脱胎知匪浅，决心改造八千年"；《咏天柱山》开头即是："有山名天柱，其势何雄哉。兀然顶天地，不驯逞傲桀。天堕石为鼓，谁来擂拍节？跃跃石如蛙，何处跳天阶？"相当生动传神地写出了天柱山的雄奇景象，一气呵成。自古以来，吟咏、描写天柱山的诗作不胜枚举，但是王蒙的这首《咏天柱山》无疑眼界高远，气势雄伟，气魄宏大。《夏日杂咏五首》之一："夏阳猛似虎，蝉噪如擂鼓。大块火炉红，苍茫海欲煮。岁心甲戌盈，击浪八千亩。我有长生丹，凌风抱月补。"还有他的《西北杂咏六首》《瑞士行七

[①] 宗璞：《天马行空——耳读王蒙旧体诗》，温奉桥编：《多维视野中的王蒙——第一届王蒙文学创作国际学术研讨会论文集》，中国海洋大学出版社2004年版。

首》等，都充溢着这种"气势"之美。王蒙旧体诗中的这种"气"，成了他旧体诗创作的一种底色、主调，成为他诗歌创作的一种氛围，和看不见但又无处不在的一种渗透性的"质素"。即使他的那些描写日常生活起居的诗作，也无不流露出这种阔大和雄奇。

除了这种磅礴的"气势"以外，王蒙的旧体诗，还表现了诗人的一种豪"气"，一种正"气"。这实际是诗人人格力量的外化和表现形式。"邪不压正气，我不避小鼠"（《山居》）；"旧事烟云唯过眼，回眸一笑百结展"（《秋兴》）；"过时雁唳意陶然，心在白云苍狗间。发未萧疏身已旧，文犹酣畅兴初阑"（《七绝七首（一）》）；"无琴亦长啸，有歌更浩然。到此乐观止，性本在丘山"（《山居》）。这些诗作，流露出了一种建立于人生"大道"的无畏乐观、旷达通脱的人生情怀和积极向上、超然豪迈的人格正气。这类诗作中，也流露出诗人的一种光明磊落、不惧不避的阳刚之气。

"情"：自然之情。王蒙前期的诗歌作品，特别是20世纪60年代的创作，清新活泼，纯朴自然，浑然天成，毫无雕饰，洋溢着一种健康向上的民间生活的真情。例如，诗人描写新疆农村生活情景的《即景二首》之一："濯脚渠边听水声，饮茶瓜下爱凉棚。犛牛傲客哞哞里，乳燕多情款款中。"再如描写伊犁生活的诗篇："老汉扬场疾，巴郎催饭忙。不知风正好，晚吃又何妨？"这两首诗相当富有生活气息，表达了诗人对边疆生活的热爱之情，实是一幅边疆生活的风景画、"农家乐"。如果联系当时的时代背景，如果没有一种乐观的心态，是很难写出如此诗篇的。再如"麦苗铺绿草初青，铁树铜枝蕾见红"（《春日杂咏七首·山中（一）》），"蚕豆天然新草绿，杜鹃烂漫嫩茶鲜"（《春日杂咏七首·杭州（一）》）等，都相当清新可爱、活泼自然，毫无矫揉造作，更无"腐"气。同时，王蒙的旧体诗洋溢着浓郁的时代情感，与时代相氤氲相呼吸，努力发掘时代的诗情、诗意，表现改革开放的新时代，新生活，富有时代感。这类诗作，在王蒙的整个诗歌创作中，其数量不算少。例如，《南行十景》，描写了改革开放后城市生活的新气象新变化。而《山居》《夏日即景七首》等，则抒发了诗人面对新时代给农村生活带来的新机遇、新变化的欣喜之情："周末大巴至，村姑叫卖忙"（《山居杂咏十一首·新景点》);"五一黄金假,人流游忘返"(《山居》);"卡拉 OK 嗷嗷叫,农妇欢歌甚解颐"(《夏日即景七首·四》)等。这些诗作,虽是旧体,但却写的是现代之事,今天之景,蓬勃着时代之情。王蒙的这类以纪游为主的诗作,既流露出诗人的山水性情、散淡之情,也富有浓郁的生活热情、时代之情。

还有一类就是诗人抒写自我性情、朋友之情的诗篇。这类诗篇与前面的描写现实生活的作品不同,率性自然,真切感人。王蒙最钟情的诗是"从心灵深处飘出来的诗"[①],所谓"从心灵深处飘出来",即是一种性情、心态、情趣的自然流露,这类诗构成了王蒙旧体诗的重要组成部分,也是王蒙旧体诗中的佳作精品,《山居》是其代表作。"出门百十里,叠嶂有山峦。水库水常绿,山坡山径弯。遍地核桃树,满山花椒田。春来山桃绽,春去楂花鲜。夏至黄杏熟,秋起白梨酸……小院方方正,砖房四五间。核桃院正中,山楂秀而偏。从此乐农家,自动下乡山",既具有陶渊明的诗意之美,又比陶诗更富有人间气、生活气。还有一类是表现友朋之情的诗篇,也是真情感人,例如他的悼念亡友的诗,"故人如落叶,片片凋秋风。昔唱花成海,今悲月似弓。临川恸逝水,望岳闻霜钟。吟罢愁青鸟,沧桑隔世情"(《哀文友八首·哀思》),情感深沉、真挚,寄托着诗人对故友的怀念和哀思。郭沫若说,诗是"命泉上流出来的 Strain,心琴上弹出来的 Melody"[②],王蒙则说是从诗人的心灵深处"飘"出来的。王蒙对"吟安一个字,捻断三茎须"是不以为然的,他不是"苦吟派",更接近"性灵说"。

"趣"是王蒙旧体诗的"生命"和最重要的质素,是王蒙旧体诗深情雅致、精妙深邃最重要的原因,也是构成王蒙旧体诗沉静回味之美的重要因素。"趣"属于中国古代诗学范畴,"趣者,生气与灵机也"。诗之"趣",在"生气",在"灵机","趣"是一种超越文本的审美体悟,而又是可以静观默会的审美存在。在王蒙旧体诗中,"趣"主要表现为"理趣"和"意趣"两种。前者表现为王蒙旧体诗的智性之美;后者则表现

---

① 王蒙:《诗与人》,《王蒙文存》第 16 卷,人民文学出版社 2003 年版,第 1 页。
② 郭沫若:《三叶集》,上海亚东图书馆发行 1920 年版。

为意蕴之丰。王蒙在诗的功能上,强调精神性"共鸣与寄寓"①,在他最好的诗作中,都能够很好地体现这种"共鸣与寄寓",特别是寄寓了诗人对人生的思考、感喟、体悟。这种人生的思考、感喟和体悟,赋予了王蒙旧体诗一种深沉的哲思品格,一种智慧品格和一种超越品格。这也正是王蒙旧体诗的魅力和生命所在。

"理趣"和"意趣"是有区别的。如"行到水穷处,坐看云起时",就是"意趣"之美;而"不识庐山真面目,只缘身在此山中",则是"理趣"之美。王蒙是智者。他的智慧不仅表现在了他的《王蒙自述:我的人生哲学》里,同时,更形象化、审美化地表现在了旧体诗创作中。在中国几千年的诗歌发展史中,"哲理诗"很多,甚至形成某种诗歌流派,但这类所谓"哲理诗"大都太沉迷于"理",有时难免枯燥乏味、板滞僵硬,一幅"教师爷"的面孔。王蒙的这类深含人生之感的诗,"理"与"情"与"景"水乳交融,浑然一体,读来让你"妙悟",让你"会心",让你"拈花一笑"。这种"理"的存在,赋予王蒙旧体诗创作一种特有的"理趣"之美,他的"理"不是玄理,更不是所谓终极之理,不蹈空,不装腔作势,故意吓人,而是来自生活,带着浓郁的生活气息,是对现实人生的一种发现和概括,这样就避免了某些哲理诗的"理过其词,淡乎寡味"的通病。如《夏日杂咏五首》之三:

鱼游何羡我,我乐不思鱼。鱼我两相忘,水天一色如。
悠悠感岁月,历历哀诗书。浩淼心如海,身舟自在浮。

这首诗,化用《庄子》之典,又寄寓了一种更为复杂、更为深沉和更为现代的思绪、意识。既有浓郁的自然之趣,又寄寓了深沉的人生况味,读来让人有所思、有所悟。这种人生的智慧,照亮了王蒙的诗,使之隽永深切,耐人咀嚼。甚至在日常小事中也能时时发现这种智慧之光。如《牌戏》一诗,诗人从司空见惯的打牌游戏中,发现人生之理,人生也就如"牌戏":"诸事无长算,谁能永驻庄?得失皆一笑,

---

① 王蒙:《诗与人》,《王蒙文存》第16卷,人民文学出版社2003年版,第1页。

糊涂更风光。"清代学者沈德潜说，诗"贵有理趣，不贵下理语"[①]。的确，"理趣"是一种更高的境界。王蒙旧体诗的"理趣"，源于诗人对人生的思考、感悟和发现，是一种深邃的哲理与盎然的诗趣相结合的产物。王蒙在《且将故事说浮生》中有一段短小的说明文字，其中一句"喜怒哀乐，酸甜苦辣，得失轻重，祸福险夷，人生固有写不完的文章也"[②]。在《旧作十二首》"说明"中，王蒙说翻检这些"旧作"，"或可一回眸一哭笑也"[③]，其实，这或许是解读王蒙旧体诗的一把钥匙。王蒙旧体诗，特别是这类深富人生哲理的诗作，凝含了诗人建立在丰富人生阅历上的一种体察、一种发现、一种认识。王蒙另一类诗，则充满了"意趣"之美。如《咏蝉八首·五》："蝉公本树仙，薄翼何飘然？知蜕通渊道，无宅任自然。玄机未可语，幽默唯清言。略惹尊听恼，相容应未难"，把"蝉"写的趣味盎然。还有如"浮沉皆一笑，明月落山中"（《草木》）；"往事飘摇成一笑，佳什丽句难寻踪"（《春日杂咏七首·山中（二）》）；"褐叶凋零千树立，红尘绚烂一心存"（《七律五首·风起》）等，则主要表现了一种"意趣"，意味隽永，意趣无穷。读王蒙的旧体诗，会时时令人惊喜，许多精妙的诗句像散落在草丛中的晶莹珍珠，让人惊叹不已。"理趣"和"意趣"构成了王蒙旧体诗最重要的主题意蕴，也是王蒙旧体诗的真正魅力所在。

三　不拘一格与以"我"为主

王蒙的旧体诗创作，在风格上崇尚简约、雅淡、情深，不尚繁富，更不钩奇抉异，不求形似，不事雕琢，往往在白描中见神采，有唐人诗风。而在审美情趣上，则追求"味外之味"，隽永深邃，语淡味厚，富有神韵，同时又闪烁着智慧的光芒，令人沉思，耐人咀嚼，给人启悟。古人云："梅止于酸，盐止于咸，而诗之味常在咸酸之外。"王蒙的旧体诗，

[①] 沈德潜：《清诗别裁集·凡例》，中华书局1975年版。
[②] 王蒙：《且将故事说浮生》，《王蒙文存》第16卷，人民文学出版社2003年版，第304页。
[③] 同上书，第283页。

也大都具有这种复杂的混沌感。《青蛙石》:"青蛙踞山脚,欲跳欲淹留。留去难知命,客将教我否?"再如《五言古诗二题·咏天柱山》:"惊恐迷知性,不知己何在。大雾已弥天,不知山何在。不知柱何在,不知路何在。在在如匪在,不知如不在。"王蒙的这类纪游、写景诗,无不弥漫着一种禅意,一种理趣。从王蒙旧体诗中,可以发现王蒙深受古典诗词特别是陶渊明、孟浩然、王维等山水田园派诗人的影响,就像传统国画中的文人画,以雅致见长,同时又能够博采众家,在风格上既有豪放的一面,也体现了婉约的一面,不拘泥,以"我"为主。而在诗的意识方面,又深受李商隐等人的影响。

王蒙曾说:"'真诗'有一种超越解释学的穿透与征服的力量。"① 众所周知,王蒙相当推崇晚唐诗人李商隐,并在李商隐研究方面,成就斐然,特别是对《锦瑟》的"重组"、重读,更是别有心得,走出了长期以来那种胶柱鼓瑟的书生式的解读法,与那种考证式学院式研究不同,王蒙的李商隐研究走向了一种人性化、审美化和写意化,给人耳目一新之感。事实上,王蒙的这种研究,也影响到他的旧体诗的创作。在王蒙的旧体诗中,似乎总能若隐若现地发现李商隐的影子,当然,这主要的还不是某句诗的化用,而是表现为一种对诗的理解和审美取向,例如那种"混沌美",意趣美,甚至语言美。《明月落山中》景、情、趣融为一体,情深冲淡,境界幽远,的确具有某种"超越解释学的穿透与征服的力量"和不可言说的艺术魅力,这是王蒙旧体诗中最精美雅致的一首。王蒙相当推崇白居易"花非花,雾非雾,夜半来,天明去。来如春梦不多时,去似朝云无觅处……"认为这首词的妙处在于用高度精炼的语言,"传达了一种几乎不是语言可以传达的,叫做不可思议、不可表达的感受"②,这正是中国古典诗词的最高境界,也是王蒙旧体诗有意追求的境界。《明月落山中》是王蒙旧体诗的杰作,字字景语,也是字字情语,更是字字理语。写景、抒情、理趣,浑融一体,意境悠远,思绪缥缈,而通篇又弥漫着一层人生的感喟,真是"传达了一种几乎不是语言可以传达的"

---

① 王蒙:《旧体诗的魅力》,《王蒙文存》第17卷,人民文学出版社2003年版,第40页。
② 同上书,第39页。

感受、意蕴：

> 老来甚贪睡，浑忘春夏冬。已梦北柯去，忽然醒而惊。满窗月光明，满地月光青。
>
> 披衣觅明月，明月落山中。……物物皆有定，事事岂无通？圆月非正圆，迟升避当空。晚月更明亮，天清地更清。中秋只一日，过时月匪盈。月满求自损，损益尽无惊。我望月洁爽，月照我朦胧。遥遥可相对？脉脉宁有情？有情本无意，无情胜多情。皓月无遮蔽，喜极泣从中。不知悲何自，涕泪不可停。……应有天外天，应知东海东。盈虚皆定数，朔望亦持平。中秋何美好，节日有始终。依依赏月罢，明月梦魂中。

这首《明月落山中》，既有王维的空明，李白的清寂，苏轼的怅惘，李商隐的感怀和意趣，而其意境超脱，意蕴遥深。全诗既是透明的，又是朦胧的；既是清晰的，又是模糊的；既是有限的，又是无限的。而在这种透明和朦胧、清晰和模糊、有限和无限之间，回荡和表达的又是现代人的思绪、情感、人生感悟。诗有可解和不可解，但是，王蒙的许多诗却是不必解的，如这首《明月落山中》。语言不是万能的，如果强作解人，任何的条分缕析、明明白白都可能扼杀、谋杀了这首诗，使之毫无生气，了无意趣。这大概也是中国诗歌的一大特色。

王蒙旧体诗，形式上不拘一格，为我所用，大胆创新。旧体诗，之所以"不易学"，一个重要的原因即是对韵律、对仗、平仄等的讲究。说实话，对当代人而言，要做到"戴着镣铐跳舞"并不是一件容易的事，这在一定意义上无形中限制了旧体诗的发展。王蒙自八岁开始读《诗韵合璧》，十岁时熟读、背诵《唐诗三百首》《千家诗》等中国古典诗词，应该说，对旧体诗的那一套"程式"，烂熟于心，驾轻就熟。但是，王蒙的旧体诗创作并没有被这种固定的"程式"所控制，所拘囿，而是有发展、有突破、有创新，很少削足适履，或为文伤情。应该说，在韵律、对仗、平仄方面，王蒙的旧体诗有的相当讲究，如《春雨》一诗："镇日寻诗未有诗，霏霏珠线绐春池。银躯略动梧桐树，秀发轻拂杨柳枝。水冷粼粼杭甬缎,庭湖润润太湖石。小园独步怜曲径,伞重衣湿觅句痴。"整首诗合韵整齐,对仗工稳,相当精致。再如"群山有径腾云意,万景无心走笔痴"(《张家界》);"文海滔滔风浪恶,晴空丽丽路途宽"(《文海往事》)等,也是如此。但是,就整体而言,更多的却是给人一种相当自由舒展、摇曳多姿、毫不拘泥的潇洒率性之感。旧体诗这种固定的"程式"不但不是"镣铐",反而,成为诗人表达情感的一种利器。这大概也是许多人认为王蒙旧体诗好于他的自由体"新诗"的一个原因。就体式而言,王蒙旧体诗所用最多的是律、绝,还有古体和日本俳句等,特别是他的古体诗,如《秋兴》《盛夏杂咏三首》《山居》《明月落山中》等,都取得了极高的成就,是王蒙整个旧体诗创作中的代表作。大概是由于"古体"没有篇幅的限制,与诗人的澎湃诗情、酣畅淋漓的诗风更相吻合、相协调的缘故。但王蒙赋予了"旧体诗"一种开放的新的审美形态。例如,他的五言诗最短的4句20个字,而《山居》一诗,则长达294句,这在古代五言诗中也是少见的。七言诗《秋兴》长达128句。与传统的旧体诗相比,王蒙不追求外在的体式的谨严,不讲究对仗的工稳,尽量不用典,不"掉书袋",更不为了追求所谓的典雅古奥,故意佶屈聱牙,运用生僻难懂字眼,而是,多以日常口语、俚语入诗,不避俗语俗字,反而能够易读好解,自然流畅,朗朗上口。《自嘲打油》《自画像》《七绝七首》《黑马与黑驹》则诙谐幽默,妙趣横生。

任何文体都是一定时代的产物,文体的嬗变也是时代发展的结果。王蒙的旧体诗,确有学习古人的地方,甚至化用古人的诗句。但是,师古不泥古,尊古不媚古,而是古为今用,古为我用。就王蒙旧体诗的内在精神而言,非但不"旧",而是充满了创新意识、创新精神,相当富有现代感,是一种现代"旧体诗",现代的思想、现代的意识、现代的情感。王蒙的旧体诗,正如王蒙其人,以其开阔的胸怀接纳、欣赏大千世界,诗意盎然,诗味浓郁,诗情澎湃。其实,王蒙的旧体诗,实在是他的一种生活形态、生命形式。王蒙曾说,中国古典诗词是一种"规范",有一种"规范"的力量。[1] "规范"既是一种文体成熟稳定的表现,同时

---

[1] 《适我无非新——王蒙与萧风谈古典诗词》,《文艺评论》2004年第1期。

也是一种约束、限制、惰性甚至难以创新的力量,如何在继承的基础上,突破这种"规范"的力量,是当代旧体诗发展中所面临的一个问题,也是旧体诗发展的方向。王蒙说:"中国的诗词是我们整个民族的精神大树,一首诗一首词只是这棵树上的一个叶子或者是一朵花或者是一个小枝。"① 王蒙的旧体诗,是中国传统诗词这棵"精神大树"在新的时代长出的新芽、嫩叶,如何冲破"规范",让这棵千年大树重新枝繁叶茂、生机勃勃,在这方面,王蒙为当代旧体诗的发展和创新提供了有益的参照和启发。

---

① 王蒙、叶嘉莹:《中国传统诗词的感悟》,严家炎、温奉桥主编《王蒙研究》2005 年 10 月号。

第十二讲

王蒙的精神个性与小说创作之关系

陆文夫说，王蒙首先是一个"诗人"。与小说家相比，王蒙的精神个性更接近于王国维所说的"主观的诗人"，这决定了王蒙是一个长于内心表达的作家。但就审美经验而言，王蒙深具历史感的人生阅历和宏阔的生活视界更适合于一个理性叙述的小说家，也就是说，王蒙的精神个性与审美经验、诗人气质与小说家角色之间，存在一定不平衡性，这在一定程度上影响和制约了王蒙对现实的审美方式，也本质性地决定了其小说创作的审美风貌和文本形态。

一 童年记忆与精神个性的形成

早在20世纪50年代，王蒙的创作就表现出了与当时流行小说迥然不同的艺术个性。《组织部来了个年轻人》发表不久，李希凡就指出这部小说弥漫着小布尔乔亚"审美趣味"[1]。李希凡所说的小布尔乔亚"审美趣味"，并非单纯指这部小说所表现出来的审美风格，更指向王蒙的个性气质。王蒙说文学是一种"生命现象"[2]，创作与作家的生命本能、精神气质等个体性因素深层相通，作家的个性气质构成了创作的独特精神徽记。

---

[1] 李希凡：《评〈组织部新来的青年人〉》，《文汇报》1957年2月9日。
[2] 王蒙：《文学三元》，《王蒙文集》第21卷，人民文学出版社2014年版，第167页。

第十二讲　王蒙的精神个性与小说创作之关系　/　147

荣格指出："人的心理是一切科学和艺术赖以产生的母体"①，文本中的任何存在，都是一种高度主观化的存在，都是经过作家心理感受、生命体验整合、重构后的存在，而作家的心理感受和生命体验又深受精神个性的影响和制约，实质上，作家的精神个性在一定程度上是先于创作经验的"前存在"。那么，王蒙的小说创作与他的个性气质之间存在着怎样的联系？只有在审美的意义上，作家的个性才得以最充分体现。在被问及为什么写作时，王蒙的回答是"挽留时间"②，如果联系20世纪50年代初王蒙开始文学创作的时代背景可知，这其实是一种高度自我化的说法，与歌颂时代、表现火热生活之类的流行说法相比，"挽留时间"指向的是一种个体性的生命体验和生命意识。

王蒙自孩童时代即表现出了敏感、聪慧、耽于思索的个性，对许多事物表现出了超常的敏感性，尤其是对时间的流逝、季节的转换等则尤其敏感，因为敏感，所以容易"感伤"：看到春蚕变成蛹和蛾，感到"难过""哀伤"；春天繁花盛开，马上联想到这是"凋零的预兆"；看到夏天的萤火虫和秋天的蟋蟀，联想到生命之须臾；小学二年级时就思考"'我'是从哪儿来，到哪儿去"，对"生命的偶然""死是怎么回事"充满了困惑，第一次看到"月亮"，给幼年王蒙的印象竟然是"寂寞""孤独""神秘"，"无依无靠无道理无来头"③；同时，王蒙很小就表现出了超常的感受力和想象力，两岁时被梦境吓醒，"闻到了秋梨的气息"；三岁夜间听到马匹的吃草声，"似乎闻到了甘草和青草的气息"④。人对外界事物的感知、接受与个性气质有密切关系，王蒙的夫人崔瑞芳说王蒙从小具有文学"天赋之才"⑤，这种"天赋之才"源于其敏感—多思的精神气质。

王蒙敏感、多思的个性究竟由何而来？研究表明，个性是由高级神

---

① [瑞士]荣格：《心理学与文学》，冯川、苏克译，生活·读书·新知三联书店1987年版，第124页。

② 见《王蒙谈自己的写作生涯》，链接http://www.cclycs.com/s349204.html。

③ 王蒙：《王蒙自传》第一部《半生多事》，花城出版社2006年版，第34—36、1—2、29、35、161、160页。

④ 同上。

⑤ 方蕤：《凡生琐记——我与先生王蒙》，长江文艺出版社2008年版，第20页。

经活动的兴奋过程和抑制过程在强度、均衡性和灵活性等方面的不同特点所决定的，是与生俱有且不可更易的，"人的性格是先天组织和人在自己的一生中，特别是在发育时期所处的环境这两方面的产物"①。传记被认为是"认识人类本性最迷人的秘密的机会"②，从《王蒙自传》中我们或可探寻王蒙自我的"起点"。

　　王蒙个性中敏感、感伤的一面，除了先天个体性因素以外，更深层的原因可能是与他童年的生活经历特别是伤害性记忆有关。王蒙自小生活在一个充满纷争的家庭，父母关系极为紧张，"经常发生可怕的争吵"，《活动变人形》中的"热绿豆汤"事件，其实是王蒙童年生活的真实写照。方蕤（即崔瑞芳）在《我的先生王蒙》记录了幼小王蒙"逛棺材铺事件"，因为害怕看到父母吵架，王蒙不喜欢放学就回家，宁愿一个人在马路上闲逛，"七岁时有一次，他漫无目的走在西四牌楼的南北大街上……无聊的他，看到路边的一家棺材铺，顺手推门走进去，看看这口棺材，又看看那口。突然问道：'掌柜的，您的这个棺材多少钱？'店铺掌柜惊讶地看着这个小孩。'你这小兄弟问这个干什么？还不快回家。'王蒙自觉没趣儿，赶紧退了出来"③。方蕤还曾多次提到幼小王蒙充满"惊恐"的眼神，王蒙也多次称"我没有童年"。另外，由于长期营养不良，造成了年幼王蒙"许多方面的低能与发育不良"④"瘦弱""胆小"，从很小就失眠，时常感到"也许离死亡并不是多么遥远"⑤。由此可见，童年留给王蒙的大都是一些创伤性记忆。

　　王蒙的这种与生俱来的敏感个性和童年生活的创伤记忆，在很大程度上影响了王蒙的审美情趣和艺术个性，"童年经验作为先在意向结构对创作产生多方面的影响。一般地说，作家面对生活时的感知方式、情感态度、想象能力、审美倾向和艺术追求等，在很大程度上都受制于它的

---

　　① ［德］恩格斯：《反杜林论》，人民出版社1970年版，第259页。
　　② ［奥］弗洛伊德：《弗洛伊德论美文选》，知识出版社1987年版，第96页。
　　③ 方蕤：《我的先生王蒙》，长江文艺出版社2004年版，第14页。
　　④ 王蒙：《王蒙自传》第一部《半生多事》，花城出版社2006年版，第34—36、1—2、29、35、161、160页。
　　⑤ 同上。

先在意向结构。……整个童年的经验是其先在意向结构的奠基物。"① 王蒙"写一些好的故事"的创作初衷，极其温暖、明朗的色调，乃至某些时候被称为的"光明的尾巴"②，是否可以理解为是对童年创伤性记忆的一种"修复"或补偿？更重要影响还表现为王蒙审美趣味的选择上。王蒙多次谈到《雷雨》中侍萍"我们都老了"这句话，并为之"十分感动"，他还特别喜欢美国电影《往日情怀》的同名主题曲《The Way We Were》："记忆点亮了心灵的一角，那水彩画般的朦胧的回忆，令我想起了往日的情怀。"甚至为一句广告词"The beautiful things in life never change"（生活中的美好事物是永存的）而深深感动，认为这则广告"充满了对于人生的咏叹、抚摸、回味、珍重"③，王蒙也曾多次谈及《史记》"赠绨袍"的故事，特别是须贾的一句"范叔固无恙乎？"更是令王蒙感动不已："我也不知道为什么这么喜欢'无恙'这个词，一说到'无恙'我就特别感动。……这个话听来特别有感情。"④ 王蒙对苏轼充满了激赏，认为苏轼的作品体现了一种"极深沉的美"⑤；王蒙对李商隐的喜爱，更是人所共知，王蒙称李商隐的诗是"一个忧伤的花园"，王蒙对李诗的深情、迷离、寂寞与忧伤的欣赏并不是偶然的，李商隐的诗与王蒙的敏感个性构成了深层契合。

细细察究，王蒙的这些"喜欢"具有一个共同的特点，那就是都充满了某种生命情怀和沧桑感。王蒙的精神气质，决定了他在审美趣味上的自我选择性，王蒙对"沧桑"的敏感，对"沧桑美"的欣赏是其敏感气质的必然流露，表现在其小说创作中就是浓重的怀旧情绪和怀旧主题。

---

① 童庆炳：《作家的童年经验及其对创作的影响》，《文学评论》1993年第4期。[美]菲尔·威廉斯：《一只有光明尾巴的现实主义"蝴蝶"》，刘嘉珍译，《当代文艺思潮》1983年第1期。

② [德]恩格斯：《反杜林论》，人民出版社1970年版，第259页。

③ 王蒙：《美丽围巾的启示》，《王蒙文集》第23卷，人民文学出版社2014年版，第361页。

④ 王蒙：《王蒙文学十讲》，上海文艺出版社2009年版，第3页。

⑤ 王蒙：《影响了我的五十六篇美文·序》，谢有顺主编、王蒙选编：《影响了我的五十六篇美文》，百花文艺出版社2005年版。

二　一个人的"舞蹈":王蒙精神
　　自我与文本呈现方式

作家的精神自我与文学创作之间存在着微妙复杂的关系。心理学表明,精神个性是与生俱有且很难改变的,虽然有时存在因境而异、因时而迁的变化,但整体而言如心理学家所指出的那样:"我们人类在自己的一生当中,可以改变许多,然而却永远还是原来的自己——这一点最让我们惊叹。尽管自我同一性在不断更新、在一切关系领域不断拓展,尽管我们与周遭世界的关联不断变幻,我们的骨子里始终有不变的本色。"①这个"骨子里始终有不变的本色"构成了作家稳定的"自我",恰是在这个意义上,我们更容易理解"风格即人"的论断。作家的"这种不可变的精神个性,将在不自觉的状态中支配着作家的创作,呈现于不同的作品,使之表现出一以贯之的个性侧面"②。作家的气质类型、情感记忆甚至身体素质等个体性因素会深刻影响作家的创作,特别是作家的精神个性则直接影响自我与现实的关系,并最终决定了文本的生成形式和审美形态。

与那些擅长穷形尽相式再现生活的客观型作家不同,王蒙的小说创作带有强烈的抒情性和写意化,即使在那类以叙事为主的作品中,这种主观性也有较明显的表现。王蒙曾明确表示:"我的作品除写新疆的《在伊犁》外,从来没有什么原型,却有生活中某个人物某个事件的启发。写出来以后,人物都是王蒙的创造与想象,他或她已经与启发了王蒙的那个人脱离了关系。脱离了关系却又引起了回想。"③ 王蒙小说的主观性取决于创作主体与现实的关系即作家对现实所采取的审美态度,并从不同层面影响和制约着王蒙小说的文本形态和艺术格调,"在王蒙的写作中,总是有一种东西超出他置身于其中的现实。这多余的某种意念、思

---

① [瑞士] 维蕾娜·卡斯特:《依然故我》,刘沁卉译,国际文化出版公司2006年版,第7页。
② 杨守森:《作家的生命形态与创作个性》,《山东社会科学》1998年第6期。
③ 王蒙:《王蒙自传》第二部《大块文章》,花城出版社2007年版,第83页。

想，某种情绪，经常闪现，或一闪而过，或随意流露，然而，这种东西真正显示了王蒙的敏感性。"[1] 王蒙小说多采用回望式叙事视角和低诉、忧伤的叙述语调，与编织一个传统的经典故事相比，王蒙更擅长表现感觉、意识、意绪、情调、氛围等主观性场域，更喜欢"小说中有散文，小说中有诗"[2]。1953年邵荃麟在读了《青春万岁》书稿后，对王蒙说："你写得真切，你很会写散文"[3]，某些论者把王蒙的小说称为"浸透着诗人气质的散文体小说"[4]，这本质是由王蒙敏感的精神气质和艺术个性所决定的。

王蒙的艺术气质在50年代小说特别是《青春万岁》中得到了较充分体现，王蒙后来创作的许多本质规定性，在这部小说中都有最初的表现。《青春万岁》采用"诗化，梦幻化，温情化，边缘化与自恋化等超现实化"[5]的创作方法，编织了一个浪漫、纯净、欢快、明丽的青春世界，也恰是在这个意义上，《青春万岁》被称为"青春体小说"[6]的代表作。就审美形态而言，《青春万岁》在"生活是多么幸福，生活是多么美好"的主旋律中，仍有某种丝丝的感伤在流淌，在整体清新明快风格中仍流露出某种敏感、忧郁，从而呈现出某种复调结构和复杂性意味，这一点即使在主人公郑波身上也有明显的表现。郑波外表的快乐、明朗难掩内心的声音："童年，童年，黄金般的童年，花朵般的童年，就在这单调的'吧，吧'声中，就在这木然的呆立中度过了呀。"郑波内心的敏感和忧郁与单纯、欢乐的氛围产生了龃龉和不和谐。事实上，王蒙动笔创作这

---

[1] 陈晓明：《"胜过"现实的写作》，温奉桥编：《多维视野中的王蒙——第一届王蒙文学创作国际学术研讨会论文集》，中国海洋大学出版社2004年版，第63页。
[2] 王蒙：《倾听着生活的声息》，《王蒙文集》第23卷，人民文学出版社2014年版，第39、30页。
[3] 王蒙：《祭长者——邵荃麟同志》，《王蒙文集》第16卷，人民文学出版社2014年版，第35页。
[4] 庞守英：《新时期小说文体论》，山东大学出版社2002年版，第59页。
[5] 王蒙：《王蒙自传》第一部《半生多事》，花城出版社2006年版，第34—36、1—2、29、35、161、160页。
[6] 董之林：《论青春体小说——50年代小说艺术类型之一》，《文学评论》1998年第2期。

部小说时,已经感受到"这样一代青年人是难以重复地再现的了"①,年轻的王蒙是在这种略带伤感的怀旧情绪的支配下,创作《青春万岁》的。稍后的《组织部来了个年轻人》在对现实的审美把握上与《青春万岁》相比发生了较大变化,"自我"色彩有所弱化,现实感明显增强,但诸如"三月,天空中纷洒着的似雨非雪""纯净的天空上布满了畏怯的小星星"之类深着王蒙个人色彩的句子,仍可见到,这也许是王蒙将这部小说视为"心语的符码"的原因。但很显然,与"内心深处流出来的散文诗"《冬雨》相比,"自我"在《组织部来了个年轻人》中并未充分展开,这与20世纪50年代中期的社会语境有关,也是这部小说被解读为"干预生活"的原因。

王蒙80年代初创作的《夜的眼》《春之声》《海的梦》《风筝飘带》等,因契合了当时的意识形态主流话语,普遍带有一种明朗润泽色彩,主观性和"自我"色彩也更为强烈,王蒙此时的小说多采用一种心灵化意念结构形式,也即通常所说的"意识流",这种意念结构其实质是自我对现实的"溢出"。王蒙的"意识流"显然并不是纯粹出于小说艺术形式变革的需要,而是有其更深层的必然性,即自我与现实、艺术个性与创作之间的深度契合之需求。王蒙在很大程度上借助80年代思想解放的时代语境实现了一次自我达成,"城市的上空是夜晚的太阳"(《风筝飘带》),"亮得耀眼的,活泼跳跃的却又是朦胧悠远的海波支持着布满青辉的天空,高举着一轮小小的、乳白色的月亮"(《海的梦》)之类洁净、诗意的语言,带有那个时代的鲜明特色。在这类小说中,自我、文本、现实之间保持着较为平衡的张力,形成了小说较为完美的文本形态。就作家对"自我"的"忠实"程度而言,王蒙80年代的小说创作超过了《青春万岁》,更超过了后来的"季节系列",这在王蒙60余年的创作中是一次短暂的"灵光乍现",这也许就是王蒙深情地称为"我的1980年代"②的原因。此外,王蒙还有一类小说如《木箱深处的紫绸花服》《庭

---

① 王蒙:《倾听着生活的声息》,《王蒙文集》第23卷,人民文学出版社2014年版,第30、39页。

② 王蒙:《王蒙自传》第二部《大块文章》,花城出版社2007年版,第86、295页。

院深深》《无言的树》《听海》等,因其晦暗、幽深接近于内心独语,较少被关注;此后的《太原》《秋之雾》《岑寂的花园》,以及晚年的《杏语》《仉仉》《地中海幻想曲》等,在情感基调、艺术风格上与之一脉相承,但更加隐晦幽深,几乎都是一种高度个体性的回忆性文本,甚至具有某种不可通约性。经过略显滞涩沉重的"季节系列"后,王蒙的小说创作重新获得了一种自由感,特别是晚年创作的《仉仉》等小说,叙述风格愈加诡秘、幽深,回荡着一种忧郁甚至悲凉的叙述语调,王蒙从壮年时代的洒脱、开阔,走向一种更深的自我,语言的繁复也被一种单纯和寂寥所代替,自我和文本达到了更高程度的契合,《仉仉》实为王蒙晚年创作的一部艺术精品。王蒙这类带有强烈自我性的小说,更直接、更鲜明地体现了其敏感、细腻和深情的艺术个性,王蒙的"感伤"气质也得到了较为充分的表达,在这类小说中,甚至时常流露出一种鲁迅式的寂寞心态,王蒙变成了一个寂寞的舞者,孤独而深情。

按照荣格的理论,王蒙属于典型内倾型人格,这种气质深刻影响和制约了他对生活的审美把握。王蒙的小说大都格调散淡,不追求艺术上的精准摹刻,用"写意"[①]来概括王蒙的小说,大体符合实际。与自我化和"写意"风格相一致,王蒙小说常采用第一人称的内视角叙述,具有浓郁的抒情色彩和浪漫气质。王蒙的精神气质也同时决定了小说人物的塑造。王蒙笔下的人物都或浓或淡带有作者的"自叙传"成分,如林震(《组织部来了个年轻人》)、陈杲(《夜的眼》)、岳之峰(《春之声》)、缪可言(《海的梦》)、张思远(《蝴蝶》)、钟亦诚(《布礼》)、曹千里(《杂色》)、翁式含(《相见时难》)、周克(《如歌的行板》)、老王(《在伊犁》)、倪藻(《活动变人形》)、钱文("季节系列")等,他们有一个共同特点,内心丰富,敏感,带有某种孤傲和忧郁,具有反省精神,本质是王蒙"自我"散播、投射在人物形象的自然呈现,是王蒙精神气质的必然艺术结晶。

[①] 白烨:《"意"在王蒙》,温奉桥编:《多维视野中的王蒙——第一届王蒙文学创作国际学术研讨会论文集》,中国海洋大学出版社2004年版,第185页。

三 分裂的"自我":王蒙小说创作的另一视角

精神气质的形成,虽主要决定于个体的生物基础,但"在环境影响下,气质维度也会发展、变化。……在一定程度上,社会环境会影响气质特质"①。王蒙说"我的面子永远是快乐的光明的通达的与无限开阔的。里子就不好说"②,王蒙这里所说的"面子""里子",实指其个性气质受时代、环境影响所呈现出的不同侧面。从少年时代的"感伤"到中年"不可救药的乐观主义",实则是社会对王蒙自我的一次别具意义的"改写"。

王蒙曾说:"革命者和作家的矛盾冲突造就了我。"③ 一般意义而言,这显然是王蒙小说独特性的一个重要标志,而从作家自我的角度来理解,则是作家双重自我即社会性自我与本源性自我的矛盾与冲突。王蒙少年时代即参加革命,中华人民共和国成立前夕,年少的王蒙曾佩戴胸标和袖标,配备左轮手枪,散发传单,发动学生参加"护民护城"运动,后来成为共青团干部,参加取缔"一贯道""镇反"等政治运动,这种"少共"经历赋予了王蒙革命者的特殊身份感,强化了他后来创作中的政治立场和"主人"心态。然而,这只是王蒙的社会身份,并非真正个性意义上的自我。王蒙的干部与诗人身份,有时并不能完全谐和,甚至会造成冲突。50年代,王蒙是以新中国第一代作家的身份登上文坛的,理想主义是那一代作家的共同创作心态,"我觉得我们这一代是理想主义者……王蒙能从任何阴暗的地方看出光明来,能从任何看起来非常悲观的地方看出一个积极的、乐观的因素来。这也是他的一个特点"④。革命"主人"的心态,暂时遮蔽、疗救了王蒙童年的心理创伤,王蒙的敏感个性也暂时被革命所"改写",这决定了王蒙小说审美情感和文本形态的某

---

① [波兰]斯特里劳:《气质心理学》,阎军译,辽宁人民出版社1987年版,第348—547页。
② 王蒙:《王蒙自传》第二部《大块文章》,花城出版社2007年版,第86、295页。
③ 王蒙:《王蒙新世纪讲稿》,上海文艺出版社2005年版,第402页。
④ 张贤亮:《经得住研讨的人》,《文学自由谈》2003年第6期。

种复杂性。

作家的精神气质同创作之间的关系，并非一种表层的、直线型的关系。王蒙说："在我痴迷的文学与并非无视也并不对之特别糊涂的现实生活工作之间，有某种不和谐，不搭调，有某种分裂和平衡的难以保持。"① 王蒙道出了文学创作中的一个普遍性问题，即（作家）自我与现实也即个性气质与审美经验的关系问题，表现在创作上，即为自我、现实与文本之关系。根据自我在文本的投射程度，王蒙的小说大体分为三种类型：偏于客观型的小说如《组织部来了个年轻人》《布礼》《最宝贵的》《悠悠寸草心》《山中有历日》《小胡子爱情变奏曲》《奇葩奇葩处处哀》"季节系列"、《这边风景》；客观与自我平衡型：《春之声》《夜的眼》《蝴蝶》《杂色》《生死恋》"在伊犁"系列小说；偏于主观型：除长篇小说《青春万岁》《闷与狂》外，《木箱深处的紫绸花服》《庭院深深》《无言的树》《春堤六桥》《秋之雾》《太原》《岑寂的花园》《杏语》《仉仉》《地中海幻想曲》《女神》等。不同类型的小说呈现出不同的意蕴结构和审美形态。

任何人都无法否定王蒙创作的真诚性，但这种真诚并不完全等同于作家自我，有时与作家的艺术个性并不完全合拍，甚至存在错位。有的论者指出，王蒙的"书写始终与现实构成一种深切的紧张联系"②，这种"紧张关系"本质是文本与自我的关系问题，是由作家的个性气质所决定的，并非创作技巧问题。从自我与文本的平衡程度而言，《蝴蝶》与"在伊犁"系列小说堪称完美。王蒙曾说："一篇成功的小说……往往具备这样一些特点，而且这些特点不是分裂的：它既有直观性，又有思辨性，既有具体性，又有抽象性，既有纪实性，又有寓意性；它好像暗指着什么东西，又不是非常明确的。"③《蝴蝶》就是这样一部既直观又思辨既

---

① 王蒙：《王蒙自传》第一部《半生多事》，花城出版社2006年版，第34—36、1—2、29、35、161、160页。
② 陈晓明：《"胜过"现实的写作》，温奉桥编：《多维视野中的王蒙——第一届王蒙文学创作国际学术研讨会论文集》，中国海洋大学出版社2004年版，第63页。
③ 王蒙：《关于小说的一些特性》，《王蒙文集》第24卷，人民文学出版社2014年版，第192页。

具体又抽象的作品，这一点从小说的开头既已完美体现：

> 北京牌越野汽车在乡村的公路上飞驰。一颠一晃，摇来摆去，车篷里又闷热，真让人昏昏欲睡。发动机的嗡嗡声时而低沉，时而高亢，像一阵阵经久不息的、连绵不断的呻吟。这是痛苦的、含泪的呻吟吗？这是幸福的、满足的呻吟吗？人高兴了，也会呻吟起来的。就像1956年，他带着快满四岁的冬冬去冷食店吃大冰砖，当冬冬咬了一口芳香、甜美、丰腴、而又冰凉爽人的冰砖以后，不是曾经快乐地呻吟过吗？他的那个样子甚至于使爸爸想起了第一次捉到一只老鼠的小猫儿。捉到老鼠的小猫儿，不也是这样自得地呜呜叫吗？

《蝴蝶》甫一问世，立刻被誉为"反思小说"的代表作，在当时反思文学盛行的语境下是一种阅读惯性，然而，"反思"仅仅构成了这部小说的表层文本即显性主题，这部小说的独特之处在于现实与自我即作家个性的完美融合。《蝴蝶》不像《最宝贵的》《悠悠寸草心》等那么"实"，也不像后来的《闷与狂》那么"虚"。[1] 与同时期的《布礼》相比，多了一份隽永和灵动，与《木箱深处的紫绸花服》《庭院深深》等相比，又多了一份与现实的通约性。"在伊犁"与《蝴蝶》在艺术技巧层面差异明显，一个是"意识流"的代表作，一个是典型的"非虚构"小说，但由于它们都深层体现了王蒙的艺术个性，达到了自我、现实、文本的深度契合，因而成为王蒙小说的经典之作。

同时，又必须看到作家的精神气质对创作的影响又是复杂综合的，有的论者指出王蒙小说的"复调性主题"："青春的朝气和新生的喜悦/内心的感伤与惶惑感，革命的激情/日常生活的合理性，集体的事业/个人存在的正当性等二元结构的主题对话成为王蒙小说创作的基本的主题范式"[2]，这

---

[1] 温奉桥：《隐喻的迷思——〈蝴蝶〉新论》，《中国现代文学研究丛刊》2015年第4期。
[2] 孙先科：《复调性主题与对话性文体——王蒙小说创作从〈青春万岁〉到"季节系列"的一条主脉》，《福建师范大学学报》2006年第2期。

客观上道出了王蒙个性气质、创作风格的某种分裂性和不平衡性。"复调"并非一种文本策略,更是个性气质矛盾冲突的必然结果。王蒙小说文本形态的诸多特点,是由这种分裂性和不平衡性造成的。王蒙对倾注十年心血的"季节系列"十分看重,但是文坛反应较为平淡,这其中有复杂的社会文化原因,但就创作个性与文本的契合程度而言,"季节系列"的被"冷遇",也并非完全没有道理。其实早在80年代中后期,王蒙就创作了一类风格稍显怪异的小说,如《冬天的话题》《来劲》《一嚏千娇》《球星奇遇记》《满涨的靓汤》等,这类小说与"季节系列"本质属于同类小说,即自我的隐匿和现实的溢出。如果联系"季节系列"创作语境,就会发现小说中所有现实性的"所指"都被放逐,作家自我完全隐匿于现实之后,成为文本深处的潜隐性存在,而文本在一定意义上则变成了语言的乌托邦和游戏场。在"季节系列"中,王蒙表现出了一种奇特强烈"说话"冲动,这部规模庞大具有史诗性质的小说"几乎没有旨在构筑完整的'实感世界'和情节故事的叙述,几乎没有假设隐含作者不在场时故事情节按照自身逻辑的推进,所有故事的发展都伴随着说话人滔滔不绝的讲述、议论、感叹、抒发——'说话'"[1]。恰如有的学者所指出的那样:"王蒙创作'季节'系列长篇小说时,对于'说话'的沉迷已让他顾不得叙述了,故事、情节都变得无关紧要,只有王蒙站在一个个小说人物背后兴致勃勃地说着。这当然也是文体创新的一种,甚至可以说是抒情话语在九十年代的延伸与强化,但显然,为消费主义意识形态改过的九十年代的读者不再那么需要以议论、抒情等修辞形式为表征的抒情话语,'季节系列'的遇冷也是情理之中了,尽管这并不是作家所愿意看到的。"[2] 自我的隐匿和"说话的精神"构成了这部小说奇特的叙述风格。然而,隐匿并非自我的完全丧失,语言游戏的背后隐含着作家深沉的无以言表的无奈。所以,"季节系列"表面的语言"狂欢"掩藏着深刻的失望和凉意,语言的狂欢变成了情感的掩饰物、障眼

---

[1] 郜元宝:《当蝴蝶飞舞时——王蒙创作的几个阶段与方面》,《当代作家评论》2007年第2期。

[2] 岳雯:《抒情话语与八十年代小说家的命运》,《小说评论》2014年第4期。

法。所谓"狂欢"乃是一种激情的表达，是作家按捺不住的自我，本质上是一种激情叙述，狂欢的后面是深刻的孤独，众声喧哗的后面是独语。

就文本形态和审美风格而言，《闷与狂》是王蒙个性气质最激烈的一次呈现。狂放奇特的想象，神秘怪诞的意象，以及高度自我化的语言，都整体性地挑战了传统长篇小说的可能性，"我要写的是'向内转'的感觉与印象"[1]。与"季节系列"相比，《闷与狂》在一定程度上走向了另一极端。《闷与狂》体现了王蒙"反小说的方法"：故事、情节完全虚化为某种背景，感觉构成了这部小说唯一的实在，小说中充满了"秋千……剧烈地旋转，四面都是太阳"这类高度主观化的语言，甚至人物蜕化成了"你"与"我"。将一部近30万字的小说完全建立在感觉、印象之上，在艺术上有极大的难度，大量的内心独白以及"我"—"你"的潜对话，一方面增强了小说的深邃性和自由感，也同时增加了小说理解的难度。《闷与狂》是王蒙文学自我的一次"变异"回归。[2]

创作本质是一种妥协，既需要与意识形态有时也需要与大众审美习惯等妥协，在一定意义上，文本是一种妥协的产物。就王蒙小说创作整体而言，其个性气质与审美经验完美融凝时，其创作就会显出统一的美学风格，反之，则呈现出复杂的审美形态。王蒙小说的"杂色"风格，既体现了其开放多元的审美趣味，也包含了更为复杂的社会文化内涵。

---

[1] 王蒙：《2013年盘点》，《新民晚报》2013年12月13日。
[2] 温奉桥：《感觉的狂欢——〈闷与狂〉散论》，《中国现代文学研究丛刊》2015年第10期。

第十三讲

《蝴蝶》三读

在王蒙的小说创作中，《蝴蝶》（《十月》1980年第4期）无疑是一部别具意味和旨趣的小说，这部小说自发表迄今，已近40年，但其深沉隽永的美学意蕴并没有随着时间的流逝而有丝毫衰减，反而，经过时间的汰洗和沉淀，愈益醇厚。毫无疑问，《蝴蝶》的艺术魅力源于其浓郁的哲学意味和独特的寓言性质，这部小说不但旨意隽永，而且在艺术上灵光飞动，具有一种哲理和诗意的光辉。在绝大多数"反思小说"早已被读者普遍遗忘的今天，《蝴蝶》仍鲜活地存在于人们的阅读中，仍然显示了强大的艺术生命力，这是一部仍然活着的小说。今天，重读这部小说，或许会给我们带来新的发现。

一 一个多重的文本

自20世纪80年代以来，人们习惯于把《蝴蝶》与《布礼》《夜的眼》《春之声》《风筝飘带》《海的梦》并称为王蒙意识流小说的"老六篇"，特别是《蝴蝶》与《布礼》更是成为当代意识流小说的"双子座"。然而，人们更感兴趣的是"意识流"，而不是作品本身，"意识流"的标签遮蔽了对这部小说深层解读的可能，因此，在一定意义上来说，《蝴蝶》又是一部被严重低估甚至被牺牲掉了的作品。事实上，《蝴蝶》不仅是王蒙最重要的作品之一，也是20世纪80年代中国小说的重要收获，是中国当代文学不可多得的艺术精品。

王蒙"复出"后乃至整个80年代的小说创作，就现实与写作关系而言大体呈现出三种形态：一是现实层面的写作，即小说与现实具有直接统一性，如《最宝贵的》《悠悠寸草心》《夜的眼》《春之声》等；第二类是历史—文化层面的写作，如《活动变人形》《相见时难》《坚硬的稀粥》等；第三类则是哲学意味的写作，如《蝴蝶》《杂色》《海的梦》等，而这一类作品虽然并不能完全排除"现实"层面的内容，但从整体看，写作主体已经完成了对具体历史事件的超越，从而具有了某种抽象的审美品格。如果王蒙的小说只有前两类而没有那些别具意味的超现实性写作，那么王蒙对中国当代小说的影响力将会受到影响。王蒙曾说："一篇成功的小说……往往具备这样一些特点，而且这些特点不是分裂的：它既有直观性，又有思辨性，既有具体性，又有抽象性，既有纪实性，又有寓意性；它好像暗指着什么东西，又不是非常明确的。"[1]《蝴蝶》就是这样一部既直观又思辨，既具体又抽象的作品，这或许正是这部小说引发歧义的原因，更是这部小说的魅力所在。任何一部好的小说，其意义都不是单向度的，《蝴蝶》同样如此。

　　同为意识流小说的典范作品，为什么抱怨《蝴蝶》读不懂的人很多，而抱怨《布礼》的却几乎没有？不必讳言，与《蝴蝶》相比，《布礼》不但在艺术技巧上"稍嫌生涩，不无夹生"[2]，最关键的是在旨趣意蕴方面，《布礼》则略嫌辞气浮露，意味淡薄。谈到《蝴蝶》和《布礼》，还有一个小插曲：1980年全国第一届（1979—1980）中篇小说奖评奖时，《蝴蝶》和《布礼》同时入围，因为一个作家只允许一部作品获奖，究竟是奖给《蝴蝶》还是《布礼》，争执不下，于是有人征询作者王蒙的意见，王蒙说，那就奖给《蝴蝶》吧，以至于引起发表《布礼》的杂志主编秦兆阳的不快。[3] 这是一个有趣的故事。虽然王蒙十分清楚，一些高层领导是十分喜欢乃至激赏《布礼》的，但王蒙还是坚持奖给《蝴蝶》，从这一细节来看，王蒙对《蝴蝶》是怀有偏爱的。那么，王蒙究竟"偏爱"《蝴蝶》什么呢？

---

[1] 王蒙：《关于小说的一些特性》，《王蒙文存》第19卷，人民文学出版社2003年版，第185页。

[2] 王蒙：《大块文章》，花城出版社2007年版，第92页。

[3] 同上书，第44页。

著名作家严文井在读过《海的梦》后，曾给作者王蒙写了一封信："可以称为文学作品的作品，在我们这里至少也有二三十年不大能见到，以至人们对它们很不习惯，甚至连一些'作家'见了它们也觉得怪。"[①]严文井所说的"不习惯"又何尝不适用于《蝴蝶》呢？如果这部小说的主题和内涵真的像有些评论家所说的"不要忘记人民"[②]这么明确和坚定的话，还有什么"不习惯"和读不懂呢？如果一定要把《蝴蝶》称为"反思小说"的话，那么，这里的"反思"也与一般文学史意义上的"反思"有很大不同，《蝴蝶》反思的不仅仅是干群关系等表象问题，更是对知识分子命运、对自我乃至对人之普遍性生存境遇的反思。有的论者指出，《蝴蝶》与《围城》主旨相通，讲述的都是"现代中国人寻求精神家园的故事"[③]，这一说法不无道理，其实还有一部小说，在主旨上也与《蝴蝶》相通，那就是贾平凹的《废都》，主人公干脆就叫"庄之蝶"，从精神谱系而言，《围城》《蝴蝶》《废都》属于同类小说，方鸿渐、张思远、庄之蝶构成了20世纪中国知识分子的精神历程。

《蝴蝶》是一个具有多重意义结构的文本，是一部具有多重意蕴的小说，重构历史的想象构成了这部小说的表层文本，也即显主题。《蝴蝶》甫一问世，立刻被读者誉为"反思小说"的代表作，在当时反思文学盛行的语境下，这是一种阅读惯性，熟悉王蒙创作的人都知道，反思领导干部与人民群众的关系，的确构成了王蒙"复出"后小说创作的一个重要主题，《最宝贵的》《悠悠寸草心》等莫不如此，这两部小说之分获1978年、1979年全国优秀短篇小说奖，也许与这种重构历史想象的主题不无关系。反思，本质上表现了作者一种重构历史信仰的努力，之于70年代末80年代初的中国文学而言，这是一个时代主题，客观上，《蝴蝶》

---

① 严文井：《给王蒙同志的信》，宋炳辉、张毅编：《王蒙研究资料》（上），天津人民出版社2009年版，第328页。

② 章子仲：《〈蝴蝶〉的巧思——读王蒙作品札记》，崔建飞编：《王蒙作品评论集萃》，中国海洋大学出版社2003年版，第272页。

③ 赵一凡：《老庄的诱惑：从鲁迅到王蒙》，温奉桥主编：《老庄的流韵——王蒙与道家文化》，安徽教育出版社2011年版，第16页。

也同样表现了这一主题。在这部小说中，通过张思远与海云、美兰、秋文三个女性的关系，完成了对个人命运和共和国历史的反思，这正是这部小说的"巧思"，这三个不同的女性，分别代表了张思远三个不同的历史时期，她们分别见证了三个不同的张思远——年轻的"老革命"张副主任、"右派"张书记、农民老张头。在这个层面上，无论是对个人还是历史，反思的主题是十分明显的。事实上，在这部小说发表之初，王蒙不多的对《蝴蝶》的阐释也基本是沿着这一思路展开的：《蝴蝶》"用有限的形式大跨度地来思考我们的历史，思考我们的现实，思考我们的城市、乡村"[①]。几乎所有关于《蝴蝶》的解读和评论，都是沿着重构历史的想象展开的，不需再赘述。

　　细心的读者会发现，在王蒙新时期小说创作中，《蝴蝶》是最早翻译介绍到国外，也是翻译语种最多的中国当代小说之一，自1981年日本学者相浦杲把它翻译成日文，《蝴蝶》先后被翻译成了法、俄、英、匈牙利、德、泰等多国文字，产生了广泛的世界性影响，为中国新时期小说赢得了最初的声誉，"如此多种译本的《蝴蝶》，也足见王蒙《蝴蝶》的影响力"[②]。那么，这部小说为何得到了世界读者的认可和喜爱呢？难道真的像我们所认为的那样《蝴蝶》仅仅是一个反思性小说？通篇看，《蝴蝶》所写特别是主人公张思远所见所感所思都是现实层面的，甚至不无尖刻的讽刺和批判，也充满了某种自嘲的味道，然而，这部作品的真正旨趣，绝不止于此。王蒙后来曾说《蝴蝶》："既和庄子有某种关系，也和李商隐的那种'此情可待成追忆，只是当时已惘然'的情调有关。"[③] 在这里，王蒙谈到了庄子和李商隐，谈到了"情调"，这其实正是这部小说的独特之处，也就是说，《蝴蝶》除了故事、主题等表层外，还有情调、旨趣等超文本的东西在里面，具有一种不可叙说性。透过故事，《蝴蝶》还写出了一种更深层的内蕴或意味，这构成了

[①] 王蒙：《在探索的道路上》，《王蒙文存》第19卷，人民文学出版社2003年版，第38页。

[②] 同上。

[③] 王蒙、宋炳辉：《只要能用得上的，我都不拒绝——王蒙先生访谈》，宋炳辉、张毅编：《王蒙研究资料》（上），天津人民出版社2009年版，第15页。

这部小说的潜文本，在当时充满了激愤、控诉和涕泪飘零的文学场域中，情调、旨趣等还是十分陌生、奢侈的文学质素。这也许就是人们抱怨"不习惯"的原因。如果仅仅把这个故事解读为反思老干部与人民的关系，那么，这部小说的艺术魅力将会大大降低，再者，而这一主题与"蝴蝶"的命意也大大相违，其实，只要多读几遍，还是能够读出其中的"味"来的。

二 何为"蝴蝶"？

在《蝴蝶》发表30年后，王蒙再一次谈到了《蝴蝶》："我重视的不再是是否重用马屁精或官复原职后是否脱离群众这样的具体问题，而是在天旋地转，天堂地狱般的演变中个人的良心、操守、情感与灵魂的拷问。"[①] 王蒙的这一说法与之前的有所不同，由此可知，王蒙把反思党与人民关系仅仅看作这部小说的"具体问题"，与这一"具体问题"相比，王蒙更感兴趣的是"个人的良心、操守、情感与灵魂的拷问"，这事实上构成了小说的又一个层面，在这部小说中，不但有"灵魂的拷问"，还有诸如对人生如梦命运无常的感悟、迷离和叹息，同时小说也明确地指向一种普遍性的人生境遇，而这种境遇并不是张思远所独有的，而是一种普遍性的生命体悟。在一定意义上，《蝴蝶》借老干部张思远回乡的故事外壳，其深层表达的却是一个与"老干部""人民"等无甚关联的主题，王蒙曾指出"《蝴蝶》里头有些很抽象的概括"[②]。那么，王蒙所说的"很抽象的概括"指的又是什么呢？显然不是指对领导干部与人民群众的关系这一显性主题，要找到问题的答案，我们不得不从小说的题目"蝴蝶"入手。

王蒙对"蝴蝶"的喜爱是人所共知的，他曾多次以"蝴蝶"自喻："我作为小说家就像一个大蝴蝶。你扣住我的头，却扣不住腰。你抓住

---

① 王蒙：《大块文章》，花城出版社2007年版，第83页。
② 王蒙：《在探索的道路上》，《王蒙文存》第19卷，人民文学出版社2003年版，第38页。

腿，却抓不着翅膀。"①丹麦著名文学评论家勃兰兑斯曾把诗人海涅比喻成一只"羚羊"②，因为海涅神采风流，诗风飘逸，而无论是王蒙的"蝴蝶"还是勃兰兑斯的"羚羊"的说法，都充满了诗意。更重要的是，"蝴蝶"在中国文化中是一个别具意味的符号，是某种精神和心灵自由的象征，而在古希腊，"蝴蝶"和"心灵"是同一个词"psyche"。自"庄生梦蝶"起，"蝴蝶"就成为一个极富诗意的意象，轻盈、美丽、自由、灵动，同时，"蝴蝶"又是一个极为知识分子化的清雅意象，宋代张孝祥曾有"蝉蜕尘埃外，蝶梦水云乡"的诗句，而产生于六朝的《梁山伯与祝英台》以及《搜神记》中韩凭夫妇化蝶的故事，则进一步强化了"蝴蝶"之"自由"内涵，当然，这里的"蝴蝶"与鲁迅所说的"鸳鸯蝴蝶派"中的"蝴蝶"含义并不相同，后者或与宋词"蝶恋花"、元曲"粉蝶儿"中的"蝶"近似，是一种情爱缠绵的象征。

　　王蒙认为"庄生梦蝶"是《庄子》中"最潇洒、最凄美"③的故事。如果从"蝴蝶"这一意象入手，我们就能够超越小说的表层文本，从而进入小说的内部，因为小说的显主题——重构历史的想象，与"蝴蝶"的命名毫无关联，但如果从隐喻的视角，联系张思远跌宕变幻的人生命运，那么，则与"庄生梦蝶"的故事构成了深层相通，也就是说，在对"自由"的向往以及对生命之"异化"的深层感悟方面，张思远与庄生互为指涉。莫言曾说："没有象征和寓意的小说是清汤寡水"，此言甚是，但同时应该看到，并不是所有小说都达到了象征的层面，而在当代作家中，王蒙在善于运用象征方面，确是高手，《杂色》《坚硬的稀粥》《活动变人形》《青狐》等莫不如此。沿着象征的思路，我们或许不难体味到这部小说的哲学意味。

　　美国学者伯顿·华特森认为，自由构成了《庄子》的"核心问题"，这同样体现在"庄生梦蝶"的意趣中："昔者庄周梦为蝴蝶，栩栩然蝴蝶

---

① 王蒙：《蝴蝶为什么得意》，《王蒙文存》第21卷，人民文学出版社2003年版，第96—97页。

② 《1989—1994文学回忆录》（下册），木心讲述，陈丹青笔录，广西师范大学出版社2013年版，第618页。

③ 王蒙：《庄子的享受》，安徽教育出版社2010年版，第150页。

也，自喻适志与!"恰恰是在"自由"的层面上，《蝴蝶》建构了这部小说的哲学内涵，从而也完成了与"蝴蝶"这一命名的高度融通。从这个意义上，《蝴蝶》是一部具有高度象征意味的小说。

"蝴蝶"在这部小说中，既是一个意象隐喻，也构成了这部小说的情节隐喻。从小说文本看，直接写到"蝴蝶"的地方并不是很多：一是"山村"一节，描写张思远回到山村时的轻松心情："他真希望自己变成一只蝴蝶，从积雪的山峰飞向流水叮咚的山谷，从茂密的野果林飞到梯田。"二是"上路"一节，张思远终于暂时摆脱了"张副部长"的烦琐和羁绊，带着希望和期冀踏上了开往山村的火车："张思远睁开眼睛，阳光洒满车厢。风吹动了他花白的头发。有人打开了车窗。他轻松而自由。我又是一只蝴蝶了吗?"特别是这个"又"字大有含义。因为张思远在"文化大革命"时期，第一次被发配到了小山村，从"张书记"变成了"老张头"，而恰恰是在这里，张思远第一次完成了自我发现：

> 在登山的时候，他发现自己的腿，多年来，他从来没有注意过自己的腿。在帮助农民扬场的时候，他发现了自己的双臂。在挑水的时候他发现了肩。在背背篓子的时候他发现了自己的背和腰。在劳动间隙，扶着锄把、伸长了脖子看着公路上扬起大片尘土的小汽车的时候，他发现了自己的眼睛。

张思远甚至第一次发现自己是一个"有点魅力的男人"，在这里，王蒙强调的是张思远的自我"发现"，发现即确证，而人只有在自由意志中才能完成自我的发现和确证。相对于第一次的自我发现，张思远的这次"重返"山村，则有点"鸳梦重温"的味道，他内心深处所寻找的"魂"，其实是一种生命自由的状态。

为了突出自由这一主题，小说设置了山村、城市两组完全对立性的意象。小说在描写乡村的时候使用了大量充满自然和自由感的意象：草堆、树木、绿叶、雨丝、池塘、田野；而当张思远回到北京，呈现出的则是镶木地板、大吊灯、秘书、司机。当张思远对秋文谈到自己在北京的工作时说："我的脖子上套着拥脖，我还得拉套，有时候还要驾辕。"

"必须像牛一样地、像拖拉机一样地工作",在这里,张思远用了"拥脖""拉套""驾辕"特别是"牛"和"拖拉机",都是一些沉重且略带压抑的意象。张思远从归乡到回城,时空的转换带来的是两种完全不同的感受和体验,小说的超越性意义的生成,在一定意义上也源于小说的这种归来-离去的结构。但是细读文本,我们会发现对于"归来"的描写相对简单和模糊,而对于"离去"则篇幅较长。"归来"是寻找、是希望,而"离去"则是失望、是未合目的性的悖谬。就文本呈现出来的客观效果而言,凸显的是对自由的向往。

正如米兰·昆德拉所指出的那样"任何时代的所有小说都关注自我之谜"①,《蝴蝶》同样如此。有的论者认为小说中描写张思远"他丢了魂?他找到了魂"中的"魂"指的是"人民"或干部与群众的关系,这似有牵强,因为它所写的其实是人的灵魂与现实的冲突和矛盾,也可以说是一种自我的异化,在一定程度上,《蝴蝶》是中国新时期文学的《变形记》。泰国公主诗琳通所指出的:"这部小说的出色之处在于……表现了实际生活中人们认识自我、接受自我以及理想与现实冲突时产生的困惑、迷茫等人性的普遍问题。"②王蒙在这部小说中完成了对现代人普遍性生命境遇的一种高度抽象把握,具有浓郁的现代性艺术旨趣。

三 "光明的尾巴"与"寻找的悲歌"

"蝴蝶"就一定是自由的吗?"什么是梦,什么是醒,谁又解说得出来?……人生的过程当中,命运的起落当中,恰恰有令人闹不清身为何物,身在何处之感:舒服了不像你自己,像是在梦蝶,不舒服了呢?就一定是你自己吗?不会一觉醒来,己与人都面目全非了吗?"③ 也许《蝴

---

① [捷克]米兰·昆德拉:《小说的艺术》,董强译,上海译文出版社2004年版,第29页。
② [泰]诗琳通:《〈蝴蝶〉泰文版序言》,崔建飞编:《王蒙作品评论集萃》,中国海洋大学出版社2003年版,第269页。
③ 王蒙:《庄子的享受》,安徽教育出版社2010年版,第150页。

蝶》的魅力正源于这种庄子式的迷思和悖论。我们对这部小说的解读进入第三个层面。

20世纪70年代末茹志鹃的《剪辑错了的故事》的出现，标志着现代主义小说在中国沉寂了几十年后再度兴起，然而，就表达的意蕴和意味而言，《蝴蝶》则更具现代感，《蝴蝶》借助了一个典型的中国故事，表达的却是一种普遍的现代性体验。《蝴蝶》与宗璞同时期小说《我是谁》表达了相近的主题：对自我和生命的叩问，只不过前者运用了寓言的形式，后者则较为直白。《蝴蝶》第三节"变异"第一句话便是："处境和人，这二者的关系是怎样的呢？""位置，位置，位置好像比人还重要。"让我们再回到小说自身。小说通篇暗含"庄生梦蝶"的故事，但是只有到了"山村"一节，王蒙才正面描写到：

> 庄生梦见自己变成了蝴蝶，轻盈地飞来飞去。醒了以后，倒弄不清自身为何物。庄生是醒，蝴蝶是梦吗？抑或蝴蝶是醒，庄生是梦？他是庄生，梦中化作一只蝴蝶吗？还是他干脆就是一只蝴蝶，只是由于做梦才把自己认做一个人，一个庄生呢？

王蒙说，这是一个有趣的故事，也是一个"悲凉"的故事，为何"悲凉"呢？因为这个故事透露出来的其实是一种无奈，一种悖论，唯其不自由，才做了一个关于自由的梦。在谈到《蝴蝶》创作"缘起"时，王蒙坦言，1979年末或1980年初，王蒙重回新疆，在与维吾尔族诗人铁依甫江"坐在舒适的五座北京牌吉普车上，快速地沿着公路行走。我感从中来，悲从中来。想到了时代的变异与命运的浮沉，你是蝴蝶还是庄子？你是人五人六还是另册贱民？你会不会忘掉了自己是老几？这就是小说《蝴蝶》的由来。……这里我的关注中心仍然是领导干部，是洋洋得意过、狼狈不堪过、反思省悟过却也积习难改的革命——掌权者。然而，它不只是针对某一点的讽喻，不再是旁敲侧击，而是钻到心里的自问。这是远在西方什么后现代搞的identity crisis（认同危机）成了一个时髦名词以前。这样一个弄不清自己的身份的危机不是来自全球化对于民族与个人性的冲击，而是来自历史规定的个人角色的不确定性、起伏性、突变性乃至偶然性"①。在这里，王蒙提到了"身份危机"（identity crisis）的概念，而"身份危机"正是现代主义小说最经常表达的主题之一。"身份危机"本是一心理学概念，最早由美国心理学家埃里克森（Erik Erikson）在其《身份：青春和危机》一书中提出，特指青少年在成长过程中获取和建构"本我"身份的失败，后来这一心理学概念逐渐演化为现代主义哲学概念，身份危机已成为现代人的普遍境遇。王蒙后来再次谈到庄生梦蝶的故事时指出，这个故事包含了对自我身份"追问"的意思②，而事实上，原早在这之前，《蝴蝶》就出色表现了这一主题。《蝴蝶》一开头就写道：

> 那个坐在吉姆牌轿车、穿过街灯明亮、两旁都是高楼大厦的市中心的大街的张思远副部长，和那个背着一篓子羊粪，屈背弯腰，咬着牙行走在山间的崎岖小路上的"老张头"，是一个人吗？他是"老张头"，却突然变成了张副部长吗？他是张副部长，却突然变成了"老张头"吗？这真是一个有趣的问题。抑或他既不是张副部长也不是老张头，而只是他张思远自己？除去了张副部长和老张头，张思远三个字又余下了多少东西呢？副部长和老张头，这是意义重大的吗？决定一切的吗？这是无聊的吗？不值得多想的吗？

张思远的反复追问，表现了即自我认同感的焦虑，这种焦虑表面源于张思远对自己几十年跌宕起伏、毫无自主性人生的茫然和困惑，而深层则是对自我的极度不信任感和不确定性。张思远之所以再次回到小山村，其实质是对"自我"的寻找，张思远的"回乡"，具有某种强烈的仪式感，他既是一次精神的回乡，更是一次永远的告别，他知道其实永远都无法抵达那个精神的家园，从小说文本看，张思远看似找到了他要寻

---

① 王蒙：《大块文章》，花城出版社2007年版，第82页。
② 王蒙：《与庄共舞：人生的自救之道》，生活·读书·新知三联书店2014年版，第146页。

找的东西，他变得像蝴蝶一样自由和清新，然而，无论是秋文还是冬冬，都拒绝了他的一厢情愿。在这个意义上，《蝴蝶》是一个寻找自我及其失败的故事，是一出"寻找的悲歌"。

王蒙在《蝴蝶》这部小说中，借助了老干部张思远这一形象，而其真正思考的却是关于人之生存悖论和身份认同的普遍性命题。以小说中人物关系来说，张思远与海云、冬冬、美兰、秋文的关系，都是一种永远隔膜和不可理解，张思远误以为秋文是他理想的伴侣，然而，事实却是秋文对"部长夫人"的位置毫不感兴趣，无论是自我之间还是人与人之间，普遍性存在裂缝和悖论，这并不仅仅是"异化"，而是生存的普遍性境遇，是一种生命本质性的悖论。当张思远恢复工作、成了张副部长后，小说写道：

> 他常常回忆在山村的张老头的生活。他有时候自问，可能不可能有另一个张思远，另一个自身，即那个被唤作老张头的我仍然生活在那个遥远的、美丽的、多雨又多雪、多树又多草、多鸟又多蜂蝶的山村呢？当他低头踏进吉姆车的时候，那个老张头不正在鸟鸣中上山拾柴吗？当他在会议上发言，拉长了啊——啊——啊——的声音的时候，那个老张头不正在地头和歇憩的农民、农妇们说笑话吗？……当张副部长出席一个招待外宾的宴会的时候，当他衣着整齐、彬彬有礼地为外宾布菜的时候，当五星啤酒和北冰洋汽水、通化红葡萄酒和贵州茅台、崂山矿泉水和绍兴黄酒被任意选用、任意啜饮的时候，另一个"我"不正在烟气未尽的石板小屋里，在煤油灯的光焰照耀下，在热烘烘的锅灶旁边，在钉得一条腿有点歪斜的小板凳上，端着山区人民喜爱的粗瓷大海碗，就着老腌咸菜，大口大口地喝着暖人心脾的、掺杂着诱人的红小豆、白芸豆、绿豆和豇豆的浓浓的苞谷糁子粥吗？

当张思远变成了老张头生活在小山村时，他日夜等待着这一天的到来，甚至听到要到省委组织部报道的消息时，张思远立即"想起了昨天，想起了他有过的司机和秘书们，想起了他的党龄和职位"。且连说话的声音不由自主地立即拉长了，而当他再一次看见市委书记办公室里那镶木地板和白晃晃的大吊灯时，他竟"热泪盈眶"了。也就是说，张思远虽然在小山村，但他无时不在等待着召唤，随时准备着再次成为张书记或张××，当是老张头时想成为张书记，当成了张副部长时又念念不忘老张头，这难道不是悖论吗？张思远总是在渴望成为"非自己"。存在主义哲学家克尔凯郭尔曾把"不知有自我、不愿成为自我、不能成为自我"称为人生三大"绝望"。在这里，张思远无论是张副部长还是老张头，他都"不愿成为自我"。

前面我们谈到，张思远来到山村后的一系列"发现"，悖论之处在于张思远的那些所有"发现"都是在成了"白丁"以后，小说特别强调了张思远的"白丁"身份："他是作为'白丁'来到山村的。没有官衔，没有权，没有美名或者恶名，除了赤条条的他自己以外什么都没有。"当张思远几乎失去一切的时候，他"发现"了自我，这也是人生的悖论之一种。还有，王蒙多次写到村头的那两块大石头"没有丝毫变化"，村头的老杏树也是"和四年前一样"，这里突出的是"恒常"，而整部小说特别是对张思远的描写突出的则是"变"：小石头、张指导员、张书记、老张头、张副部长，张思远的"变"与村头大石头、老杏树的"恒"，构成了一对悖论关系。

小说的关键之处，还不在于王蒙写了这么多的悖论，而是对悖论的超越。小说对于"蝴蝶"的最重要的描写出现在小说的结尾：张思远探访山村归来，"找到了魂"，回到家里，"洗过澡以后人轻盈得就像蝴蝶"。"蝴蝶"都是自由的象征，"洗澡"后的张思远感觉自己轻盈如"蝴蝶"，则更是充满了隐喻意味，"洗澡"在这里也许具有更多的象征性，至此，张思远才真正完成了"化蛹为蝶"的蜕变。库布勒·罗斯在《生命之轮》中描述了人的"濒死五部曲"，其中最后一个环节，是"蝴蝶飞起来了"，象征某种解放感和与生活的和解，即获得"新生"，而"蝴蝶"几乎同样的象征意义也出现在埃本·亚历山大《天堂的证据》一书中。[1] 美国学者爱莲心指出，在西方文化中，"蝴蝶"具有"转化"的意思，是精神转化

---

[1] 王一方：《你看见蝴蝶了吗？》，《读书》2014年第4期。

的象征。① 在王蒙关于"蝴蝶"的三次描写中,"自由"和"转化"的双重意义建构已经达成,至此,"蝴蝶"的象征功能全部实现。

美国学者菲尔·威廉斯在评论《蝴蝶》时,曾提出了"光明的尾巴"的说法②,事实上,无论从重构历史的想象还是超越悖论的角度,这一"光明的尾巴"都是符合逻辑的,因而是自然的。

---

① [美]爱莲心:《向往心灵转换的庄子:内篇分析》,周炽成译,江苏人民出版社2004年版,第79页。

② [美]菲尔·威廉斯:《一只有光明尾巴的现实主义"蝴蝶"》,刘嘉珍译,《当代文艺思潮》1983年第1期。

第十四讲

《闷与狂》与"狂欢美学"

众所周知,王蒙是中国当代小说艺术变革的引领者和探险家,特别是新时期以来,王蒙更是成为小说艺术创新的代名词。如果说王蒙始于20世纪70年代末的小说实验主要是中短篇小说的话,最近推出的《闷与狂》则是以全新的艺术形式整体性地颠覆了读者关于长篇小说的阅读经验。与《这边风景》的几近写实主义相比,《闷与狂》则完全变换了另一套笔墨,呈现出迥然不同的艺术旨趣和审美风格,在诸多维度提供了新的艺术经验,为当代长篇小说的创新提供了新的经验。

一 一次生命的"乱码"

就文学史谱系而言,王蒙不属于"先锋主义"作家,但王蒙却是当代最具先锋感的作家之一,这集中表现在其强烈的创新意识和小说形式感。在当代作家中,王蒙的文学感觉是出类拔萃的,这早在《组织部来了个年轻人》即有出色表现,《夜的眼》则简直就是一篇典型的感觉主义小说。在《闷与狂》中,王蒙像一位印象派大师,再次把他出色的文学感觉"挥霍"到了极致,创造了一个独具个性的文学感觉世界。与故事、人物、主题等长篇小说的传统审美规范相比,《闷与狂》更是一次感觉的狂欢,语言和想象的盛宴。

一般而言,长篇小说具有相对稳定的规范和要求,《闷与狂》似乎专门挑战传统长篇小说的"可能性"。在这部小说中,王蒙将叙述和描写的对象从外部经验转化为一种感觉世界和生命体验,情节的片断化、叙述的印象化和描写的感觉化，构成了这部小说的显著特点。毋庸讳言，《闷与狂》并没有提供一个完全崭新的故事构架，熟悉王蒙创作的人都清楚，《闷与狂》的故事脉络早在《青春万岁》《在伊犁》"季节系列"等小说中都有程度不同的表现，其中很多"本事"在《王蒙自传》中也都能够找到印证，但是，《闷与狂》对"故事"的处理则没有走既往的老路，而是表现出了完全不同的艺术追求和崭新的艺术旨趣："我追求的是全然不同的手法与风格，我要写的是'向内转'的感觉与印象。"① 与完整的故事情节和严密的叙述逻辑相比，构成《闷与狂》整体架构的其实是一些历史的碎片和时间的光影，是一些感觉片断连缀而成的"心理流"，王蒙曾坦言："我爱现实，但我也爱心理。我爱故事，但我也爱感觉。……我爱完整，但我也爱内在的统一与一贯，内在的真实与真诚。我珍重现实主义，我也倾心于心理独白特别是印象的缤纷，凌乱中的播种、杂沓、生芽与升华。我不但要向你报告事件，我尤其要把我的感觉告诉你。"② 将一部近30万字的长篇小说完全建立在"心理独白"和"缤纷"的印象之上，在艺术上有极大的难度，在当代长篇小说创作中似乎还未曾有过先例，但整体而言，《闷与狂》出色实现了王蒙"换换小说的写法"的初衷。

与故事等传统长篇小说审美质素相比，感觉构成了《闷与狂》唯一的实在。亚里士多德说，感觉是一种"潜在地存在着"的能力，"就像燃料一样，如果没有某种东西把它点着，它自身是不会燃烧起来的"③。王蒙在谈及《闷与狂》创作缘起时也有类似的说法："我把我内心里最深处的那些东西，就是把这种情感、记忆、印象、感受的反应堆点燃了，点燃了以后发生了一种狂烈的撞击……变成了这个书。"④《闷与狂》出色地营构了一个多层次立体化的"感觉场"，这个"感觉场"主要表现为三

---

① 王蒙：《2013年盘点》，《新民晚报》2013年12月13日。
② 王蒙：《散文、小说、感觉》，《小说选刊》2013年第3期。
③ ［希］亚里士多德：《亚里士多德全集·论灵魂》，中国人民大学出版社1992年版，第42页。
④ 《王蒙、刘震云等"五代同堂"，共话文学大时代的闷与狂》，http://book.ifeng.com/yeneizixun/special/beijingguojitushujie2014/content-2/detail_2014_09/02/38610166_0.shtml。

个层面：一是叙述感觉化。整个小说采用的是感觉叙述，通过感觉、回忆建构起了小说的叙事脉络。一般而言，故事之于长篇小说的重要性不言而喻，福斯特甚至把故事看作小说的"最高要素"，但同时他也认为故事是小说"最低下和最简陋的文学肌体"①，王蒙曾多次说过，他的小说创作"羞于"编故事，与一个离奇曲折的故事相比，他更感兴趣的是情调、意绪、氛围，乃至语言、结构等。王蒙是一个有故事的作家，但并不是一个以故事见长的作家，王蒙有时故意淡化故事，甚至躲着"故事"走，例如《蝴蝶》《杂色》等，莫不如此，即使《组织部来了个年轻人》，其故事线索也很淡，他甚至认为《夜的眼》最大的突破在于摆脱了"戏剧性的小说写法"。正缘于此，王蒙的小说创作大都格调散淡，白烨用"写意"来概括王蒙的中短篇小说②，大体符合实际。及至《闷与狂》，这一创作倾向则进一步强化、凸显，故事、情节完全虚化为某种背景，成为小说"第二位"的存在，甚至连人物都隐去了，蜕化成"你"与"我"。王蒙表示他用一种"反小说的方法"来写《闷与狂》，王蒙所谓"反小说的方法"即是指对历史和事件采取了虚化、印象化的态度。这部小说完全超越了现实层面"实有"经验的叙述，而是专注于某种经验之上的更高存在——感觉或印象，故事变成了"潜故事"，情节变成了印象集锦，《闷与狂》在很大程度上突破了传统小说的坚硬外壳，使长篇小说产生了另一种可能。

第二个层面是描写的感觉化。《闷与狂》的许多描写都是主观化、感觉化的，是一种全方位、全感知化的描写，而不是客观性的穷形尽相。如小说开头："盛开的梨花如海，如涨潮的浪花飞溅，如群帆起航，如遗留在舰船尾后的流苏，如欧洲的百万婚纱的大囍与白衣舞会。"③ 再如对藤萝的描写："紫而发展变化为白，如玉的深浅浓浓的歇息，如云的层层叠叠的收放，如刺绣的悬挂镶边婉转，如波浪的起伏薄厚开阖，如蟒蛇的藤蔓牵延，如网的枝条伸张，如屋顶的方正齐整，如花毯的巨大平匀，

---

① [英] 爱·摩·福斯特：《小说面面观》，苏炳文译，花城出版社1985年版，第22页。
② 白烨：《"意"在王蒙》，温奉桥主编：《多维视野中的王蒙——第一届王蒙文学创作国际学术研讨会论文集》，中国海洋大学出版社2004年版，第185—189页。
③ 王蒙：《闷与狂》，北京联合出版公司2014年版，第4页。

如尘土的切近,如饭食的米香,如花朵的清纯,如水珠的普普通通闪闪烁烁。"① 这一大串"如"是典型的王蒙笔法,是典型的写意化描写。王蒙曾极为推崇托尔斯泰的文学感觉,说托尔斯泰作品里的感觉"简直细致到像工艺品一样"②,应该说,与托氏相比,王蒙对感觉的把握和描写,毫不逊色。

第三,出色的感觉摹写。王蒙在这部小说中对感觉的摹写发挥到极致,与70年代末80年代初的《夜的眼》《春之声》《海的梦》等小说相比,《闷与狂》中的感觉更加饱满丰盈,更具青春气息,也更激情贯注。《闷与狂》中的感觉摹写,具有两个鲜明特征:一是生活化,不是纯主观化臆想式的"感觉"描写,而是带有浓郁的生活气息和现实质感,例如"她像一盆刚刚用过了的洗脸水,含着半凉半温,含着老上海的香胰子气味,含着洗掉的污秽与脱落的头发,残破的头发有一种放了三天的炸馃子的嗅觉作用"③,捻死的臭虫"耗散着鲜生生腥淋淋类似败坏了的食用油哈喇变质的气味,类似脱下的内裤许多天没有洗涤的气味"④。再如对"贫穷"的描写:"弥漫的、温柔的、切肤的与轻飘飘暖烘烘的贫穷。"⑤"你闻到了自己的家的亲切熟悉贫穷的气息,有点老腌萝卜的味,也有陈旧的被褥的汗气。"⑥ 在王蒙笔下,"贫穷"是有味道的。二是诗意化。《闷与狂》中的感觉和文字都很年轻,是一种高度心灵化、诗意化了的感觉,是心灵深处的光焰。如"秋千……剧烈地旋转,四面都是太阳"⑦。"你闻到了她的发辫的湿与黑。"⑧"你闻到了柳梢与湖水的新鲜的腥生之气。……像是折断了一枝树茎,流出了生命的汁液。草有,菜有,未成熟的酸果有,混合着泥土与前一个年头的草根与旧叶,保留着春天的泥

---

① 王蒙:《闷与狂》,北京联合出版公司2014年版,第8页。
② 《王蒙、王干对话录》,《王蒙文集》第28卷,人民文学出版社2014年版,第201页。
③ 王蒙:《闷与狂》,北京联合出版公司2014年版,第9页。
④ 同上书,第47页。
⑤ 同上书,第40页。
⑥ 同上书,第290页。
⑦ 同上书,第210页。
⑧ 同上书,第78页。

泞、冬天的冰雪、秋季的秸秆气息。"[1] 王蒙这类高度感觉化的语言和如此精微纤细的描写，赋予了整部小说瓷器般细腻温润的光辉。

二 一代知识分子的"受想行识"

然而，感觉后面仍是小说，是坚硬的实在，恰如普鲁斯特所言，我们称之为"真实"的事物，其实不过是感觉和这些记忆之间的某种联系。在《闷与狂》中，作者剥离的仅仅是故事的硬壳，在把故事感觉化、片段化的同时，则赋予了其更大、更密集的信息量。《闷与狂》其实是一部高度浓缩的更加文学化的"王蒙自传"，只不过《闷与狂》呈现的不是生命之"线"，而是生命中一个个印象中的"点"或片断。王蒙称这部小说是他的"受想行识"，这是就小说书写的个人层面而言，而就其宏观层面而言，《闷与狂》指向的仍是20世纪的大主题：革命。也就是说，这部小说其实也是一代知识分子的"受想行识"，或者更大一点说是20世纪中国的"受想行识"。

这部小说最初名叫《烦闷与激情》，出版时改为《闷与狂》。无论是"烦闷与激情"还是"闷与狂"，都可以看作20世纪中国知识分子的两种典型的情感基调和心理状态。"闷"与"狂"，既是对立的，又是相通的，就个体经历而言，王蒙用"闷"来定义他的童年和少年，用"狂"来描摹他的青年时代——应该说"闷"与"狂"的简单划分，并不完全符合王蒙的个性，王蒙向来反对简单化，当然，王蒙的一生也绝不仅仅是"闷"与"狂"两种格调——对于前者，从"我的宠物就是贫穷"等小说章节题目中即可得知，然而，王蒙真正要抒写的却是后者——"狂"。何谓"狂"？狂即疯癫，也即激情难抑，"狂"源于信仰的激情。"闷"与"狂"是两种情绪，也是20世纪中国社会和文化的两种典型基调：前革命时代的典型特征是"闷"，革命时代则是"狂"，因而，《闷与狂》是小说，更是历史——既是个人的心灵史，更是20世纪中国知识分子的心灵史。小说虽由一个个印象式片段连缀而成，然而这一个个片断式印

---

[1] 王蒙：《闷与狂》，北京联合出版公司2014年版，第77页。

象并不是空泛的、无指向的,而是包含着巨大的明确的社会历史内容和精神指向,也即是说《闷与狂》通过对感觉的书写,以形象化形式思考和揭示了20世纪中国社会、文化从"闷"到"狂"的历史必然性。20世纪80年代,思想界提出"告别革命",然而,"革命"已成为20世纪中国的文化宿命,甚至,形成了浓烈的"革命崇拜"的精神氛围和价值诉求。革命文化的兴起是20世纪中国社会的一大"遗产"。《闷与狂》通过"我"的心灵成长过程,不但形象地描写了20世纪中国知识分子革命化的精神历程,而且,阐释了中国社会也即"闷"时代的全面危机如何导致了社会革命发生的内在逻辑。也即是说《闷与狂》仍然是对革命的叙说。

革命、青春和爱情,构成了王蒙小说创作的持久主题,《闷与狂》也不例外。在这部小说中,王蒙通过对青春和爱情的凭吊,所要表现的仍是革命在何种程度上深刻影响了知识分子的价值观念和人生追求,甚至个性、情感和行动方式等。之所以如此,这是因为,一方面恰如作者所言"我的青春是高调的",甚至革命、青春、爱情对他们而言是三而合一的东西;另一方面,除了其独特的个性、气质外,还有一个重要的原因,就是王蒙那一代人的青春并未来得及充分展开就戛然而止,被冰冻了起来,对他们那一代人来说,注定永远无法从青春与革命纠合缠绕中摆脱出来。所以,青春、革命、爱情构成了王蒙小说创作最持久最坚硬的存在。1953年王蒙喊出了"青春万岁",及至晚年,仍是念兹在兹:"是青春点燃了革命,是革命烧透了青春",这样充满了热度和亮度的语言今天已经不容易读得到了,人们已经完全换了另一套语码来叙说这类前朝往事了。然而,对于王蒙而言,老去的是岁月,而不是信仰。

归根结底,《闷与狂》抒写的仍是一代知识分子的信仰,没有摆脱"少共情结"的范畴。王蒙说,作为共和国的第一代青年他们是"相信的一代"[①],他们的"基本性格"就是"相信":"我们这一代人,所谓50年代的作家,一个最大特点就是相信。就是相信革命的许诺,相信历史的前进,相信新中国的这些目标,都能够达到。"王蒙把这种"相信"看

---

① 王蒙:《半生多事》,花城出版社2006年版,第288页。

作是其生命的"底色"①。王蒙是一个生活阅历和内心经验都极其丰富的作家，不到十四岁，即参加革命，1949年后成为一名新民主主义青年团的专职干部，这是王蒙一生的"激情岁月"，王蒙后来曾深有感触地说："在中国翻天覆地、高唱革命凯歌行进的年代成长起来的少年——青年人的精神风貌是非常动人和迷人的，特别是其中那些政治上相当早熟的'少年布尔什维克'，给我终生难忘的印象。"②王蒙显然就是这些早熟的"少年布尔什维克"中的一员。一次，王蒙在谈到参加革命的经历时，提到了芭芭拉·史翠珊的《往日情怀》："假如我们有机会重来一遍，告诉我，我们还愿意吗？我们还能做到吗？"王蒙毫不犹豫地说："我想告诉你们，如果有机会重来一遍，我还是愿意、而且能够像我以前做过的那样。"③他们这一代作家对于革命的信仰是后来的作家们所难以理解的。这也许就是王蒙小说"青春"和"革命"主题的来源。《闷与狂》已经走出了"季节系列"小说的解构策略。

20世纪中国社会最重大的事件当然就是革命。在这部小说中，王蒙以自叙传的形式描写了前革命时代物质上的贫穷和精神上的"闷"，以此来重新阐释革命兴起的历史逻辑即合理性，以及在这一过程中，先进知识分子的自我转型。王蒙通过自身的感受，回答的是20世纪中国激进知识分子走向革命的历史必然。王蒙说革命是他的"起点"和"童子功"，这种基于信仰基础上的情感认知，不但深刻影响了王蒙的人生观，而且深层决定了其创作的整体风貌。王蒙的创作已逾60年，在其创作中，不是没有批判，不是没有冷嘲热讽，但绝无怨气和戾气，不决绝、不冷酷，而是充满了理解、宽容和善意，他以光明之心，反顾和描写20世纪中国社会的闷与狂、明与暗、喜和悲，而不是一味恶毒地诅咒和凌厉地批判，他怀有一种慈悲之心，温暖之意。当然，这其中也不乏某种审视和反思，但是建立在一种明朗的基调之上，"如果说我的作品中对现在的一些意识形态、体制上的缺陷作了一些批评，这些批评也是从深深投入这一切、

---

① 《王蒙：影响我一生的"光明底色"》，《新周刊》第401期。
② 王蒙：《文学与我——答〈花城〉编辑部××同志问》，《王蒙文存》第21卷，人民文学出版社2003年版，第78页。
③ 查建英：《国家公仆》，http://paowang.net/post/10132344

爱护这一切出发"①。王蒙曾多次明确表示：他不是索尔仁尼琴，他不是米兰·昆德拉，不是帕斯捷尔纳克，甚至拒绝鲁迅式的"横站"和决绝。王蒙在这里已经说得十分清楚了，与索尔仁尼琴、米兰·昆德拉、帕斯捷尔纳克、鲁迅等作家相比，他属于"另一类"作家。这样一种文化心态从根本上决定了王蒙的美学建立在一种光明的底色之上。这其实是王蒙留给这个世界比他1600万言创作更宝贵的财富。

三　癫狂与隐晦的"双拼图"

在美学风格上，《闷与狂》就如封面的两个别有寓意的圆球——一个灰暗，一个鲜红，呈现为两极状态：癫狂与隐晦。这种拼贴化的审美风格，赋予这部小说独特的现代感。福斯特曾把小说称为"文学领域中最潮湿的地区"②，《闷与狂》进一步增加了它的柔软性和潮湿度。王蒙的小说除了《青春万岁》等早期作品外，其风格多是杂糅拼贴即"杂色"。就《闷与狂》而言，可谓深情、幽默、调侃、反讽兼有，散文、相声、音乐、政论等众体具备，文体边界更加模糊化。王蒙的小说具有一种特有的开放性、自由美，既是精神的，也是形式的。

"狂欢"作为一种美学，在《闷与狂》中得到了多层次表现。有人把王蒙的"季节系列"小说称为"狂欢体"，《闷与狂》才是真正意义上的大狂欢——语言和感觉等的多重狂欢。与《组织部来了个年轻人》等50年代创作相比，新时期王蒙语言风格大变，特别是很多小说充斥着并列式铺张型语言，但王蒙的"铺张"主要在议论，而不是叙述，"夹叙夹议"是王蒙小说典型的语体特点。《闷与狂》延续了这一特点，如大量的排比句（如关于什么是"贫穷"，作者一连用了40个排比句）和四字成语铺天盖地；再就是大量使用叠词句式如"白浪滔滔""彩霞飘飘"之类，有些词则是王蒙生造出来的如"性感猎猎""山石峭峭"等，这在客

---

① 夏冠洲：《生活·创作·艺术观——王蒙访谈录》，夏冠洲：《用笔思考的作家》，新疆大学出版社1996年版，第245页。

② [英] 爱·摩·福斯特：《小说面面观》，苏炳文译，花城出版社1985年版，第3页。

观上造成了一种美学气势；语言狂欢的另一表现则是大量脏话的高频度运用。王蒙没有另一部小说像《闷与狂》这样如此频繁地使用脏字脏话，王蒙小说从《青狐》开始出现脏话，《闷与狂》则来了一次集中爆发。在美学效果上，《闷与狂》中的脏话的密集出现，强化了情感烈度，更多的则是显示了作者的一种写作状态———一种亢奋、癫狂的状态，这是一种倾吐的欲望和激情，王蒙在《闷与狂》中已耐不住平静的叙述，他要从叙述中跳出来，与小说家相比，王蒙更像是一个充满激情的辩论家、演说家，脏话构成了小说的一种"修辞"方法。格非说："一种语言方式的出现必然包含一种新的经验的出现，语言方式及其种种特点最终是由'个体世界'和'经验世界'的关系来决定的，对存在本身的思考和发现是找到新的话语方式的最有效的途径。"[1] 王蒙的这种小说文体，有其独特的美学意义。可以说，《闷与狂》是小说，也是散文，更是一首抒情长诗；是印象主义大师的画作，更是一部繁复的交响乐，是"反小说"的小说。

　　与癫狂相对的是隐晦，隐晦构成了《闷与狂》的又一审美存在。90年代初，王蒙的中短篇小说创作既已发生变异，情感愈加"向内转"，明亮的色调渐渐退隐，代之的是欲言又止，欲显又藏，甚至某些小说如《我又梦见了你》《济南》《秋之雾》流露出一种鲁迅式的寂寞心态。隐晦在《闷与狂》中，既与感觉主义的整体风格和结构上的飘忽、散漫有关，也与大量的内心独白以及独特的叙述视角密切相关———整部小说都是"我"—"你"的对话和潜对话，这既增强了小说的深邃性和自由感，也同时增加了小说理解的难度；最后，更与王蒙"偏爱寓言化言说策略"有关，径直说隐晦源于小说中的那两只"阴郁的黑猫"。在《闷与狂》中王蒙多次写到这两只诡异莫名的猫，每一个读过这部小说的人，对之都不可能视而不见。那么，正如小说第一章的标题"为什么是两只猫？"众所周知，王蒙对猫情有独钟，且有半个多世纪的养猫史，也曾在不少作品里写到猫，如《队长、书记、野猫和半截筷子的故事》，长篇小说《活动变人形》《狂欢的季节》也写到了猫，《九命七羊》的说法也是源于

---

[1] 格非：《小说叙事研究》，清华大学出版社2002年版，第90页。

"猫"——这里的"猫"较为平面化、写实化,缺乏更多的象征意义。但《闷与狂》里的"猫"却是不同的,一出场就极为不凡:"两只猫的四个眼睛,像四个电灯泡,它们亮得使我感到威胁。"[①]"两只小猫渐渐变大,越来越大,它们的四枚黑眼珠黑亮黑亮,越来越亮,像四盏二十五瓦的灯泡发展成长为四盏两千瓦的黑光灯泡。"[②] 对猫的眷恋常常与孤独有关,在西方文化中,猫是聪颖、灵敏的象征,也是逢凶化吉、遇难呈祥的隐喻。

《闷与狂》中对"猫"的描写在很大程度上奠定了整部小说的审美格调。这里的"猫",是童年的现实,也是生命最初的感觉,是实指,也是隐喻,是感觉和现实的复合物。其实,这里的"猫"早在短篇小说《阿咪的故事》中既已初现端倪:"它的两眼大睁、上视,眼珠里反映着电灯泡的红光,本来的灰蓝色的眼睛变成令人不快的褐红色两枚弹子,不知道是猫眼充了血还是电灯光与波斯猫眼珠之间的光学反射作用,使猫眼变得那么褐红得骇人。"[③]《闷与狂》中的"猫"在小说中多次出现:"零与无穷大,这就是上帝——终极。它是我们的安慰与依托,它是一首赞美故事,它是我的两只黑猫,两只眼睛如被两枚钉子钉了的灯泡。"[④]"什么是一生?什么是生平、前生、往生、此生、平生?什么是自我的出现与觉醒?什么是沉浮、沧桑、正误、祸福、通蹇、吉凶、顺逆、幸运儿和倒霉鬼?远远地来了两只猫。"[⑤] 在审美功能和效果上,这里的"猫"类似于《布礼》中的"灰影子"和《蝴蝶》中的"小白花",都具有某种隐喻和象征功能,又远比隐喻和象征内涵更丰富更模糊更隐晦,这是王蒙小说中的神来之笔。如此奇谲、诡异的描写,赋予《闷与狂》奇异的审美效果。

早在 80 年代初,王蒙就提出既要"突破别人",也要"突破自己"。与"突破别人"相比,"突破自己"更难。王蒙在创作上把自己当作敌

---

① 王蒙:《闷与狂》,北京联合出版公司 2014 年版,第 2 页。
② 同上。
③ 王蒙:《阿咪的故事》,《王蒙文集》第 14 卷,人民文学出版社 2014 年版,第 269 页。
④ 王蒙:《闷与狂》,北京联合出版公司 2014 年版,第 22 页。
⑤ 同上书,第 297—298 页。

人,他的每一部小说,都是一次挑战自己的纪录,《闷与狂》尤甚。《闷与狂》是王蒙晚年一次激情的喷涌,一次生命的躁动,更是一次生命中的"乱码",在一定意义上,《闷与狂》是他80年人生的一次深情回首,也是他60年文学创作的一次辉煌的高潮和"变异"。

第十五讲

《这边风景》:时代的文学记忆

王蒙与新疆是一个永远无法绕开的话题。自70年代末从新疆"归来"后的王蒙创作了《歌神》《买买提处长轶事》《杂色》等一系列描写新疆伊犁的作品,特别是长篇小说《这边风景》与《在伊犁》系列小说,更是构成了王蒙新疆小说特别是"伊犁叙事"的"双璧"。

一 《这边风景》的"身世"

王蒙的《这边风景》是一部命运多舛、具有传奇色彩的小说,抛开小说的具体内容不谈,单就这部小说的"身世"而言,也颇具文学史的价值和意义。

1971年12月16日,《人民日报》发表了《发展社会主义的文艺创作》的短评,从1972年开始,文学创作的氛围开始了稍稍松动。此时,身在新疆正接受"劳动改造"的王蒙也感受到了这种变化,特别是在他受到安徒生描写一个人一事无成的童话"刺激"后,产生了写一部反映伊犁农村生活的"大长篇"的愿望并"悄悄地"开始写作,王蒙所说的"大长篇"就是《这边风景》。

《这边风景》酝酿、写作于特殊历史时期,这在很大程度上决定了这部小说的艺术风貌和审美取向。崔瑞芳曾谈到王蒙创作这部小说时的情景:"当时,'四人帮'正在肆虐,'三突出'原则统治着整个文艺界。王蒙身受20年'改造'教育,提起笔来也是战战兢兢,不敢越雷池一步。作品中的人物又必须'高大完美','以阶级斗争为纲',于是写起来矛盾。在生活中，他必须'夹起尾巴'诚惶诚恐，而在创作时又必须张牙舞爪，英勇豪迈。他自己说，凡写到'英雄人物'，他就必得提神运气，握拳瞪目，装傻充愣。这种滋味，不是'个中人'是很难体会得到的。"① 虽然王蒙具有杰出的文学才华和深厚的生活经验，但《这边风景》"仍然不能令人满意"，不得不暂时搁置。1977年寒假，崔瑞芳从新疆回京探亲，趁此机会把书稿交给了中国青年出版社的黄伊，1978年，王蒙应中国青年出版社之邀，到北戴河对这部小说进行了修改，"虽花了很大力气"，但终因"整个架子是按'样板戏'的路子来的，所以怀胎时就畸形，先天不足"，不得不"报废"②。1979—1981年，王蒙再一次试图对这部小说进行"起死回生的拯救"，小说的1—2、3—5章曾分别在1978年7、8月号的《新疆文艺》上发表，《东方》1981年第2期也曾以《伊犁风情》为名发表过小说的部分片断。虽然发表了部分章节、片段，但终因《这边风景》的整体内容和思想意识无法适应新时期以来变化了的新形势，最终还是难脱"因政治可疑而被打入另册"③的命运，不得不再次搁置起来。2012年，搁置多年的《这边风景》偶然的机会重被发现，从"坟墓中翻了一个身"，走了出来，作者在"基本维持原貌，在阶级斗争、反修斗争与崇拜个人的气氛方面，做了些简易的弱化"④ 的同时，进行了两次校订、修改，并增加了每章后面的"小说人语"，终于在时隔近40年后以新的面目"重见天日"，最终完成了"从遗体到新生"的过程。在当代文学史上似乎还没有哪一部小说像《这边风景》这样，从写作到问世经历过如此曲折、反复的过程。从《这边风景》身上，可以看到中国当代文学更多的前世今生。

新疆是王蒙的"受难地"，也是王蒙的"福地"。1963年，怀着重新燃起的对生活的渴望和对文学的热爱，"自我放逐"到了新疆，由此，王蒙从一个少年得志、才华横溢的青年作家，一个猛子扎到了边疆农村生活的最底层，直到1979年离开，王蒙在新疆生活、劳动了16年，特别是

---

① 崔瑞芳：《我的先生王蒙》，长江文艺出版社2004年版，第107页。
② 同上书，第110页。
③ 王蒙：《这边风景·后记·情况简介》（下卷），花城出版社2013年版，第704页。
④ 同上。

1965—1971年，王蒙更是以一个普通农民的身份在伊犁巴彦岱公社毛拉圩孜大队"劳动锻炼"了整整六年，并一度担任该队的副大队长，这期间，王蒙寄居在维吾尔族农民家里，与当地各族农民同吃、同住、同劳动，学会了从赶车到扬场的全套农活，王蒙后来回忆道："与伊犁的邂逅是小说人生命中最重要的事件。"① 王蒙多次称新疆是他的"第二故乡"，称自己是一个"巴彦岱人"。

在一定意义上，没有新疆16年的生活就不会有今天的王蒙，当然，更不会有王蒙描写新疆生活的200多万字的作品。维吾尔族诗人乌斯满江曾说："王蒙被错划成右派，这是他的不幸，但对维吾尔人，维吾尔文学来说，又是莫大的幸运。如果他不被打成右派，他到不了新疆，他也不会掌握维吾尔语，我们也读不到那么多写维吾尔人的动人的亲切的作品了。"② 王蒙这些描写新疆的作品，不但是王蒙创作的重要组成部分，也是中国当代文学独特而瑰丽的存在，特别是他的《在伊犁》和《这边风景》，不仅是汉族作家描写新疆农村少数民族生活的最杰出的小说，也是当代文学跨文化写作的杰出范例。王蒙没有辜负伊犁河畔"行吟诗人"的桂冠，他把最深情、最执着的诗篇献给了伊犁这块"在我孤独的时候给我以温暖，迷茫的时候给我以依靠，苦恼的时候给我以希望，急躁的时候给我以慰安，并且给我以新的经验、新的乐趣、新的知识，新的更加朴素的与更加健康的态度与观念的土地"③。《在伊犁》和《这边风景》构建了王蒙小说的"伊犁叙事"。当然，由于书写年代不同，在这两部小说中表现出来的文化心态也迥然相异，《在伊犁》用的是回望的视角，而在《这边风景》这部70万字的小说中，王蒙则从当下性视角更为切实完整地书写了特殊年代的个体经验。《这边风景》不仅是王蒙对于伊犁的爱恋和歌哭，也是当代文学的独特记忆。

---

① 王蒙：《这边风景》（下卷），花城出版社2013年版，第701页。
② 楼友勤：《维吾尔友人谈王蒙》，温奉桥编：《多维视野中的王蒙——第一届王蒙文学创作国际学术研讨会论文集》，中国海洋大学出版社2004年版，第339页。
③ 王蒙：《故乡行——重访巴彦岱》，《王蒙文存》第14卷，人民文学出版社2003年版，第139页。

无论是遗忘还是"捂盘惜售"（徐坤语），在尘封了近40年后《这边风景》的出版都是一件具有文学史意义的事件，甚至，其意义可能超越了这部小说的自身价值。就王蒙个人创作谱系而言，《这边风景》无疑填补了他创作的一个空白，使王蒙横跨60年的文学创作链条得以完整，在王蒙整个创作链条上，《这边风景》占有一个特殊的承上启下的位置：其一，它内在地承续了50年代《青春万岁》的理想主义的余绪，使王蒙50年代和新时期前后两个不同历史时期的写作得以连接和延续，从而使王蒙不同历史阶段的创作风貌得以清晰完整地呈现；更为重要的是，《这边风景》暗含了王蒙新时期小说变革的"基因"和可能，在《这边风景》中可以隐约发现王蒙后来"季节系列"小说的某种因缘和内在根据。其二，就中国当代文学特别是新时期以前的文学而言，《这边风景》的出版，则具有某种"考古学"的意味。《这边风景》让我们有可能重新反思既往文学史的某些"定论"，重新审视、评价新时期之前的文学创作。如果将《这边风景》置于社会主义文学运动的整个生态系统和价值坐标值中来考察，无疑会对整个当代文学整体艺术风貌和美学价值整体认知和评价产生影响。从这个意义上讲，《这边风景》对于中国当代文学史而言，同样具有重要的价值和意义。

独特的历史境遇造就了《这边风景》，并赋予了这部小说独特的艺术和审美品格。王蒙从一开始就对这部小说有清醒的认识，他在解释为何是"大长篇"时坦言："因为当时政治上的陷阱太多，越写的短越会顾此失彼。只有写大了，才好设防。"[①] 王蒙"大长篇"的策略无疑是正确的。按照王蒙当时的设想，《这边风景》所要描绘的是"伊犁农村的风土人情，阴晴寒暑，日常生活，美丽山川，特别是维吾尔人的文化性格"[②]。应该说，作者的"初衷"在这部小说中得到了出色达成。客观而言，这部创作于"文化大革命"期间的小说，由于当时作者基本处于"半地下写作"状态，只能"悄悄地"写作，文学创作上的各种框框严重束缚着

[①] 王蒙：《这边风景·后记·情况简介》（下卷），花城出版社2013年版，第704页。
[②] 王蒙：《半生多事》，花城出版社2006年版，第358页。

作者的想象力和创造力，因而，《这边风景》难免带有时代的影子，无论是小说的故事构架还是人物设置，没有完全摆脱当时此类小说的规格化、模式化以及"观念论证式的结构"的流行模式，对此，王蒙并不讳言："这篇小说很注意它的时间与空间坐标下的'政治正确性'……小说人没有可能另行编码，只能全面适应与接受当时的符码与驱动系统，寻找这种系统中的靠拢真实的生活与人、当然也必会有的靠拢小说学的可能性。"[1] 从中可以看出作者在当时特殊政治语境下不得不如此的无奈、游移而又心有不甘。但如果轻率地把《这边风景》仅仅看作"过时"的"文物"，就会失去对这部小说的美学及文学史价值的正确认知和判断，当然，如果将它与王蒙或其他作家的当下写作置于同一评判尺度下，也不是一种历史主义的态度。就整体而言，《这边风景》在可能的程度上最大限度地保持和体现了某种"文学性"，保留了更多的生活质感以及作家的个体经验和文学想象，特别是对伊犁少数民族日常生活的诗意描写和对生活细节的精微刻画，展示了作者超强的写实功力，增强了作品的真实感和历史感，在最大程度上保留了历史的生动性和丰富性，并赋予了这部小说某种超越性审美品格，这正是这部小说在今天得以出版并被广泛接受的前提。

二 伊犁的"清明上河图"

在《这边风景》这部小说中，王蒙从伊犁农村生活的切身经验出发，通过对跃进公社爱国大队两条路线斗争以及生产生活的描写，立体地、全景式地向人们展示了20世纪60年代初新疆伊犁农村的历史文化和日常生活，是一部描写新疆伊犁农村生活的百科全书式的小说，更是一次充满了生活质感的诗意叙事。

《这边风景》的美学价值首先表现在作者对边地伊犁自然景物、民风民俗、宗教信仰以及民族性格的生动描绘。在这部小说中，王蒙以丰实饱满细腻缜密的笔触，出色地、原汁原味地描写了新疆伊犁各族人民特

---

[1] 王蒙：《这边风景》（下卷），花城出版社2013年版，第543—544页。

别是维吾尔族农民真实鲜活的生活以及独特的文化个性,这构成了这部小说持久的艺术魅力。虽然从一开始王蒙首先考虑特别注意这部小说"符合政策",但毋庸讳言,这部小说的艺术成就和魅力当然不是来自"政治正确",甚至相反,在审美效果上小说对生活的描写反而把两条路线斗争压倒或者说消解了,正如作者所言:"万岁的不是政治标签、权力符号、历史高潮、不得不的结构格局;是生活,是人,是爱与信任,是细节,是倾吐,是世界,是鲜活的生命。"① 更确切地说,政治性书写仅仅构成了这部多声部小说的一个声部、一个维面,而维吾尔人的日常生活才是作者真正描写的所在,正如作者在谈到另一描写伊犁生活的小说《在伊犁》所言:"虽然这一系列小说的时代背景是那动乱的十年,但当我一一回忆起来以后,给我强烈地冲击的并不是动乱本身,而是即使在那不幸的年代,我们的边陲、我们的农村、我们的各族人民竟蕴含着那么多的善良、正义感、智慧、才干和勇气,每个人心里竟燃着那样炽热的火焰,那些普通人竟是那样可爱、可亲、可敬,有时候亦复可惊、可笑、可叹!即使在我们的生活变得沉重的岁月,生活仍然是那样强大、丰富、充满希望和勃勃生气。"② 无论什么时候,生活才是文学表现的中心,对生活自身而不是对阶级斗争的痴迷和眷恋,正是《这边风景》与同类小说相比"胜出"的根本原因。

王蒙曾多次谈到对生活的"入迷的'不可救药'的兴趣和爱"③,这是王蒙的"主义"和宗教,也是他文学创作的深层根据和动因,这在客观上帮助作者完成了对"政治"最大限度的突围,从而在可能的程度上赋予了这部小说浓郁的生活气息和坚硬的生命质感。相对而言,《这边风景》与创作于"文化大革命"期间的同类作品相比,概念化、模式化的东西相对较少,这一方面源于王蒙杰出的艺术才华;另一方面更重要的原因则是源于作者对生活和文学的爱和信念,与某些政治"信条"相比,王蒙更感兴趣更痴迷的是生活本身,是伊犁农村那些日常的琐碎的切肤

---

① 王蒙:《这边风景·后记》(下卷),花城出版社2013年版,第703页。
② 王蒙:《在伊犁·后记》,《王蒙文存》第8卷,人民文学出版社2003年版,第236—237页。
③ 《王蒙致何士光》,《当代作家评论》1984年第4期。

的日子即"亲切的令人落泪的生活"①，还没有哪一部小说像《这边风景》这样如此丰富真切而又细致深入地描绘了伊犁农村维吾尔族人日常生活的方方面面：从雪峰、草原、牧场、河谷、果园、高大的白杨树、潺潺流淌的渠水、大片的条田等具有独特地域特色的自然景观，打馕、刷墙、赶车、看磨坊、修水渠、扬场、打钐镰、抓饭、奶茶、酥油馕、酸马奶、土造啤酒、大半斤、米肠子、拉面条，坎土镘、抬把子、生皮窝子、热瓦甫、都塔尔等具有充满了民族特色的衣食住行，以及喜庆、祝祷、丧葬，甚至颇具宗教色彩的乃孜尔、托依等都进行了细致精微的描写，例如小说对麦收开镰之前动员大会节日般的热闹场景的描写："一到庄子，就可以感到这种节日气氛。空气里弥漫着青草、牛粪和柴烟的气味。以乌尔汗为首的几个妇女正在洗牛杂碎，一道小渠里的流水都变成了绿色的了。米琪儿婉在另一侧的大木桶里洗面团，洗出淀粉水来灌到牛肺里：本来拳头那么大小的牛肺灌得五倍地、十倍地、滚瓜溜圆地膨胀起来……泰外库在厨房房檐下拿着把快刀在卸牛皮，他穿着干净，腰里系着崭新的褡包，略略歪戴着帽子，很有些神气。今天，他是以屠夫的身份来客串食堂的工作的。牛就是他宰的，这使他似乎显得体面了些。人们喜气洋洋地，带着几分敬意向他问好。"② 如果说《在伊犁》是从一个个侧面来描写维吾尔族人的生活，《这边风景》则是一次正面全方位的书写，王蒙对伊犁维吾尔人日常生活的描绘，不仅具有很高的文学价值，而且具有重要的民俗学价值。

同时，《这边风景》塑造了一大批既具有鲜明的时代感又充满了生活气息的个性丰满的少数民族人物形象。早在《在伊犁》中，王蒙就塑造了如穆敏老爹、"傻郎"马尔克等许多具有独特个性的维吾尔族农民的形象，给读者留下了深刻印象，《这边风景》则更为深入地塑造了一系列别具个性气质的艺术形象，不仅为特殊时期的文学增添了一些清新的更富有生活气息和质感的文学形象，提升了彼时中国文学的艺术境界，而且极大地丰富了中国当代文学的人物画廊。例如，一生敬畏、顺

---

① 王蒙：《这边风景·前言》（上卷），花城出版社2013年版。
② 王蒙：《这边风景》（上卷），花城出版社2013年版，第188—189页。

从、谨慎又胆小怕事的中农阿西穆,这是一个具有很高的审美价值的独特形象,因长期饱受巴依、伯克等人的压迫,心灵上担负着沉重的负担,由于愚昧,致使女儿爱弥拉克孜失去了一只手,由于胆小,坚决反对儿子伊明江担任生产队的查账员,他一生的信条就是"服从"和"要懂得害怕":"哪怕上级任命这根不会说话的柱子当队长,我们见了它也要低头行礼!"但是就是这样一个充满了敬畏、害怕和谨小慎微的穆斯林,在时代的剧烈变局中,他生活得像风中的树叶,哆哆嗦嗦,战战兢兢,他不明白为什么孩子们都不再听话,为什么世界变成了这个样子?面对生活的一系列"变故",他反复问自己是不是"胡大已经准备拿走他的灵魂","是不是因为去年斋月他白天无意识地咽下一次口水?"(穆斯林在斋月中不得进食、饮水,也不准咽口水)另一形象穆萨是王蒙的一个独特创造,他绝不是一般意义上的正面或反面人物,他要复杂得多,他一当队长就神气、一神气就发脾气,表面大大咧咧、吊儿郎当,动辄吹牛冒泡,实则十分精明,有自己的分寸和底线:"有人骂我是流氓,有人骂我是坏蛋,但是,从五岁到今天,没有一个人不佩服我的聪明!谁不知道我穆萨四十只脚……让有些人把我看成个牛皮大王、半疯半傻的苕料子吧!我的算计,都在肚里呢!真正的厉害人,犄角不长在额头,而是长在肚囊里!"[①]此外,清真、虔敬、自律的宣礼员亚森木匠,花儿一样美丽、纯洁、善良的雪林姑丽、米琪儿婉,自尊、好强、柔情的爱弥拉克孜,粗犷、豪爽、内心又极其脆弱的马车夫泰外库,热情、质朴、一心为公的艾拜杜拉,诡诈、阴险而又善于交际的库图库扎尔,以及绝望、屈辱、被生活压扁的未老先衰的乌尔汗,这些都是个性鲜明、美丽多情的少数民族文学形象。相反,作为《这边风景》着力塑造的社会主义"新人"形象伊力哈穆,则带有更多的理想主义色彩,未免有些概念化。

更重要的是,《这边风景》写出了维吾尔族人的精神和心灵生活。在这部小说中,王蒙不仅以地道的伊犁农民的语言来描写当地少数民族的生活,而且通过一个个精确传神的细节描写,描摹出了维吾尔族人特

[①] 王蒙:《这边风景》(上卷),花城出版社2013年版,第226页。

有的个性、气质以及热情而质朴的灵魂，深刻地写出了维吾尔族特有的民族文化性格以及那种"天真的生趣"。维吾尔族是一个乐观、热情、幽默的民族，就像他们的歌中所唱的：如果您还有酒，就不要放下酒杯；如果你还有肉，就赶快烧火营炊；如果您还有腿，就赶快去找情人，要及时行乐哟，以免老来失悔！同时又是一个智慧、达观的民族，他们对生活、生命有自己独特的理解，例如年长的护林员老汉斯拉木劝慰阿卜都热合曼："不要生气，热合曼那洪，这个世界上，一切都是可能的，天上有多少星星，地上就有多少种人。有白天就有黑夜，有鲜花就有刺草，有百灵就有乌鸦，有骏马就有秃驴……随他去吧……""就是这样"，斯拉木补充说，"要忍耐，不要恼怒。忍耐的底下是黄金，而恼怒的底下是灾难"①。维吾尔族又是一个多礼、颇擅言辞的民族，小说有一细节描写库瓦汗拿着两包方糖到帕夏汗家串门，临走的时候帕夏汗送给她一碗牛奶、两个烤包子和一串葡萄，两个女人"话别"的场景：一个女人说："就这样空着手来待您这儿，我真害羞。"另一个女人说："让您这样空着手走了，我真抱歉。"然后两个人共同叹息："有什么办法呢？我们的境况就是这样。""您经常到房子里来嘛！我们壶里煮着的茶水，总是为了您这样的客人而沸腾！""您也多多到我那儿去呀，我们家的饭单，总是为了您这样的贵人而铺展。"两个女人都十分感动，满眼含着泪，依依不舍地分手了。② 这些描写都精准地刻画出了维吾尔族人独特的民族个性。维吾尔族诗人乌斯满江·达吾提曾说，读王蒙的作品"就像老朋友面对面地谈心交心，自然、亲切，丝毫没有民族的隔阂"③。应该说，当代作家中还没有另一个人能像王蒙这样如此深刻地理解并真切、细致地表现出了维吾尔人的内心世界和灵魂。难怪有的新疆读者把王蒙描写维吾尔族生活的小说称为"维吾尔塔兰奇文学"（"塔兰奇"意为拓荒者）。

---

① 王蒙：《这边风景》（下卷），花城出版社 2013 年版，第 537、538 页。
② 同上书，第 362 页。
③ 楼友勤：《维吾尔友人谈王蒙》，温奉桥编：《多维视野中的王蒙——第一届王蒙文学创作国际学术研讨会论文集》，中国海洋大学出版社 2004 年版，第 339 页。

三 "戴着镣铐跳舞"

不止一个人谈到王蒙的"诗人气质",陆文夫很早就说过"王蒙首先是个诗人","诗人"的确构成了王蒙创作的某种挥之不去的底色。《这边风景》同样打下了"诗人"王蒙的鲜明徽记,回荡着诗人的激情,《这边风景》是特殊历史时期罕有的激情写作。

在《这边风景》这部以朴实健朗风格见长的现实主义小说中,依然可以看到王蒙50年代特别是《青春万岁》的影子,理想主义在这部小说中并未完全褪隐,王蒙的"挚诚"——"少共"之心依然存在,这在很大程度上塑就了这部小说独特的审美气质和美学风度。从审美风格和内部构成而言,《这边风景》具有两个显著特点:传奇性和抒情性。小说的传奇性从一开始就显现出来了:反颠覆斗争,粮食被盗,死猪事件,四清斗争,都颇具传奇性,库图库扎尔、里希提、伊力哈穆等人的成长故事,也同样充满了传奇色彩,特别是小说的下卷基本围绕泰外库的"情书事件"展开故事,则不仅具有传奇性,更有结构上的考量。但真正构成这部小说灵魂和魅力的还不是这些颇具传奇色彩的故事,而是小说的抒情性,这决定了《这边风景》的浓郁的诗意和深情的笔致。

《这边风景》的诗意首先源于对爱情的书写。《这边风景》中对爱弥拉克孜与泰外库、雪林姑丽与艾拜杜拉、米琪儿婉与伊力哈穆的爱情,以及吐尔逊贝薇与雪林姑丽、狄丽娜尔之间胜似姐妹般的友谊的描写,曲折委婉,幽雅深致,表现了特殊年代爱情的美好,生活的美好,人性的美好,为小说平添了许多浪漫气息。小说第十八章"麦收时节的谐谑曲与小夜曲"一节,描写雪林姑丽面对艾拜杜拉引发的无限柔情:

> 她轻轻地踏着月光走到了庄院口,坐在一条泛着明月青光的渠水旁。一渠青光,闪烁着,一会儿伸延,一会儿收缩,一会儿散乱,一会儿粘连。周围的一切也都笼罩在这神秘而柔和的光辉里,好像大地也蒙上了一层薄薄的面纱,显得文静而美丽。在夏夜的无边的静谧中,可以更加清晰地听到多种多样的声响:马、牛在咯吱咯吱

地嚼草，从遥远的地方传来了两只狗的起劲的吠叫声，夜间驾驶的汽车隆隆地过去了。轻风吹动玉米叶子，唰啦唰啦地响。如果静心谛听，还可以听见一种轻微的"咔咔"声。雪林姑丽想起父亲曾经对她讲过，在七月，正是玉米拔节的时节，浇过水以后，玉米猛长，夜静的时候可以听到玉米拔节的声音。莫非这正是那生命的成长壮大的声响吗？……在夏日的夜晚，田野上还弥漫着一种香气，有青草的嫩香，有苜蓿的甜香，有树叶的酒香，有玉米的生香，有小麦的热香，还有小雨以后的土香，凉风把阵阵变化不定的香气吹到雪林姑丽的鼻孔里，简直使人如醉如痴。①

这是全书写得最柔软、浪漫、多情的部分，充满了浓浓的诗意，写出了日常生活中人性的柔软和美丽，多情和浪漫，善良和美好。在这里作者把丁香花（"雪林姑丽"即是"丁香花"的意思）一样美丽的女子的柔情与大自然的声息融为一体，这既是一出爱情的赞歌，又是一首劳动的圣歌，也是人性的颂歌。爱情、女性、劳动、文学完全融为了一体。如此柔软多情的文字，在整个70年代文学中并不多见。

除了爱情，小说的诗意更表现为对劳动的激情书写。就小说情节而言有坏人有斗争有阴谋，但小说充满了热爱劳动、热爱自然、热爱生活的开阔刚健、明朗乐观的格调，洋溢着一种理想主义的诗性光辉。王蒙曾说，整部小说虽然写得处心积虑、小心翼翼，但仍不失为一次"生气贯注"②的书写，最"生气贯注"的是小说对劳动场面的充溢着圣洁和诗意光辉的礼赞和书写。第二十一章，对伊力哈穆"夏夜扬场"的描写：

忽然，一阵小风，伊力哈穆一跃而起，天已经大黑了，满天的繁星眨着眼。伊力哈穆拿起了五股木叉，先扔了两下，试了试风向和风力，然后旋即拉开架子，一下接一下地扬了起来。风很好，扬

---

① 王蒙：《这边风景》（上卷），花城出版社2013年版，第205页。
② 王蒙：《这边风景·后记》（下卷），花城出版社2013年版，第702页。

场像一种享受。本来混杂了那么多尘土、秸秆、毛刺、碎叶的,扎扎蓬蓬、不像样子的一大堆乱七八糟的脏东西,轻轻一抛,经过风的略一梳理,就变得条理分明、秩序井然、各归其位。星光下,一团又一团的尘土像烟雾一样地伸展着身躯飞向了远方。秸秆飘飘摇摇、纷纷洒洒、温柔地、悄无声息地落在场边。麦粒呢,在夜空中像训练有素的列兵一样,霎时间按大小个排好了队,很守规矩地落在了你给他们指定的地点。①

再如,"打馕"是维吾尔族人最日常最司空见惯的家务劳动,但就是这样再普通不过的劳动,在作者笔下,却同样充满了蓬勃的诗意和激情,充满了创造乃至自由的快感:

土炉烧好了,院落里弥漫着树叶、树枝和荆蒿的烟香。面也揉好了,米琪儿婉和雪林姑丽都跪在那块做饭用的大布跟前,做馕剂儿。做馕,是从来不用擀面杖的,全靠两只手,捏圆,拉开,然后用十个指尖迅速地在馕面上戳动,把需要弄薄的地方压薄,把应该厚一点的地方留下,最后再用手拉一拉,扶一扶,保持形状的浑圆,然后,略为旋转着轻轻一抛,馕饼便整整齐齐地排好队,码在了大布上。最后,她们用一束鸡的羽毛制成的"馕花印章",在馕面上很有规划地、又是令人眼花缭乱地噗噗噗噗地一阵戳动,馕面上立刻出现了各式各样的花纹图案,有的如九曲连环,有的如梅花初绽,有的如雪莲盛开……新打好的馕上面,充满了维吾尔农妇的手掌的勤劳、灵巧与温暖的性感。②

这是诗!是美!是闪光的文字!在那个特殊的年代,很多东西值得反思,但是这样一种对于劳动的圣洁无比的情感,无论何时都不会过时,都值得尊重和怀恋。巴赫金曾说:"乡土小说里的日常生活得到了改造:

---

① 王蒙:《这边风景》(上卷),花城出版社2013年版,第255页。
② 王蒙:《这边风景》(下卷),花城出版社2013年版,第609页。

日常生活诸因素变成为举足轻重的事件，并且获得了情节的意义。"① 这里对于劳动的描写，没有后来小说的惩戒性、自虐性内涵，劳动不再是苦难叙事的必然所指，而是充满了真诚、快乐和激情，洋溢着人与自然、人与人之间和谐与美好，且具有了某种精神性即马克思所说的"把劳动当作他自己体力和智力的活动来享受"，这既是劳动的过程，更是美的享受，充满了创造和自由的愉悦，在这里，劳动、美、自由与创造完全融为一体。《这边风景》中对于劳动场景的描写，并不是一种特殊语境下的政治性想象，而是赋予了前所未有的自由、创造、激情与诗意的内涵，王蒙在这里所描写的已经不单纯是劳动场景，而是通过劳动场景的书写，努力发掘社会主义新生活带给农民的精神世界之美。如果《这边风景》的写作看作"幽暗的时光隧道中的雷鸣闪电"②，那么小说中关于劳动场景的动情书写则是最酣畅的"雷鸣闪电"。

美、健康与劳动结合在一切，这是对劳动的礼赞，也是那个单纯年代的最圣洁的情感。具有浓郁的抒情色彩，这是一种单一的情感方式，也是一种纯洁无瑕的情感方式，多么可爱的夏夜，多么可爱的劳动场景，多么可爱的王蒙！王蒙小说的这种如此简单而又圣洁的描写，在其以后的小说中似乎并不多见了。

四 《这边风景》与跨文化写作

《这边风景》是当代文学一次跨文化写作的成功试验，是一部跨文化写作的经典范本。

王蒙是当代汉族作家中仅有的精通维吾尔语的作家，新疆16年生活，给予王蒙最大财富是他熟练掌握了维吾尔族语，使他有了"另一个舌头"，不仅能够与当地维吾尔族农民毫无障碍地交流，更重要的是他掌握了一把走进维吾尔族历史和文化的钥匙，能够透过维吾尔族人的日常生活更深入更全面地了解他们的思维方式、情感特征、价值观念，进而

---

① ［俄］巴赫金：《巴赫金全集》第3卷，河北教育出版社1998年版，第429页。
② 王蒙：《这边风景·后记》（下卷），花城出版社2013年版，第702页。

走进了维吾尔族人的生活和心灵世界,正如维吾尔族诗人热黑木·哈斯木所认为的:"汉族作家反映维吾尔生活,能让维吾尔读者称赏叫绝,说到底,就因为王蒙通晓我们的语言文化,懂我们的心。"① 美国作家阿瑞尔·道夫曼曾说,"作家"的题中之意就包含了"不适",如果对现实安之若素,他的笔将就此枯竭。也许王蒙是个"例外",王蒙多次强调他在新疆的生活是"如鱼得水",正是这种"如鱼得水",才有了《这边风景》以及后来"复出"后的《在伊犁》,因为,它们都充满了王蒙对这块土地的深沉的理解、爱和感激。德国哲学家乔治·齐美尔提出了文化上"异乡人"的概念,就文化身份而言,王蒙之于维吾尔族文化无疑是个"异乡人",这种"异乡人"的身份使王蒙对两种文化的差异格外敏感:新疆"使我有可能从内地——边疆、城市——乡村、汉民族——兄弟民族的一系列比较中,学到、悟到一些东西"②,在更深刻的意义上,王蒙的"比较"视野源于对维吾尔族生活和文化的热情,源于作家对维吾尔族人的爱,是爱使王蒙从一个文化的"异乡人"变成了真正的"巴彦岱人"。

  王蒙对新疆各族人民特别是维吾尔族人的生活和文化具有深刻的了解,他曾广泛阅读维吾尔族的文学作品和文化典籍,并翻译过维吾尔族作家马合木提·买合买提的小说《奔腾在伊犁河上》以及诗人铁依甫江等人的作品,所有这些都养成了王蒙的跨文化视野,王蒙说:"绝大多数情况下,题材、思想、想象、灵感、激情和对于世界的艺术发现来自比较——对比。了解了维吾尔族以后,才有助于了解汉族,学会了维吾尔文以后才既发现了维吾尔文的也发现了汉文的特点和妙处。了解了雪山、绿洲、戈壁以后,才有助于了解长安街。"③ 这种自觉的跨文化意识无疑给王蒙提供了更广阔的文化视野和更开放的文化心态,可以说,没有对维吾尔族语的学习和掌握,就不会有《在伊犁》《这边风景》等深得维吾

---

① 楼友勤:《维吾尔友人谈王蒙》,温奉桥编:《多维视野中的王蒙——第一届王蒙文学创作国际学术研讨会论文集》,中国海洋大学出版社2004年版,第338页。
② 王蒙:《文学与我——答〈花城〉编辑部××同志问》,《王蒙文存》第21卷,人民文学出版社2003年版,第79—80页。
③ 王蒙:《萨拉姆,新疆!》,《王蒙文存》第14卷,人民文学出版社2003年版,第33页。

尔族生活真味的作品。

维吾尔族是一个具有鲜明气质和文化个性的民族，《这边风景》没有猎奇，没有热衷于奇闻轶事的描写，而是怀着尊敬、喜爱、欣赏的心态，以跨文化的视野透过维吾尔族人日常生活的描写，表现他们独特的生活情趣和文化心态：如当地居民习惯于把窗子开到临街的一面，以便透过精美的挑花窗帘可以欣赏繁华的街道和过往的行人，维吾尔族人的日常生活充满了"美"和情趣，家家院子里都有葡萄架、苹果园、玫瑰花，不但窗帘、床帷子、餐单、箱子、毡毯上绣有精美的挑花，甚至打馕包包子上也有花纹图案；穆斯林文化特别讲究生活的清洁和卫生，维吾尔族人每年至少粉刷一两次房屋，家家院门外都有供夏季乘凉用的土台子；维吾尔族少女喜欢用奥斯玛草涂染墨绿色的长眉毛，用凤仙花涂染红指甲、红掌心和红脚心。在长期的历史文化中，维吾尔族人养成了独特的生活观念：维吾尔族人认为新鲜空气对人的健康十分重要，只要天气允许要尽量在室外"吃空气"；维吾尔族人十分"崇拜"夏天，认为夏天越热，出汗越多，身体就越健康，心情就越舒畅，没有夏天的汗流浃背，疾病就不能排除。同时，穆斯林在日常生活中也形成了一些独特文化观念或文化禁忌：维吾尔族人普遍对粮食充满了敬畏，认为粮食是真主赐予的，一定要保持"清真"，牛奶不小心洒在地上，一定要用土掩埋起来，饭前一定要洗手，严禁随地吐痰、擤鼻涕、放屁；即使在日常饮食方面，维吾尔族人也有自己独特的规矩：许多食物的吃法、摆法、切法，都有固定的规矩，在吃馕和馒头的时候，决不允许拿起一个整的张口就啃；马是干净的、合格的，而驴是不洁的、违规的，因而穆斯林对马驴交配十分反感，与驴交配后的马是不能食用的，维吾尔族人甚至认为羊肉的味道与屠宰的手艺有关，一个手艺高超的屠宰者通过他的妙手能使羸弱的羊的肉变得鲜嫩肥美。王蒙对维吾尔族文化的精透了解还表现为通过一些日常俗语、谚语乃至话语方式中，感悟并表现了维吾尔族人独特的生存智慧、价值观念和生命意识。如在维吾尔族人的日常生活中，把那些办事油滑、不留痕迹的人称为水不沾毛、了无形迹的"鸭子"，把那些咋咋呼呼、外强中干者称为"装腔作势的雄鸡"，把不靠谱的人称为"苕料子"，用"比教驴子跳舞还难"来形容一个人的蠢笨，"命运向他背过脸去"形容一个人背时、不走运,"心里没病不怕吃西瓜"表示一个人坦荡磊落,"舌头上长出玫瑰花来"形容一个人能言会道、巧舌如簧,再如,"结果多的枝子总是低着头""善言可以劈山,恶言可以劈头""胆小的长存,不怕的完蛋""金钱是手指甲缝里的泥垢,喉咙(指贪婪)是罪恶的根源""财富就像小鸟,不可能永远捏在手心""只要坚持,用柳条筐也可以打上水来""心术不正的人种出来的哈密瓜都会发苦"等,则充满了维吾尔族人独特的幽默和智慧。至于具体的汉、维生活习性的细节描写在《这边风景》中更是随处可见:"维吾尔人形容大小长短与汉族最大的不同在于,汉族人形容大小长短,是用虚的那一部分,如用拇指与食指的距离,或左右两手的距离表示大小长短,而维吾尔人是用实体,如形容大与长,他可以以左手掌切向右肘窝,表示像整个小胳膊一样大,而用拇指捏住小指肚,则表示像半个小指肚一样小。"① 没有对维吾尔族生活和文化的深刻了解,就不可能有《这边风景》自觉的跨文化写作意识。

《这边风景》的跨文化视野,更深层地表现为维吾尔人独特的语言方式:如维吾尔族常常用"白"来形容女人的漂亮:"白媳妇""洁白的女儿","甜甜的好女儿",这里的"白""甜"并不是指颜色、味道,而是"漂亮"的意思。爱弥拉克孜与伊力哈穆的对话:"爱弥拉克孜姑娘,这是您吗?您在吗?""伊力哈穆哥,您好,还能不在吗?"小说描写迪丽娜尔的歌声:她唱起来的时候,燕子都不在高飞,羊儿都停止了吃草;描写乌甫尔的妻子莱依拉能干:"她的家总是拾掇得如细瓷碗一样的干净",形容乌尔汗的头疼"好像有一条蝎子钻到脑袋里",形容一个人红光满面像一个"刚出炉的窝窝馕",这些具有鲜明地域和民族特色的语言及话语方式,是维吾尔族生活方式、历史文化以及心灵世界的独特表达。如果把王蒙比喻成一棵大树,那么它的根深深扎在了伊犁维吾尔族生活和文化的最深处,王蒙走进了维吾尔族心灵世界的最深处。

新疆是王蒙"独一无二的创作本钱"②。新疆在诸多方面对王蒙产生

---

① 王蒙:《这边风景》(下卷),花城出版社2013年版,第594—595页。
② 王蒙:《大块文章》,花城出版社2007年版,第50页。

了深刻影响,"在王蒙之为王蒙诸多的规定性之中,伊犁永远占据着一个重要的位置"①。王蒙让"巴彦岱"从一个地理名词变成了一个世界性的文学存在,"巴彦岱"就是鲁迅小说中的"鲁镇",沈从文笔下的"湘西",福克纳笔下的"约克纳帕塔法县",伊犁是王蒙心中永恒的"桃源"。《这边风景》是王蒙这位赤子唱给伊犁母亲的最深情的赞歌,王蒙说《这边风景》"是戴着镣铐跳舞",但是,王蒙"舞"出了他的精彩,"舞"出了他的非同凡响。

---

① 温奉桥、温凤霞:《从伊犁走向世界——试论新疆对王蒙的影响》,《中国海洋大学学报》(社会科学版) 2010 年第 1 期。

参考文献

徐纪明、吴毅华编：《中国当代文学研究资料·王蒙专集》，贵州人民出版社1984年版。

曾镇南：《王蒙论》，中国社会科学出版社1987年版。

于根元、刘一玲：《王蒙小说语言研究》，大连出版社1989年版。

方蕤：《王蒙——"放逐"新疆十六年》，东方出版社1995年版。

夏冠洲：《用笔思想的作家——王蒙》，新疆大学出版社1996年版。

丁东、孙珉选编：《世纪之交的冲撞：王蒙现象争鸣录》，光明日报出版社1996年版。

汪淏：《王蒙小说语言论》，花山文艺出版社1998年版。

吴三冬：《解不开的革命情结——王蒙小说的思想轨迹》，北京出版社、文津出版社2002年版。

崔建飞：《我知道王蒙喜欢你》，当代世界出版社2003年版。

曹玉如编：《王蒙年谱》，中国海洋大学出版社2003年版。

李扬编：《走近王蒙》，中国海洋大学出版社2003年版。

崔建飞编：《王蒙作品评论集萃》，中国海洋大学出版社2003年版。

何西来主编：《名家评点王蒙名作》，中国海洋大学出版社2003年版。

方蕤：《我的先生王蒙》，长江文艺出版社2004年版。

贺兴安：《王蒙评传》，作家出版社2004年版。

温奉桥编：《多维视野中的王蒙——第一届王蒙文学创作国际学术研讨会论文集》，中国海洋大学出版社2004年版。

温奉桥编：《王蒙在海大》，中国海洋大学出版社2005年版。

郭宝亮：《王蒙小说文体研究》，北京大学出版社2007年版。

方蕤：《凡生琐记》，湖北长江出版集团、长江文艺出版社2008年版。

温奉桥编：《王蒙·革命·文学：王蒙文艺思想研究》，人民文学出版社2008年版。

於可训：《王蒙传论》，武汉大学出版社2009年版。

宋炳辉、张毅编：《王蒙研究资料》（上、下），天津人民出版社2009年版。

温奉桥主编：《理论与实践——〈王蒙自传〉研究》，中国海洋大学出版社2009年版。

温奉桥主编：《老庄的流韵——王蒙与道家文化》，安徽教育出版社2011年版。

温奉桥主编：《中国当代文学演讲录》，齐鲁书社2011年版。

温奉桥主编：《中国当代学术演讲录》，齐鲁书社2011年版。

温奉桥：《王蒙文艺思想论稿》，齐鲁书社2012年版。

严家炎、温奉桥主编：《王蒙研究》（1—14期，内部刊物），中国海洋大学王蒙文学研究所编。

严家炎、温奉桥主编：《王蒙研究》（1—5辑），中国海洋大学出版社2014、2015、2017、2018、2019年版。

朱静宇：《王蒙小说与苏俄文学》（博士学位论文），中国知网"中国优秀博士学位论文全文数据库"。

蔺春华：《王蒙文化人格论》（博士学位论文），中国知网"中国优秀博士学位论文全文数据库"。

后　　记

　　这本小册子名为"教材"，实为这些年我从事王蒙研究的一个简单的缩影。其中，绝大多数都作为论文在《文学评论》《中国现代文学研究丛刊》《当代作家评论》《小说评论》等刊物发表过，有的内容曾是拙作《王蒙文艺思想论稿》某些章节的内容，这次大体按照"宏观论""中观论""微观论"的逻辑进行了重新编订。我在编这本小册子的时候，不止一次想起在我人生、学习的道路上给过我关心、帮助的师友，如我尊敬的王蒙先生、先师朱德发教授，以及吴义勤、董之林、林建法、李国平、张燕玲、冯济平等师友，我对他们永怀感激。需要特别说明的是，书中有的篇目是与我夫人李萌羽教授共同完成的，而《王蒙与〈人民文学〉》则是我与李萌羽教授及我的研究生范开红合写而成。

　　感谢本书责编安芳女士，她的认真和严谨让我感动，使我受教良多。感谢中国海洋大学教材建设基金的资助。由于水平有限，浅薄错漏之处在所难免，请各位师长以及读者朋友不吝赐教。

温奉桥
2018 年教师节
修改于 2019 年 7 月